W0278906

DUMONT

Das Land ist eingeschneit. Ein junger Mann wandert an einer Autobahn entlang. Einsame Felder, Jauchegruben, Rasthöfe und fensterlose Möbelhäuser sind die Stationen seines Weges. Das Ziel ist ein Dorf am Meer, am Rande eines ehemaligen Militärgebietes, wo sein Elternhaus steht. Müde und erschöpft muss er bei seiner Ankunft jedoch feststellen, dass die Eltern verschwunden sind. Ein geheimnisvoller Junge öffnet ihm die Tür.

Roman Ehrlich, geboren 1983 in Aichach, aufgewachsen in Neuburg an der Donau, studierte am Deutschen Literaturinstitut Leipzig und an der Freien Universität Berlin. Er war Stipendiat der Werkstatttage des Wiener Burgtheaters, nominiert für den open mike und Teilnehmer der Autorenwerkstatt Prosa am LCB. Für seinen Debütroman ›Das kalte Jahr‹ (DuMont 2013) erhielt er den Automatische-Literaturkritik-Preis der Riesenmaschine, den Förderpreis zum Bremer Literaturpreis sowie den Robert-Walser-Preis. 2014 erschien der Erzählband ›Urwaldgäste‹.

ROMAN EHRLICH

DAS KALTE JAHR

ROMAN

DUMONT

Von Roman Ehrlich ist im DuMont Buchverlag außerdem erschienen:
Urwaldgäste

FSC
www.fsc.org
MIX
Papier aus verantwortungsvollen Quellen
FSC® C083411

Dezember 2014

Umschlag: Nurten Zeren/zerendesign.com
Umschlagabbildung: © Tetra Images
Gesetzt aus der Stempel Garamond
Gedruckt auf säurefreiem und chlorfrei gebleichtem Papier
Druck und Verarbeitung: CPI books GmbH, Leck
Printed in Germany
ISBN 978-3-8321-6296-2

www.dumont-buchverlag.de

Für Ima, Jochen und Anselm

In den Leuchtstoffröhren, die über unseren Köpfen zu jeder Tageszeit für künstliche Beleuchtung sorgen, ist kurz ein klirrendes Geräusch zu hören.

Ich schaue hoch, sehe aber nichts. Kein Flackern. Das Licht ist weitflächig, überall voll da und scheint herunter auf die Schreibtische, die Monitore, Drucker, die Beistellmöbel, die verschiedenen Frisuren und Scheitel, die kahlen Kopfhäute, die es zurückstrahlen. Draußen vor den Fenstern die letzten Stunden Tag. Goldenes Licht. Die Häuser der Stadt scheinen auf. Wenn man ans Fenster treten würde, dort, wo die gläserne Fassade die Luft der Stadt berührt, dann würde man unten den Fluss sehen, der jetzt auch schon aufstrahlt in der Abendsonne, man würde die Ziegelbrücke mit den vier hochragenden Türmen sehen, die diesen Fluss überspannt, das Grün und das Blühen der Bäume.

Zwei junge Frauen am anderen Ende des Raumes blicken besorgt auf eine verkümmerte Topfpflanze. Auch sie schauen rüber zum Fenster. Eine der beiden deutet mit der Hand auf die Fensterfront, auf die Pflanze, dann an die Decke, die andere nickt und hält während des gesamten Gesprächs eine sehr kleine Gießkanne aus gelbem Plastik in der Hand. Auf der anderen Seite der gläsernen Fassade: die Luft des Abends über der Stadt. Und es muss eine warme Luft sein, die nach allem Möglichen riecht, während es hier drin, auf der klimatisierten Seite, nach frisch verlegtem Teppichboden riecht, nach Druckertoner, nach verbranntem Staub aus den Lüftern der Computer, ausgezogenen Schuhen, Plastik und heiß gewordenen Schreibtischlampen.

Es wird draußen, vor dem Bürokomplex, wenn ich ihn verlasse, in einer Stunde vielleicht oder etwas mehr, ein warmer Abend sein. Am Flussufer, auf der Ziegelbrücke, auf den Bänken vor dem gläsernen Gebäude, dem grünen Parkstück auf der anderen Straßenseite, werden Menschen in kurzen Hosen, Kleidern, Unterhemden, mit Hüten und Baseballmützen herumsitzen, auf und ab laufen.

Ich schaue einmal noch zu den beiden Frauen hin, die eine hält jetzt ein schwach herabhängendes Blatt in ihrer Hand.

Ich erinnere mich an das, was Richard gesagt hat, vor ein paar Wochen nur, unmöglich kann das länger her sein, als dieses gläserne Gebäude, die Stadt davor, der Abend, die warme Luft noch absolut undenkbar gewesen sind. Ich sehe die eine der beiden Frauen vom Schreibtisch, auf dem sie halb gesessen hatte, aufstehen, die gelbe Gießkanne in der Hand, und denke an Richard, wie er sagt:

Unter denen, die draußen auf dem Feld sitzen, erkennt man die Toten daran, dass der Schnee auf ihnen liegen bleibt.

ERSTER TEIL

Ich verließ die Stadt auf meinen Füßen zur kältesten Zeit des Jahres. Am Morgen war es dunkel gewesen, als ich aus dem Haus ging. Als ich dann am Stadtrand ankam, war bereits ein trübgraues Licht über den Himmel gekrochen. Ein paar dunkle Wolkenfetzen hingen unbewegt vor dem hellen Grau, kamen auch nicht an gegen die flächige Konturlosigkeit, gegen das Weiche, das sich über der ganzen Stadt und, wie ich sehen konnte, als ich ihre Grenze erreichte, auch über das umliegende Land erstreckte.

Ich trat hinaus in eine vom Schnee weich und ruhig gewordene Landschaft.

Diese Stadt geht nicht über in Dörfer, Satellitensiedlungen, Industriegebiete – an ihren Grenzen beginnen die Felder der umliegenden Bauernhöfe, alles war zugeschneit, vereinzelte Forste ragten aus der Landschaft mit ihren schwarzen, laublosen Zweigen und Stämmen, die Badeseen waren zugefroren und ebenfalls von einer weißen Schicht bedeckt.

Es war kein lange vorher gefasster Entschluss. Ich konnte einfach plötzlich nicht mehr in meiner Wohnung bleiben, in meiner Straße, dem Viertel, kein einziges Mal mehr um dieselbe Ecke laufen wie gestern schon, mit dem kleinen Supermarkt auf der einen und dem großen Supermarkt auf der anderen Straßenseite, der Haltestelle der Straßenbahn zwischen den beiden Fahrspuren, den zerkratzten Scheiben des Wartehäuschens, dem Schienengeräusch, wenn die Straßenbahn an der Kreuzung um die Kurve fuhr. Ich wollte das auf einmal alles nicht mehr haben oder sehen, mir war das Geld ausgegangen und infolgedessen auch irgendwie die Zeit abgelaufen. Ich brachte keine Geduld mehr auf für die Arbeitsprozesse der Automaten, die meine Fahrscheine druckten, den Einwählvorgang meines Internetanschlusses, Warteschlangen von Menschen, selbst wenn ich an einer Tankstelle vorbeilief, an der ein fremder Mensch ein fremdes Auto betankte, machte mich das endlose Gluckern aus dem Einfüllstutzen in den Tank, das Rattern der Säule beim Zählen von Litern und Geldbetrag unheimlich nervös.

Ich tat einen Schritt aus der Stadt hinaus in die verschneite Landschaft, in Richtung Norden, wo das Land übergeht ins Meer, wo an der Küste, nah an einen breiten Strand gebaut, das Haus meiner Eltern steht, in dem ich aufgewachsen bin und auf dessen Klingel ich meinen Finger legen würde, ohne Vorankündigung. Wo ich ein paar Tage oder ein paar Wochen verbringen könnte und nachdenken über die Vergangenheit und die nächste Zukunft.

Nach wenigen Hundert Metern, die ich eine Landstraße entlanggelaufen war, hatte sich um die Stadt schon ein dunstiger, kalter Nebel gelegt. Es war nicht mehr mit Sicherheit zu sagen, ob die dunklen Schemen der Hochhäuser tatsächlich noch dort zu sehen waren oder vielleicht schon auf das Grauweiße, das immer dichter um mich herum aufzog, von meiner bereits verdämmernden Erinnerung aufgemalt wurden. Ein kurzes Zurücksehen vielleicht, nach den ruhig am Stadtrand liegenden Hochhaussiedlungen, die ich in einem hohl in meinem Kopf umherlaufenden Selbstgespräch abwechselnd als *mein Zuhause* oder *die Zivilisation* bezeichnete, schließlich aber als Nichts richtig zu greifen bekam, das Zurückschauen also einfach bleiben ließ und nur noch auf das andere eintönige Gespräch meiner im Schnee knirschenden Stiefel hörte.

Die Straße, an der ich entlanglief, zog sich als feucht-schwarze Linie durch die Landschaft. Lange bevor sie schließlich auftauchten, waren die vorbeifahrenden Autos aus der Ferne zu hören, angekündigt durch das Fauchen der nassen Reifen auf dem Asphalt.

Nach einiger Zeit mündete die Landstraße, an der ein parallel geführter Radweg verlief, auf dem es sich gut gehen ließ, in den Beschleunigungsstreifen einer mehrspurigen Bundesstraße. Gelbe Schilder zeigten in Richtung kleiner Ortschaften nahe der Stadt. Der Fahrradweg knickte kurz vor der Kreuzung ab, lief rot markiert über die Fahrbahn, die er die ganze Zeit begleitet hatte, und führte auf der anderen Seite wieder zurück in die Stadt. Hinter diesem Knick stieg sanft das verschneite Metall einer Leitplanke aus dem Boden, nahm den Verlauf der Bundesstraße an und zog sich an deren Rand bis zum Horizont. Im regelmäßigen Abstand von fünfzig Metern waren Leitpfosten aufgestellt, mit ebenfalls vom Schnee verklebten Reflektoren. Ich lief weiter auf der Böschung, die hinter der Leitplanke schief abfiel, bis mir von diesem schrägen Gehen der Rücken wehtat, dann lief ich im angrenzenden Feld, das unter der Schneedecke sehr uneben war von Aufwerfungen, Ackerfurchen, Traktorrillen und Steinen. Ich überquerte einen Bewässerungsgraben mit einem Sprung, der Verkehr auf der Bundesstraße war stärker geworden. Unausgesetzt fuhren jetzt Autos in Richtung der Stadt oder in Richtung der Autobahn, die irgendwo in dem grauen Dunst vor mir in der Landschaft lag. Auf dem offenen Feld war ein kalter Wind aufgekommen, der mir ins Gesicht biss an den Stellen, die nicht von meinem dunkelgrauen Wollschal umwickelt waren, der auf der Innenseite warm und feucht vom Atem auf den Lippen lag.

Außer diesem Schal trug ich gefütterte Lederhandschuhe, eine Wollmütze und einen dicken Mantel, schwere Wanderstiefel und einen kleinen Rucksack auf meinem Rücken, in dem sich ein paar

Äpfel befanden, eine zusammengerollte Tageszeitung, die ich beim Verlassen des Hauses aus dem Briefkasten eines Nachbarn gezogen hatte, ein Rest Brot, ein Fotoapparat und eine Thermoskanne mit heißem Wasser. Wenn ich schnell genug ging, wurde mir in dieser Kleidung so warm, dass mein Kopf unter der Mütze zu jucken begann, dann ging ich wieder etwas langsamer. Nur wenn ich irgendwo stehen blieb, um mir etwas anzusehen, eine große Werbetafel oder einen Jägerstand, wenn ich in einiger Entfernung ein Tier sah und es nicht verscheuchen wollte, wurde mir schnell kalt, vor allem an den Füßen.

Nach einigen Stunden des Gehens entlang der Bundesstraße inspizierte ich eine Scheune, die an einem sich leicht noch unter der Schneedecke abzeichnenden Feldweg lag und in der sich mit weißer Plastikfolie umwickelte Heuballen befanden. Im hinteren Bereich, kaum mehr sichtbar in der fensterlosen Konstruktion, eine schwarze Abdeckplane über etwas Aufgehäuftem, die mit alten Autoreifen beschwert war. Es roch nach gar nichts, obwohl das Holz der Außenwände sehr feucht war und auf dem erdigen, platt getretenen Fußboden auch einiger Müll herumlag. Leer getrunkene Bierdosen vor allem, Wurstverpackungen, ein zerknüllter Sack Hundetrockenfutter. Ich fand zwischen diesen Dingen keinen Platz, an dem ich mich hätte ausruhen können oder vielleicht sogar etwas schlafen, und lief also weiter über das Feld und durch einen Fichtenforst, dessen Boden trocken und weich war unter meinen Schuhen und übersät mit braunen Nadeln. Zwischen den letzten Stämmen in diesem Forst blieb ich eine Weile stehen und aß einen Apfel. Man überblickte von hier aus eine Art Talsenke, eine weite Ebene, an deren Ende die Bundesstraße einen Hügel hinaufführte. Kurz vor der Hügelkuppe, für eine ganze Weile noch unlesbar weit entfernt, überspannte ein großes Fernverkehrsschild die Fahrbahn, von dem ich hoffte, die Angabe der verbleibenden Kilometer zur Autobahn sei dort aufgeschrieben.

Der Wind blies weiterhin stark über die vor mir liegende Landschaft. Am Himmel hatte sich nichts getan, und nur an dem warmen, klopfenden Gefühl in meinem Rücken, meinen Knien und Füßen konnte ich spüren, dass ich sehr lange schon gelaufen sein musste. Immer wieder versuchte ich mich aufzurichten, aus der eingesackten Haltung, in die ich aber sofort wieder zurückfiel, sobald ich an etwas anderes dachte. Ich redete mir laufend ein, dass dieses Aufrichten ein Trotz gegen die Kälte war und dass es mich so trotzend dann weniger fror. Auf den Feldern vor mir trieb der Wind Schneeverwehungen vor sich her, sie schlängelten sich über den gleichfarbigen Untergrund, waren richtig nur dann zu sehen, wenn sie die Fahrbahn der Bundesstraße erreichten, und trugen sonst zu einer ständigen Unruhe in den Feldern und Flächen bei, zu einer Art Seegang vielleicht. Es kam mir vor, als gehe ein großer Umbau vonstatten in den kleinsten Teilen, und als ich selbst in die Ebene hineingewandert war, tief in eines der Felder, glaubte ich meinen eigenen Blick von dort hinten, vom Forst aus, den Apfel essend, im Rücken zu spüren, sah mich vorangehen in eingesackter Haltung, alles unterhalb der Brust immer unschärfer und konturloser werdend, von den weißgrauen Schneewehen erfasst, die Beine schon aufgelöst und übergegangen in die Landschaft.

Ich war sehr müde geworden, als ich sah, wie die Bundesstraße, deren Verlauf ich bis zum Einbruch der Dunkelheit gefolgt war, in ein kleeblattförmiges Autobahnkreuz mündete. Kleine Seitenarme zweigten ab, die alle Fahrtrichtungen miteinander verbanden. Das System der Auf- und Abfahrten musste mit Vorsicht überquert werden. Die Autos hatten ihre Scheinwerfer den ganzen Tag schon angestellt, orientierten sich aneinander und folgten dem fließenden Verkehr bei schlechter Sicht.

Aber ich erkannte schon, dass sich auf der anderen Seite der Brücke, die über die Fahrspuren der Autobahn führte, ein Rastplatz befand. Eine große Tankstelle, deren gelbes Licht in der dunkelgrauen Landschaft glomm, ein Selbstbedienungsrestaurant, ein weitläufiger Parkplatz und etwas abseits ein würfelförmiges Hotelgebäude mit sehr kleinen Fenstern und einem schmutzigen Schild auf dem Dach, auf dem ein Bettensymbol abgebildet war und in großen roten Zahlen der Preis für eine Nacht im Einzelzimmer. Von dem heißen Wasser in meiner Thermoskanne hatte ich lange Zeit nur immer einen sehr kleinen Schluck nehmen können, der mir fast den Mund verbrühte, und meine restlichen Äpfel hatte ich alle im Gehen aufgegessen. Ich war sehr matt geworden in der rauen Kälte, dem Klirren der gefrierenden Luft und fühlte mich innerlich ganz vertrocknet. Etwa auf halber Strecke über die Autobahnbrücke blieb ich stehen, weil ich glaubte, ich würde gerne runterschauen auf die dort unten ihren jeweils eigenen Zielen entgegensteuernden Fahrzeuge, aber der Wind fuhr heftig durch die Schneise der Autobahn, und so ungeschützt hielt ich es nur wenige Sekunden aus. Die aufkommende Dunkelheit, die Scheinwerfer und das Spritzwasser der Fahrbahn, gegen das sie alle ihre Scheibenwischer angestellt hatten, machten es auch unmöglich, von der Brücke aus die Menschen hinter den Windschutzscheiben zu erkennen.

Auf dem Gelände des Rastplatzes kam ich zuerst an den langen Reihen der abgestellten Lastwagen vorbei. In den Führerhäusern waren die Vorhänge zugezogen. Manche hatten noch den Motor laufen, um die Heizung in Betrieb zu halten. Die meisten Fahrer aber, stellte ich mir zumindest vor, lagen in den Kojenbetten hinter den Sitzen, schliefen oder blätterten vielleicht noch in einer Illustrierten, überflogen den Spielbericht ihrer Fußballmannschaft auf einem kleinen Laptop. Sie alle hatten jedenfalls zu warten und irgendwie die Zeit totzuschlagen, bis die Fahrzeitpause abgelaufen war und die Ladung in ihren Anhängern weitertransportiert werden durfte.

Ich lief auf meinen schneeverklebten Stiefeln zwischen diesen teilweise rhythmisch aufröhrenden und Abgase ausdampfenden, insgesamt aber wie eine schlafende Kleinstadtstraße aufgereihten Fahrzeugen hindurch, näherte mich der Tankstelle von ihrer Rückseite, wo ein Reifendruckgerät und ein Staubsauger unter dem Lichtkegel einer Laterne angebracht waren. Vor den Toilettentüren stand ein silberner Kleinwagen, ebenfalls mit laufendem Motor, mit einer sehr jugendlich aussehenden Person auf dem Fahrersitz, die mit beiden Händen das Lenkrad festhielt, als könne sie jeden Moment losrollen. Auch hier stach mir die Luft beim Einatmen noch kalt in die Nase, und trotzdem konnte ich den Benzingeruch wahrnehmen. Zum ersten Mal, seit ich losgelaufen war, konnte ich überhaupt etwas riechen.

Durch die Scheiben sah ich innen im Verkaufsraum der Tankstelle den Rücken einer Verkäuferin im roten Polohemd. Sie bückte sich immer wieder hinter den Tresen und holte Zigarettenstangen hervor, die sie dann aufriss und die einzelnen Schachteln in ein Regal hinter der Kasse sortierte. Ein Kaffeeautomat befand sich gerade im Selbstreinigungsmodus, zwischen den Süßwaren und Getränken saßen, in einem Metallregal, Stofftierversionen des Tankstellenmaskottchens eng beieinander.

Zwischen der Tankstelle und dem Flachbau, in dem, wie ich jetzt sehen konnte, das Selbstbedienungsrestaurant, ein Automatenspielkasino und ein kleiner Erotikmarkt untergebracht waren, befand sich ein breiter Parkplatz für Pkws. Nur wenige Autos standen hier, ebenfalls mit laufenden Motoren. In einigen war das Innenlicht eingeschaltet, ich sah die Personen auf den Sitzen, die scheinbar gedankenlos ihre eigenen Spiegelungen in der Windschutzscheibe betrachteten. Die Beifahrertür einer großen

Limousine mit getönten Scheiben sprang auf, eine Frau in weißer Bluse kam auf hohen Schuhen heraus, lief schnell zum Kofferraum, öffnete die Klappe, holte einen Picknickkorb heraus und verschwand dann mit hektischen Bewegungen wieder in der beheizten Fahrgastzelle.

Ein ausgetretener Pfad führte vom Parkplatz eine Böschung hinab zwischen laubloses Gebüsch. Ich ging ihm nach, geistesabwesend, bis ich auf eine kleine Nische stieß, in der der Schnee geschmolzen und einer schwarzen, schlammigen Fläche gewichen war, auf der überall feuchte, fleckige Papiertaschentücher herumlagen. Dann kehrte ich wieder um und lief zurück auf den Parkplatz.

Auf den Toiletten des Selbstbedienungsrestaurants, für die man auf ein kleines Tellerchen im Vorraum etwas Geld legen musste, ohne dass jemand dort war, der einen überwachte oder dieses Geld schließlich an sich nahm, trank ich aus dem Hahn des Waschbeckens eine große Menge Wasser, was mich noch hungriger machte.

Ich belud mir am Buffet einen Teller mit Gemüse, Kartoffeln, Fleisch und Soße, den sich die Kassiererin kurz ansah, etwas in ihr Tastenfeld tippte und dann einen irrsinnig hohen Geldbetrag nannte mit müder Stimme, den ich ihr überrumpelt und ohne Beschwerde in die Hand zählte. Ich hätte mich an diesem Punkt gerne mit ihr unterhalten, nahm aber stattdessen mein Tablett mit dem Teller darauf und setzte mich an einen der vielen Tische, die an der Fensterseite des Flachbaus aufgestellt waren in einem offenen Raum, an den das Buffet, der Automatenspielbereich und der Eingang zum Erotikmarkt angrenzten.

Während ich aß, hörte ich das Brummen der Kühlschränke am Buffet, hin und wieder ein klimperndes Aufjubeln der Automaten, die dann wild zu blinken begannen, ihren Ausschüttungsmodus simulierten, um Vorbeigehende zum Spielen zu animieren. Am Eingang des Erotikmarktes war eine Frauensilhouette aus Leuchtstoffröhren angeschaltet worden, ein ausgestrecktes und ein abgewinkeltes rechtes Bein leuchteten abwechselnd an ihrem Körper auf, mit einer viel zu langen Pause dazwischen, sodass es nie wie die Bewegung aussah, die es darstellen sollte. Auf dem glatten Plastikfurnier meines Tisches, das eine helle Holzsorte nachahmte, spiegelten sich diese bunten Lichter sehr verschwommen wider. Irgendwann fiel mir auf, dass ich meinen Teller schon längst leer gegessen und mich wohl für lange Zeit an diesen bunten Lichtpunkten, ihrem steten Wechsel festgestarrt hatte, reglos und ohne einen einzigen Gedanken. Mein Körper war unbeschreiblich schwer geworden auf dem Stuhl, und ich bemerkte, dass ich weder meinen Mantel ausgezogen noch meine Mütze abgenommen hatte. Mir wurde heiß, mein Gesicht glühte, ich wollte aufstehen, war aber nach dem schweren Essen schläfrig und träge geworden. Vor der Glastür am Eingang sah ich draußen, an einem hohen Aschenbecher, eine Angestellte des Restaurants eine Zigarette rauchen und dabei schnell auf der Stelle treten, um sich warm zu halten. Ich wollte zu ihr hingehen und ein Gespräch anfangen, aber als ich es schließlich geschafft hatte, mich von dem Stuhl hochzudrücken, warf sie schon ihren Zigarettenrest in den Aschenbecher und verschwand mit schnellen Schritten irgendwo hinter dem Gebäude.

Draußen war nichts mehr vom Grau des Tages übrig geblieben, die ganze Landschaft weggesunken in eine schwarze Nacht, und durch den Lichtschein der hoch aufragenden Laternen auf dem Rastplatz fiel jetzt neuer Schnee in feinen Flocken.

Unsagbar müde näherte ich mich dem Hotelgebäude, manchmal schloss ich für eine Weile die Augen und spürte, wie der Schnee auf meinen Lidern schmolz. Wenn ich sie dann wieder öffnete, einen Spaltbreit, um mich zu vergewissern, dass ich weiterhin auf dem rechten Weg lief, sprühten lange, sternförmige Lichtreflexe aus den Laternen und den Scheinwerfern der Autos.

Ich schob mich durch die Drehtür in den Empfangsbereich des Hotels, einen gefliesten Raum mit niedriger Decke, und wie ferngesteuert ging ich geradeaus, zu einem leuchtenden Cola-Automaten an der gegenüberliegenden Wand, an dem mein Blick sich festgefangen hatte. Erst als ich davorstand, merkte ich, dass ich nichts von der Maschine wollte. Ich drehte mich herum, bis ich den Rezeptionstresen im Blick hatte, hinter dem ein nachlässig uniformierter Junge saß und in einen Computerbildschirm starrte. Aus dem Augenwinkel hatte ich schon ein paar schmächtige Ledersessel gesehen, die auf einem bunten Teppich um einen Glastisch herum angeordnet waren und den Eindruck machten, als hätte sich noch niemals jemand in sie hineingesetzt.

Kurz war da der Wunsch, einfach in diesen Möbeln eine Weile auszuruhen, bis ich mich kräftig genug fühlte, mit dem uniformierten Jungen zu sprechen. Ich glaubte nicht mehr lange auf meinen Beinen bleiben zu können.

An der Wand über dem Schlüsselregal der Rezeption war ein abstraktes Gemälde von großem Format angebracht. Rot, Gelb und Orange, kleine blaue Flecke, einige kohlenschwarze Striche, aggressiv hineingeworfen, schon im Zerfließen angedeutete Formen, ein Feuersturm, dachte ich mir. Jemand hatte dieses Bild aus einem Brand heraus gemalt, in einer unglaublichen Konzentration in die Flammen geschaut, die Hitze im Gesicht, und darunter saß, im weißlich fahlen Widerschein des Monitors, der uniformierte Junge, auf den ich mich zubewegte, nur von der Aussicht auf ein Bett schrittweise weitergestoßen und so halb schon eingeschlafen, dass ich wusste, sobald ich die Augen schloss, würde ich übertreten in die Traumwelt.

Ich sollte ein Formular ausfüllen, in dem meine Handschrift

dann seltsam schwammig aussah, und bekam einen Zimmerschlüssel, den Preis bezahlte ich im Voraus. Der Junge wünschte mir eine gute Nacht, ich zeigte mit schlaffem Arm auf eine der weißen Pressspantüren mit den goldfarbenen Klinken, die vom Eingangsbereich abgingen, und er wies mit einer einstudierten Handbewegung, wie ein Steward im Flugzeug, auf ein Schild an der Wand. Ein Treppensymbol war darauf abgedruckt, ein Richtungspfeil und eine Reihe Zimmernummern.

In der Nacht schraubte ich mich unruhig durch das steife Bettzeug und durch ein wirres Gezeter in meinem Kopf. Zuerst wachte ich auf und zog mich aus, dann wachte ich auf, um das Fenster zu öffnen, und noch mal, um es wieder zu schließen. In den Zeiten, die ich nur halb weggedämmert verbrachte, wechselte draußen auf dem Rastplatz eine große, umfassende Ruhe mit dem Aufdröhnen von Motoren, den wummernden Bässen aus einer High-End-Anlage in einem Kleinwagen, dem davon die ganze Karosserie schepperte, Lachen und dann wieder zurück in Nichts und Stille. Die Laternen, die den Rastplatz beleuchteten, blieben die ganze Nacht in Betrieb. Ein helles Lichtquadrat fiel in den Raum, auf die Ecke, in der mein Rucksack stand, und auf die Zimmertür daneben in einer Art, dass ich dachte: wie für einen Auftritt. Jemand müsste hereinkommen und die Augen abschirmen mit der Hand und dann zum unsichtbar im Dunkel hockenden Publikum zu sprechen beginnen.

Ich wachte auf, als draußen schon wieder einige Helligkeit aufgekommen war. Der Himmel war weiterhin grau bewölkt, und dicke Schneeflocken taumelten jetzt über dem Rastplatz und der Autobahn. Es gab zu dieser Stunde kaum Verkehr, auf den weißen Fahrbahnen waren nur schwach ein paar Reifenspuren zu erkennen.

Ich stand auf und zog mich an, wollte aber noch nicht gehen und setzte mich auf einen der beiden Holzstühle mit buntem Sitzbezug, die dem Bett gegenüber an die Wand gestellt waren ohne Tisch.

Aus meinem Rucksack nahm ich das eingewickelte Brot und aß einige trockene Stücke, holte mir Wasser für meine Thermoskanne am Waschbecken neben der Tür. Dann rollte ich die Tageszeitung, die ich aus dem Nachbarbriefkasten genommen hatte, auf meinem Schoß auf, blätterte darin herum und fand irgendwo in der Mitte die fast halbseitige Abbildung einer Luftaufnahme.

Moderne Kulturlandschaft stand als Bildunterschrift darunter. Die Aufnahme war aus einiger Höhe aufgenommen worden. Ein kleiner Ort, nur als Fleck zu sehen, lag an einer Straße ohne Kurven, die quer über das gesamte Bild lief. Ansonsten waren auf dem Bild nur noch unzählige kreisrunde Felder zu sehen, künstlich bewässert, riesengroß und jedes in einem anderen Stadium der Reifezeit. Ich fand das Bild sehr schön, weil ich dachte, auf ihm sei die Wiederkehr, das Turnusmäßige der Zeit abgebildet. Wachstum, Reife, Ernte, wie auf Hunderten riesiger Uhren aus Mais und Weizen. Ich beschloss die Tageszeitung zu behalten und steckte sie zurück in meinen Rucksack. Dann nahm ich meinen Fotoapparat heraus und machte ein Bild vom Rastplatz vor dem Fenster. Nachdem ich den Auslöser gedrückt hatte, die Kamera gesenkt und wieder allein mit meinen Augen aus dem Fenster schaute, überkam mich zum ersten Mal ein tiefer Zweifel, ob sich all das noch mal ändern könnte.

Als am Abend des 10. April 1815 der Berg Tambora auf der Insel Sumbawa, die zweihundert Jahre lang abwechselnd von holländischen, britischen und japanischen Besatzern kontrolliert worden war, explodierte, stieß er mit einem Mal einhundertvierzig Milliarden Tonnen Gesteinsmasse in die Luft, anderthalb Kilometer Berg, von der Spitze abwärts, sprengten sich aus dem alten Gefüge und regneten auf die umliegende Landschaft herab. Überfaustgroße Brocken schlugen in die Reisfelder und Hütten der Bauern ein, Ascheregen und Schwefelregen folgten, Tsunamiwellen, die Dörfer und Siedlungen rund um den Tambora wurden allesamt vernichtet. Noch bevor man die kilometerhohe Aschesäule sehen konnte, die aus dem Vulkankrater aufstieg, hörte man überall auf den indonesischen Inseln die Detonationen. Aufgeschreckt und hektisch gingen die Besatzer in Stellung, Schiffe wurden aufs Javameer ausgesandt, man griff zu den Waffen und spähte in den Abend nach feindlichen Truppen.

Feuerstürme, rot glühende Gaswolken, Asche und flüssiges Gestein fluteten die Flanken des Tambora herab ins Meer. Eine schaumige Kruste bildete sich auf der Wasseroberfläche, in sie eingebacken die Vegetation, Häuser, Tiere, Menschen, die in dem heißen Rutschen und Fließen umgekommen und mitgerissen worden waren. Großflächige Bruchstücke dieser Schaumkruste trieben hinaus auf die See und dort jahrelang herum. Immer wieder stießen Fischer und Fernreisende auf solches Treibgut.

Infolge des Ausbruchs verfinsterte sich der Himmel. Der Staub, die Asche und die Gase stiegen in die Stratosphäre, gelbliche Dunstschleier, die vom Wind um den ganzen Erdball getragen wurden, das einfallende Sonnenlicht wurde von diesem säurehaltigen Dunst zurückgeworfen. Wenn es regnete, regnete es Schwefel und Asche, die Böden und das Grundwasser wurden vergiftet, und durch den Mangel an Licht blieb es ein Jahr lang Winter auf der nördlichen Hälfte der Welt.

Den Menschen in Europa und Nordamerika war die Ursache für diese Verdunklung, die Kälte und die ungewohnten Niederschläge lange unklar. Viele zogen aus ihren Häusern aus und hofften auf Besserung anderswo, fuhren vielleicht auf einem Schiff von Europa nach Amerika oder von dort zurück und fanden dann, auf der anderen Seite des Ozeans, auch nur dieselbe Dunkelheit vor, Schneefälle im Sommer, erfrorene Felder, Hunger. Keiner wusste, dass weit entfernt auf dem Planeten etwas aufgerissen war, explodiert, und so starrten sie fragend in den sternenlosen Himmel.

Als ich Richard vom Ausbruch des Tambora erzählte und ihn fragte, könnte es nicht sein, dass wieder irgendwo in einem fernen Erdteil eine solche Explosion stattgefunden hat und wir jetzt wieder ahnungslos umhergehen in der Kälte, zuckte er nur mit den Schultern, wollte davon gar nichts wissen. Es kam mir sogar so vor, als würde er richtig wütend, je länger ich versuchte, den Ursachen auf den Grund zu kommen.

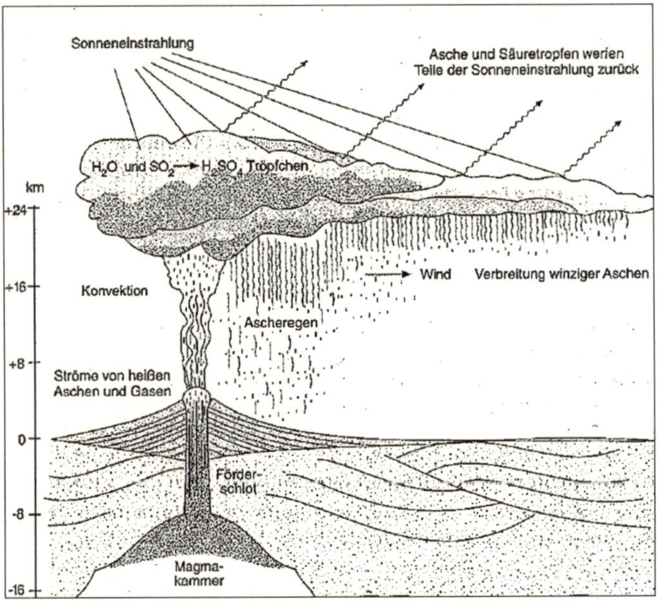
Sonneneinstrahlung
Asche und Säuretropfen werfen
Teile der Sonneneinstrahlung zurück
H_2O und SO_2 → H_2SO_4 Tröpfchen
km
+24
+16
+8
0
-8
-16
Konvektion
Wind
Verbreitung winziger Aschen
Ascheregen
Ströme von heißen
Aschen und Gasen
Förder-
schlot
Magma-
kammer

Auf der Karte, die ich mir im Verkaufsraum der Tankstelle nochmals genau anschaute und in kleinen Teilabschnitten mit meinem Gedächtnis abzufotografieren versuchte, zog sich die Autobahn gerade hoch in den Norden, teilte sich in einen nach Westen abgehenden Zweig und einen kleineren, der bis kurz vor die Küste führte, dort zu einer Landstraße wurde und sich schließlich auffächerte in Richtung der vielen kleinen Dörfer und Ortschaften am Meer.

Im Selbstbedienungsrestaurant hatte ich meinen Rucksack wieder mit Essen aufgefüllt. Ein paar Äpfel und Bananen und in Frischhaltefolie eingewickelte Käsebrötchen. Auch die Thermoskanne war wieder voll, und den Brotlaib hatte ich gegen ein Gefühl der Sättigung ankämpfend noch im Hotelzimmer aufgegessen, in der Hoffnung, dass ich dann erst spät am Tag wieder Hunger bekommen würde. Der Schnee war ohne Pause auf die Landschaft gefallen, die Lastwagen standen entweder eingeschneit auf dem Parkplatz oder waren gerade losgefahren und hatten nur ein dunkles Rechteck zurückgelassen. Ansonsten waren alle Spuren von gestern längst verschwunden.

Das Land ging schnell wieder über in die bekannte Form. Links von mir die Autobahn, rechts Felder, Forste, Landstraßen, Drainagegräben, verschneite Jauchegruben und in einiger Entfernung ein Großmastbetrieb, in dem es ganz still zu sein schien. Einmal durchquerte ich einen Gewerbepark, der zwischen die Autobahn und eine Reihe größerer Ortschaften gebaut war. Ein großes, fensterloses Möbelhaus mit einem riesigen Parkplatz davor, über den zwei Menschen einen mit eingeschweißten Schrankwandteilen überladenen Einkaufswagen wacklig herumsteuerten, auf dem Weg zu einem ganz unsinnig weit vom Ausgang entfernt geparkten Fahrzeug, ein Autohaus und eine Einkaufspassage, an deren gläserne Fassade die Leuchtreklamen der ansässigen Franchisebetriebe montiert waren. Zwischen den Parkplatzflächen, die sauber voneinander abgetrennt waren durch Reihen kleiner Nadelbäumchen, befand sich auf Höhe des Einkaufszentrums eine Bushaltestelle mit einem Wartehäuschen, in dem ein dicker Mann ohne Jacke oder Mantel stand und eine Zigarette rauchte.

Als ich mich noch mal umschaute, sah ich, wie die beiden Personen auf dem Nachbarparkplatz große Probleme hatten, ihre gekauften Möbelteile in das kleine Auto zu laden, mit dem sie gekommen waren. Die eine fasste sich zum Nachdenken an den Kopf, während die andere große Gesten machte, die aber nicht vorwurfsvoll, sondern eher wie Vorschläge aussahen.

Danach sah ich niemanden mehr. Das Gehen an der Autobahn wurde häufig durch Zäune, Wassergräben und Fischteiche erschwert, weshalb ich mich immer weiter von ihr entfernte und wieder in den Feldern lief. Ich durchquerte einen Windpark, in dem alle Räder still standen, obwohl ein strenger Luftzug über die Landschaft ging.

Oft hatte ich das Gefühl, dass es gerade wieder angefangen hatte zu schneien, war mir dann aber nie sicher, ob es davor überhaupt einmal aufgehört hatte oder ob ich einfach nur unaufmerksam gewesen war, weil ich über irgendetwas nachgedacht hatte. Diese Frage verscheuchte dann aber meistens auch den Gedanken, den ich vielleicht gerade hatte, und so konnte ich nicht mal mehr mit Sicherheit sagen, ob ich tatsächlich über etwas nachgedacht hatte, oder wo ich gewesen war in meinem Kopf.

Wenn ich einen Verschlag, einen Unterstand oder eine Scheune vorfand, versuchte ich zu schlafen, ich kauerte mich in eine Ecke und trieb dann für eine Weile auf einer seichten, vom Zittern meiner Glieder durchsetzten Bewusstlosigkeit dahin, für ein paar Stunden manchmal, bis ich wieder weiterging, durch die Dunkelheit der Nacht oder die trübe Ödnis des Tages. Manchmal mogelten sich im halbwachen Zustand beim Gehen Trugbilder in die Landschaft, ich sah dann Rauchsäulen aufsteigen aus dem Wald oder eine über die Schneedecke eilende Person, die plötzlich stehen blieb, wie ertappt, und zu einem Verkehrsschild wurde. In der Nacht war unter den Schemen der Wälder und Siedlungen in einiger Entfernung oft ein Kriechen, die metallenen Arme der hohen Fernleitungsmasten wurden weich, griffen nach vorn und zogen sich entlang der Stromleitungen übers Land.

Ich schüttelte dann meinen Kopf und Körper wie ein nass gewordener Hund, und meistens kehrte auch alles an seinen ursprünglichen Platz zurück.

Es brauchte keine Schilder oder bekannte Gebäude, um zu bemerken, dass ich dem Ort immer näher kam.

Ich spürte, dass die Spuren meiner Stiefel im Schnee, auch wenn er sonst ganz unberührt war, auf anderen Spuren verliefen, die sich unter der weißen Schicht durch die Landschaft zogen. Ich wurde vorsichtig beim Gehen.

Bald erreichte ich das ehemalige Militärgebiet zwischen dem Inland und dem Ort an der Küste und schaute mich um nach den markierten Feldwegen. Dieses weitläufige, größtenteils gesperrte Gebiet umschließt den Ort im Süden in Form einer großen Niere und erstreckt sich weit über die Landkreisgrenzen hinaus. Wer sich dem Ort mit einem Auto nähert, muss das Gebiet umfahren. Durch seine große Ausdehnung fällt einem der Umweg gar nicht auf. Man fährt an einem langen Streifen Wald vorüber, auf der anderen Straßenseite ziehen die Felder vorbei, Raps und Weizen, Futtermais, Kartoffeln und Zuckerrüben. Rot bestrichene Holzpfosten, die selbst in der vollkommen überschneiten Landschaft gut zu sehen sind, markieren zu beiden Seiten die Wege, die zum Gehen durch das Gebiet freigegeben wurden.

Hundert Jahre lang war das Gebiet den Truppen der wechselnden Regierungen und Besatzer Militärstützpunkt und Waffenübungsplatz gewesen, bevor die letzten von ihnen vor ein paar Jahrzehnten abzogen, einige Wege absteckten zum zivilen Gebrauch, das Kriegsgerät fast vollständig mitnahmen und sonst alle Türen und Gatter, die vorher so gut verschlossen und bewacht waren, offen stehen ließen, auf dass allen gleich einleuchten konnte, es war nicht der Ort so kostbar, dass er bewacht werden musste, sondern die Aufgabe des Bewachens selbst.

Meine Eltern hatten nach dem Abzug der Truppen eines der sehr preiswerten Häuser in der Nähe des aufgelassenen Militärstützpunktes gekauft. So günstig kam man nirgendwo sonst im Land an eine Immobilie am Meer. Und als ich das dachte, während meiner ersten Schritte entlang der roten Pfosten, wurde mir bewusst, dass ich es bisher vermieden hatte, während des ganzen Gehens, überhaupt an meine Eltern zu denken, die ja schließlich, in ihrem Haus sitzend, mein Ziel gewesen waren.

Wegen der erhöhten Militärpräsenz, der immer neuesten Kriegsgeräte, die man für den Ernstfall im Gebiet testete, war den Bewohnern des Ortes die Nutzung der sie umgebenden Landschaft weitestgehend verboten worden. Es gab auch kaum kommerziellen Fischfang, da der kleine Ortshafen ebenfalls durch das Militär besetzt war – ein Kontrollposten mit Wachturm und ein ständig vor der Küste patrouillierendes Kanonenboot, das Technik und Soldaten vor seeseitigen Angriffen beschützen sollte.

Im Wesentlichen lebte die Bevölkerung von den Bedürfnissen der Soldaten. Der kleine Ort war dazu übergegangen, einem anderen kleinen Ort, der die Kaserne war, als Versorgungsstelle, Kneipe, Wäscherei, Möbelwerkstatt und Eiscafé zur Verfügung zu stehen. Mit dem Abzug der Truppen wurde dieses Abhängigkeitsverhältnis einseitig aufgekündigt.

Beim Laufen über den rot markierten Hauptweg stellte ich mir vor, wie sie hier in kleinen Gruppen beieinander gestanden, ihre Granaten in den Wald geworfen und mit einer Panzerfaust über eine Lichtung gefeuert hatten. Um dann mit einem Feldstecher dem Rauchschweif der Raketen hinterherzuspähen, bis irgendwo ein Einschlag und eine Explosion zu hören waren. Wie sie dann aufsprangen auf einen offenen Wagen und das Gelände auf den betonierten Wegen abfuhren, zum nächsten Schießplatz oder zurück in die Kaserne. Jahrzehntelang wurde hier in alle Richtungen das Kriegsgerät ausgetestet, bis keiner mehr genau sagen konnte, wo nicht vielleicht noch ein Blindgänger herumlag und wohin man noch gefahrlos einen Fuß setzen konnte. Das riesige Areal haben sie sich so kleingeschossen über die Jahre und es dann irgendwann einfach aufgegeben, sind abgezogen und haben vorher noch in regelmäßigen Abständen Schilder mit Warnungen vor munitionsverseuchtem Gebiet in den Boden gerammt. Im Sommer liegen die halb ins Erdreich eingesunkenen Granaten manchmal so lange in der offenen Sonne, dass sie sich von selbst entzünden, und die letzten Jahrzehnte wuchs auf dem gefährlichen Boden eine Wildnis heran, ungestört, an der sich ungefähr ablesen lässt, wie hier die Landschaft einmal ausgesehen haben könnte vor der Besiedlung durch die Menschen. Weite Birkenwälder haben sich ausgebreitet, durch die im Sommer der Wind fährt und damit schon vorgreift auf das Rauschen an der Küste. Manchmal nur eine verkohlte Fläche, geschwärzte Baumstämme und verbranntes Gebüsch. Ab und an wird das Gebiet von Einheimischen durchwandert, die ihre Hunde an kurzer Leine führen.

Zwischen diesem Gebiet und dem Meer liegt der Ort und zwischen dem Ort und dem Gebiet, durch Zufahrtsstraßen miteinander verbunden, verwaiste Kasernenbauten, ein kleiner Militärflughafen mit zwei großen Hallen und ein paar begrünte, als Buckel in die Landschaft gesetzte Shelter.

Vor einigen Jahren wurde hier zum ersten Mal der Versuch unternommen, die militärischen Anlagen in einen Freizeitpark umzugestalten. Eine Gokartbahn sollte auf dem Flugfeld entstehen und die Kasernen zu Fremdenzimmern umgebaut werden. Die übrig gelassenen Uniformen, Gasmasken, Munitionskisten, Stahlhelme und Tarnnetze wurden zusammengetragen und als Einrichtung in den leeren Eingangshallen des Offizierskasinos und der Versorgungsgebäude aufgehäuft. Man wollte die realbrutale Nutzung sofort in Erlebnisgastronomie umwandeln und kam dabei dann doch auf kein friedliches Konzept.

Aus einiger Entfernung kam mir auf dem Hauptweg ein Motorroller entgegen, mit schlingernden Lenkbewegungen langsam über den verschneiten Weg gesteuert, von einem Jugendlichen, der einen dicken Wintermantel trug und einen schwarzen Motorradhelm mit heruntergeklapptem Visier. Er blieb auf meiner Höhe kurz stehen und fragte mich durch seinen geschlossenen Helm hindurch, wer ich denn sei, und mir fiel nichts Besseres ein als zu fragen: Und wer bist du?

Ich heiße Hannes, sagte er, und beim Sprechen beschlug sein Visier, sodass ich das Gesicht dahinter kaum erkennen konnte. Ich sagte, ich gehe nach Hause, und Hannes nickte, und seine rechte Hand gab wieder vorsichtig Gas.

Ein paar Stunden noch lief ich durch die laublose Landschaft, in der jetzt alle Bäume aussahen, als wären sie von den gelegentlichen Explosionen verbrannt worden. Das Licht hatte längst schon wieder abgenommen, wahrscheinlich war die Sonne schon untergegangen oder gerade im Begriff, irgendwo hinter dem tiefgrauen Horizont zu versinken.

Nur vom Schnee ging noch einige Helligkeit aus, als ich die ersten Kasernenbauten erreichte, Garagen, aus denen die Tore längst von örtlichen Schrotthändlern herausmontiert worden waren, ein Wächterhaus am Eingang mit eingeschlagenen Fenstern und leer getrunkenen Plastikflaschen auf dem Fußboden. Weiter hinten ragten die beiden Hangarhallen als düstere Schemen über die Bäume. Über alles hatte sich der Schnee ausgebreitet, auch auf einzelnen Handläufen, toten Strom- und Telefonleitungen, Holzpaletten, die an eine Hauswand geschichtet waren. Auf kleinsten Flächen stapelten sich die ineinandergekeilten Schneekristalle, höher als ich mir vorstellen konnte, dass die Gesetze von Schwerkraft und Statik es erlaubten, sofern sie noch in Kraft waren.

Der Bau der Gokartbahn war offenbar mit Einbruch des Winters eingestellt worden. Ein halbfertiger Zuschauerrang ohne Sitze stand neben einem Gerüst mit der Aufschrift *Start / Ziel*, das die zugeschneite Fahrbahn überspannte. Reifenstapel zur Absicherung gefährlicher Kurven waren teilweise schon entlang der Strecke aufgeschichtet worden. Nahe den Kasernenbauten, in die bereits neue Fenster mit Plastikrahmen eingebaut waren, bei denen aus den Seitenkanten aber noch der Fugenschaum hervorquoll und die Scheiben mit blauer Schutzfolie beklebt waren, stand ein Betonmischgerät und daneben ein verrosteter Stromgenerator. Irgendwo hörte ich einen Hund bellen, konnte aber niemanden sehen. Im Schnee fand ich nur die Spuren von Vogelfüßen und von etwas, das vielleicht ein Marder war, eine Katze oder ein kleiner Fuchs.

Ich lief durch diese Ruinen der letzten Anstrengungen, dem Ort eine Verwandlung abzuringen, und dachte an meine Eltern, die bei dem Bürgerentscheid vor ein paar Jahren gegen die Umnutzung der Anlagen gestimmt hatten. Zu gefährlich, hieß es von ihrer Seite, zu spärlich das Wissen darum, was alles auf dem Gelände vor sich gegangen war im Verlauf seiner kriegsgewerblichen Nutzung.

Ich dachte an das Unheimliche, das von meinen Eltern ausging und sie gleichzeitig auch selbst ergriff. Das war kein Schrecken, keine Waffe oder offene Wunde, kein Fleck verbrannter Erde, sondern eine ein für alle Mal feststehende Ordnung, die kaum jemals etwas Beunruhigendes von sich gibt, die einfach nur da ist, mit Selbstverständlichkeit fortwirkt und all das bestimmt, was einem dann schließlich auf weiten Umwegen die Luft abschnürt.

Ein großer Teil des im Schwarzwald, im Südwesten des Landes, gefällten Baumbestands, wurde zur Zeit, als das holländische Königreich noch eine Seefahrernation war und für den Schiffbau mehr Holz benötigte, als in den eigenen Wäldern geschlagen werden konnte, in großen Mengen gesammelt, aufwendig zusammengeschnürt und vernagelt, als sich selbst verschiffende Fracht auf Neckar und Rhein in Richtung Meer zu Wasser gelassen und ins Ausland verkauft. Auf den so entstehenden Riesenflößen wurden für die Dauer der Fahrt kleine Dörfer errichtet. Herrenhütten für Floßführer und Steuermann, eine Küchenhütte für den Floßkoch, manchmal gab es auch einen Viehstall. Die einfach gezimmerten Unterkünfte für die Flößerknechte, die den ganzen Weg den Fluss hinab auf den glitschigen Stämmen hin und her laufen und dafür sorgen mussten, dass alles beisammenblieb und sich nichts an den Uferböschungen und Talschlingen verkantete, die zum Lenken und Anstoßen lange Stäbe immer wieder ins Flussbett rammten, herauszogen, anderswo hintrugen, durften als Teil der Entlohnung im Zielhafen abgerissen und von den Knechten auf eigenen Gewinn verkauft werden. Ein Holzknecht, der an so einem mehrwöchigen Großtransport teilnahm, verdiente für seine Verhältnisse wohl ein relativ gutes Geld.

Solange die Flüsse befahrbar waren und Schiffe gebaut wurden, weil Schiffe versanken, fuhren die Flöße in den Norden. Man sprengte Gefahrenstellen aus der Route, und nur wenn im Winter die Wasserwege zugefroren waren, musste für einige Zeit von allen Seiten ein wenig Geduld aufgebracht werden. Man konzentrierte sich dann auf das Zusammentragen, das Schnüren und Verbinden und Vernageln der langen Stämme, die Knechte bauten an ihren Hütten und den Hütten der Vorgesetzten und halfen aus bei den Säge- und Transportarbeiten im Wald.

In einem solchen besonders kalten Winter rollt ein Baumstamm die Böschung hinunter auf den vereisten Neckar. Ein Holzarbeiter namens Friedrich Link wird ausgewählt, ihn wieder zurück an Land zu holen. Er bricht dabei ein, treibt unter der Eisdecke ein Stück stromabwärts und kann erst nach sorgfältiger Suche und großen Anstrengungen wieder an Land geholt werden. Friedrich Links Herz und Nerven nehmen dabei großen Schaden. Er kann seine Arbeit nicht mehr ausführen wie bisher, wird unter einem Vorwand entlassen und findet später nur noch eine Anstellung in der Stadtverwaltung, wo er ein paar Jahre am Schreibtisch sitzt, vor Zetteln und Rechenmaschinen, oft aus dem Fenster sieht, auf den Marktplatz und das Kopfsteinpflaster und schleichend verdämmert, bis er schließlich, drei Jahre nach dem Einbruch in die Eisdecke, in fortgeschrittener seelischer Zerrüttung und Verwirrung an einem Herzversagen stirbt. Er hinterlässt nach seinem Tod eine Frau und zwei Kinder, seine siebenjährige Tochter Rosina und den dreizehnjährigen Ziehsohn Louis.

Louis, dessen leiblicher Vater ein nur für kurze Zeit in der Gegend stationierter Soldat gewesen war, von dem mittlerweile auch keiner mehr sagen konnte, wohin es ihn verschlagen hatte, sage ich zu Richard, ging nach einer abgeschlossenen Tischlerlehre auf lange Wanderschaft, von der er dann nie mehr in seinen Heimatort zurückgekehrt ist.

Er lief nach Straßburg im Elsass, nach Freiburg im Breisgau, quer durch die Schweiz, nach Bern und Luzern über Vechingen und Worb, Grosshöchstetten, Langnau im Emmental, Escholzmatt, Schüpfheim und Malters. Und als das deutsche Militär ihn zum Dienst einziehen wollte, die Schweizer Behörden bat, ihn zu verhaften und auszuliefern, sobald er irgendwo einen Wohnsitz anmelden oder eine Arbeit aufnehmen wollte, bestieg er ein Schiff, fuhr über den Atlantischen Ozean nach New York, lief von New York durch die Staaten Pennsylvania, Ohio und Indiana nach

Chicago in Illinois, wo er wieder im holzverarbeitenden Gewerbe eine Arbeit fand und im Alter von nur zweiundzwanzig Jahren an einer Explosion in seinem Gesicht starb.

Während ich noch zwischen den Kasernenbauten stand, zeichnete sich über dem Ort bereits der gelblich fahle Widerschein der Straßenbeleuchtungen ab. Dem musste ich folgen, für eine halbe Stunde vielleicht die Zufahrtsstraße entlang, auf der sich nach eingebrochener Dunkelheit keine Fahrzeuge oder Spaziergänger mehr bewegten.

Ich kam am Ortsschild vorbei und konnte wie immer nichts dagegen tun, dass sich dabei eine Erwartung in mir aufbaute. Eine Grenze zu übertreten. Eine Regung, ein spezielles Gefühl zu haben, eine verschüttete Erinnerung, die plötzlich hochkommt. Nie passierte es dann, und die Aussicht, dass es eben nicht passierte, war ja in der Erwartung auf irgendeine Art auch schon enthalten. Trotzdem kam sie jedes Mal, beim Durchschreiten oder Durchfahren der beidseitig an der Straße aufgestellten Ortseingangsbeschilderung, wie zwei dumpfe Schläge auf einer Trommel, schnell nacheinander, und danach dann lange nichts. Erwartung, Enttäuschung, Stille, dann wieder das Geräusch meiner Schritte im Schnee, das hatte ich schon ganz lange nicht mehr bewusst gehört.

Vor den Fenstern der Häuser waren überall die Rollläden heruntergelassen. Die meisten vollständig, manche nur so weit, dass die kleinen Schlitze zwischen den Streben noch offen geblieben waren und aus ihnen schwach das Kunstlicht herausleuchtete. Vogeltränken und Gartenmöbel standen in den Vorgärten, unter der Schneedecke versunken. An der ersten Kreuzung im Ort war offenbar erst kürzlich ein Wegweiser zur Orientierung aufgestellt worden. Das Rathaus war darauf ausgewiesen, das Stadtzentrum, die Strandpromenade, der Hafen, der Sportpark, das Hallenbad, das Finanzamt, ein Naturlehrpfad und, in der Richtung, aus der ich kam, die Gokartbahn.

Es war sehr still im Ort, und von der Küste, von einem sehr kalten Wind landeinwärts getragen, war jetzt das Geräusch der

Brandung hörbar. Es klang seltsam unvertraut, wie eine schlechte Digitalaufnahme dessen, was ich hier früher gehört zu haben glaubte. Ein kränkliches Scharren mischte sich in die einrollende Brandung, etwas Zerknirschtes, als schleppte sich jede Welle müde und wund an den Strand und raunte dabei, unzufrieden über diese unendliche Wiederholung.

In der Straße meiner Eltern standen ein paar halb auf dem Fußweg geparkte Autos. Eingeschneit oder nachlässig freigeschaufelt, mit Schnee auf dem Dach und einer Eiskruste auf den Scheiben, aus der oft nur kleine Sichtfenster herausgekratzt waren, für eine kurze Fahrt auf bekannten Wegen.

Ich erreichte unseren Zaun, ihren Zaun, der ihr Grundstück umgibt, das Haus, im Erdgeschoss brannte Licht, in der Küche und in meinem Zimmer im ersten Stock. Sie waren zu Hause, und sie waren wach. Ich ging durch das Tor auf den Weg, den Weg entlang zur Haustür, links vorm Haus ein Baum ohne Blätter, das ist die Blutbuche, dachte ich, die erkenne ich an ihrem Namen.

Nach seiner Ankunft in Chicago trat Louis Link der Holzarbeitergewerkschaft bei, fand Arbeit in einer Fabrik und wurde Delegierter der zentralen Labor Union, die sich zu dieser Zeit im Überredungskampf befand, dafür, dass niemand länger als acht Stunden an einem Tag arbeiten sollte. Für diese Forderung wurden von den Gewerkschaften und Arbeiterverbänden Protestkundgebungen und Streiks im Stadtgebiet und im gesamten Land organisiert, man kam zusammen auf öffentlichen Plätzen, vor den Fabriktoren, in den Frachthäfen, den Knotenpunkten des Güterverkehrs und der Produktion, große Mengen müder, überanstrengter Menschen, eine Kiste, auf der einer stand und sprach und schrie, verschränkte Arme und gesenkte Köpfe, im Frühjahr 1886, als sich viele eingeschworen hatten auf ein Mindestes, was sie alle für sich beanspruchen wollten, immer wieder zusammenfanden, immer wieder von örtlicher Polizei am Zusammenkommen gehindert wurden.

Am 4. Mai 1886, acht Monate nach Louis' Ankunft in Amerika, als mit Gewalt eine Kundgebung auf dem Heumarkt an der Randolph Street aufgelöst wird, gibt es eine Explosion, eine Bombe, in die Menge der angerückten Polizisten geworfen, danach Schüsse, Verhaftungen, Hausdurchsuchungen, tagelange Verhöre, einen Prozess und eine Handvoll Schuldiger, die verurteilt werden zum Tod am Galgen.

In der Wohnung des jungen Louis werden Pläne und Material zum Bau von Bomben gefunden, es wurde erkannt und erklärt: Der kam ins Land mit dem Vorsatz, hier einiges zu sprengen.

Mitverantwortlich gemacht und als schuldig verurteilt wurden außerdem Herausgeber von Tages- und Wochenzeitungen für deutsche Einwanderer, Funktionäre der Arbeiterverbände, die erklärten Leiter des organisierten Widerstands wurden ins Cook County Gefängnis eingeliefert, ein Termin wurde festgesetzt zur öffentlichen Hinrichtung, 11. November 1887, eine spezielle Konstruktion im Innenhof aufgebaut, leicht erhöht vor einigen Stuhlreihen für die Journalisten und Besucher, da oben dann eine Falltür, ein Strick zu viel, weil sich Louis, in der Nacht zuvor, wie es später heißt, eine Sprengkapsel zwischen die Zähne gesteckt und sie mit seiner Nachttischkerze entzündet hatte.

Als einzig logische Erklärung, wie er in seiner Zelle an die Sprengladung hatte kommen können, fand man eine von außen hereingeschmuggelte Kiste präparierter Zigarren, zum letztmaligen Rauchen am 11. November vor dem festgelegten Termin bestimmt.

Ich sehe, wie Richard die Handflächen auf seine Ohren legt und die Augen zukneift. Es geht aber doch noch weiter, sage ich, weil ich natürlich weiß, dass man auch durch zugehaltene Ohren ganz gut hört in diesem stillen Haus.

Das Haus wurde in den späten siebziger Jahren auf einem lange leer stehenden Baugrundstück nahe der Hauptstraße errichtet. Als die Nutzung des Militärgebietes durch die stationierten Truppen zwar schon auf ihr Ende zuging, davon aber zumindest im Ort noch niemand wusste.

Die Vorbesitzer und auch später meine Eltern haben seitdem kaum etwas verändert. Und ich dachte mir schon früher, wenn ich wieder hierher zurückkam, dass es nicht nur an der Erinnerung an meine Kindheit liegen kann, wenn mir beim Betreten des Hauses jedes Mal die Zeit stehen bleibt.

Drei Waschbetonstufen zur Haustür, darüber ein weiß gekalkter Wetterschutz, eine runde Lampe mit aufgeklebter Hausnummer, die Außenhaut aus Wärmedämmstoff, darauf der raue Putz, angestrichen in zwei verschiedenen Grüntönen, Fensterrahmen aus dunkel gebeiztem Holz mit silbernen Handgriffen, ergonomisch geformt, vier Mulden für die Finger einer greifenden Hand. Ein flaches Dach, das über eine kleine Luke aus dem oberen Flur zu erreichen ist und auf dem ein paar Blumenkübel herumstehen. Im Sommer wachsen hier manchmal kleine Birkenbäumchen oder Borstenhirse oder Hirtentäschel oder Greiskraut oder Gänsedistel oder Erdrauch oder Spark, Wicke, Gauchheil – was sich eben gerade zufällig angesät hat im Flug.

Beim Drücken auf die Klingel schlagen zeitgleich zwei kleine Hämmerchen auf eine Glocke im Erdgeschoss und im oberen Stockwerk. Durch das Riffelglas schien Licht aus dem Flur, von hinten biss mir der kalte Wind in den Nacken, fuhr mit einem sehr kalten Finger ins linke Ohr. Das Haus hat einen warmen Atem. Ich war wirklich sehr weit gelaufen und hielt den Klingelknopf lange gedrückt, damit später keiner sagen konnte, man habe es nicht gehört. Neben dem Wohnzimmerfenster ist auch nach Jahren noch die Spur einer Efeupflanze zu sehen, die da einmal gewachsen und dann vertrocknet war. Wie ein prähistorischer Abdruck, das Fundstück einer Ausgrabung, sind die feinen Linien der Zweige auf der Wandfarbe übrig geblieben. Bevor sich die Tür dann öffnete, hatte ich keine Formeln der Begrüßung oder ein Thema, mit dem sich vielleicht ein Gespräch anzetteln ließ, zwischen mir und den wortkargen Eltern, in meinem Kopf mehr übrig. Nur kurze Visionen von einem aufknisternden Feuer, orangefarbenem Licht, Weichheit, Flausch. In meinem Rücken kippte schon die ganze Welt weg oder brach vielleicht sogar auf, öffnete sich dem Jenseitigen, das einen im Schlaf dann bedrängt mit wirren Bildern. Dahin wollte ich mich aber gar nicht mehr umdrehen und nachschauen, nicht rüber auf die andere Seite der Straße, die unter Umständen bereits umgebaut war auf widersinnige Art. Nur nach vorn ins Helle, das sich mir jetzt zumindest einen Spaltbreit öffnete, genug für einen Kopf und eine rechte Schulter.

Ein kleiner Junge schaute aus der Türöffnung heraus in die Kälte. Erst dachte ich: Eine sehr alte Person, gebückt und irgendwie eingefallen, von schwacher Haltung, und dann sah ich aber doch einen Jungen, der mich auch sah und mit mir und meinem Anblick überhaupt nichts anfangen konnte.

Nach einiger Zeit fragte ich ihn, ob denn meine Eltern zu Hause seien, und er schüttelte seinen Kopf. Dann fragte ich ihn, ob denn seine Eltern zu Hause seien, und er sagte: Ich wohne hier allein.

Es brauchte eine ganze Weile, bis ich das starke Ungerechtigkeitsgefühl, das mich gleich befallen wollte, erfolgreich wegdrücken konnte, der Junge schaute mich an auf eine Art, dass ich ihm erst mal keinen Vorwurf machen konnte. Ein wenig belästigt vielleicht, aber nicht unhöflich. Er war auch, obwohl es ihm schon kalt ins gut geheizte Haus wehte, offensichtlich interessiert daran, wie es jetzt weitergehen würde. Nach einigen Momenten der Stille, in denen ich wieder die unvertraut rauschende Brandung hörte, fragte ich ihn, ob ich nicht vielleicht trotzdem reinkommen dürfte, ich sei heute Abend hier schließlich am Ziel einer sehr langen Fußreise angekommen.

Der Junge ging weg von der Tür, ohne sie aber hinter sich zu schließen. Ich hörte die gedämpften Schritte seiner Socken auf dem Flurteppichboden. Er stampfte mit den Fersen auf beim Laufen. Dann ging ich endlich selbst rein ins Elternhaus, in eine Wärme, die mir sofort die Augenlider zudrücken wollte.

Ich zog meine Stiefel aus, meinen Rucksack und den Mantel, hängte Mütze und Schal an einen Haken an der Garderobe, ging den Flur entlang, sah, als ich an der Treppe zum oberen Stock vorbeikam, dass dort Licht brannte, ging aber geradeaus durch die offen stehende Wohnzimmertür, schaute mich um im Vertrauten, erkannte alle Möbel, sie standen wie immer, die beiden Couchen, der niedrige Tisch, der Teppichboden, die Deckenlampen, Figuren auf den Fensterbänken, der eiserne Holzofen, den meine Eltern nachträglich hatten anschließen lassen an den Kamin, weil ihnen die Feuerwärme so viel besser gefiel als die aus den Heizkörpern. Ein paar aufgeschichtete Holzscheite loderten ohne Geräusch. Daneben der alte Windelkarton, schon tausendmal mit Paketklebeband umwickelt, den sie immer die Heizerkiste nannten, mit dem man in den Keller gehen und von dort unten Brennholz heraufholen konnte und ein paar alte Zeitungen aus dem Altpapier. Die dunkle Eckbank mit den etwas schmuddlig gewordenen Sitzkissen, der Esstisch, der viel zu groß war für zwei Personen und auf dem immer Zeitschriften herumlagen, eine Schale mit alten Batterien, ein paar Gummibänder, Werkzeug, eine dicke Kerze, in der der Docht schon weit heruntergeschmolzen war.

Von den Stiefeln befreit quollen meine Füße jetzt auf dem warmen Teppichboden auf, und in den Gelenken fühlte es sich an, als hätte ich nur noch eine sehr begrenzte Anzahl von Bewegungen übrig, bevor sie für immer steif würden.

Ich konnte den Jungen erst nicht mehr finden zwischen den Möbeln meiner Eltern, das Licht war schummrig, anscheinend hatte jemand aus allen Lampen im Haus die Glühbirnen rausgedreht und durch sehr viel schwächere ersetzt. Ich schaute in die Winkel und wurde etwas übellaunig, weil ich zum Suchen viel zu müde war, fasste die Couch an ihrer Rückenlehne an, sie war unheimlich weich unter meinem Griff.

Halb vom Durchgang zur Küche verdeckt sah ich dann den Jungen von hinten, der ganz geräuschlos mit etwas auf der Arbeitsplatte hantierte. Auf der schwarzen Dunkelheit vor den Fenstern spiegelte sich der Raum, ich sah mich neben der Couch stehen und die Rückenlehne in der Hand halten, mit rotem Gesicht und in ganz schlechter Haltung. Ich sah in der Spiegelung den kurzen Weg um die Couch, wattig unscharf die Polster und Kissen, ging spiegelverkehrt und trotzdem richtigherum auf die andere Seite, legte mich hin und schlief sofort ein.

Als nämlich der laute Knall, den die Explosion in Louis' Gesicht verursacht hatte, auf den Gefängnisfluren verhallt war, hörte man, nach einer sehr kurzen, dafür aber absoluten Stille, das hektische Laufen und Rufen der Wärter, die Zellentür wurde aufgeschlossen, der Gefängnisarzt gerufen, Louis von seinem Bett aufgehoben, in ein Laken eingewickelt und ins Krankenzimmer getragen.

Die anschließende Untersuchung ergab, dass gut die Hälfte seines Gesichts bei der Explosion herausgesprengt worden war. Eine Hängung am nächsten Tag, hieß es, könnte aufgrund des fehlenden Unterkiefers des Häftlings etwas umständlich werden. Man beschloss aber, das Nachdenken über mögliche Lösungen dieses Problems auf den nächsten Morgen zu verschieben und so die Energie, die dafür aufgewendet werden müsste, für andere Aufgaben verfügbar zu halten.

Nach einer Stunde etwa trafen der Journalist John C. Klein und ein Zeichner namens Edward Caring, der zur Dokumentation der Ereignisse aus seinem Schlaf geweckt und mitgeschickt worden war, im Krankenzimmer ein. Als Louis' hin und wieder geöffnete Augen beim Umherwandern im Raum den Zeichner bei der Arbeit sahen, winkte er und zeigte solange auf den Mann, bis man schließlich verstand und ihm dessen Stift und Block zum Aufschreiben einer Nachricht reichte. Louis schrieb:

Bitte anlehnen am Rücken. Wenn ich liege, kann ich nicht atmen.

Die Wärter brachten aus dem Aufenthaltsraum der Angestellten einen Sessel, in dem Louis dann noch einige Stunden saß, bis er schließlich ganz zu atmen aufhörte, der Gefängnisarzt offiziell den Tod feststellte und Caring gebeten wurde, das Blatt Papier, auf dem sich die letzten Worte des Häftlings befanden, zum Zweck der Archivierung den Behörden zur Verfügung zu stellen, obwohl sich auf der Rückseite bereits ein paar sehr schöne Skizzen befanden.

Der Zeichner willigte ein, übertrug noch ein paar der Studien auf ein leeres Blatt Papier und bat dann bei seinem Vorgesetzten Klein darum, nach Hause zurückfahren und die Reinzeichnung am nächsten Tag in der Redaktion abgeben zu dürfen.

John C. Klein blieb selbst noch lange Zeit im Krankenzimmer stehen, schaute zu, wie Louis aufgebahrt und abtransportiert wurde und verließ erst nach mehrmaliger Aufforderung den Raum und das Gefängnis, lief ein paar Stunden durch die morgendliche Stadt und setzte sich dann, zu Hause angekommen, an seinen Schreibtisch, schrieb und verwarf viele Versuche eines Artikels über die Explosion der vergangenen Nacht, bis er schließlich über einem sehr langen Kommentar zu den Ereignissen einschlief, den er später, nach dem Aufwachen, einmal noch kurz überflog, als unanbietbar für die ungeduldig wartende Redaktion bewertete, woraufhin er ein handschriftliches Kündigungsschreiben aufsetzte und am selben Tag noch die Stadt verließ, ohne jemals wieder zurückzukommen.

Kleins Vermieter, der sich einige Wochen nach dessen Verschwinden gewaltsam Zutritt verschaffte zur Wohnung am Jackson Boulevard, in der Nähe des Fernbahnhofs, fand den getippten Kommentar noch eingespannt in der Schreibmaschine, die Klein ebenso zurückgelassen hatte wie einen Stapel Bücher, einen braunen Leinenanzug, zwei Paar Lederschuhe und vier weiße Hemden an der Kleiderstange im Schrank.

Richard schaut mich sehr skeptisch an, als ich ihm erzähle, der Vermieter habe das Blatt aus der Maschine gerissen, im Glauben, es handle sich dabei um einen Abschieds- oder Entschuldigungsbrief an ihn, und dass er ihn in seiner Wut mit großen Gesten den beiden etwas unglücklich aussehenden Packergehilfen, die noch im Eingangsbereich standen und auf Anweisungen warteten, laut vorgelesen habe.

In diesem Kommentar, der also von der Vermieterstimme durch die staubige Kühle der Wohnung vorgetragen wurde, unternahm John Klein einleitend den Versuch, die Gründe für den Selbstmord einen Tag vor der Hinrichtung herzuleiten aus der Biografie des Gefangenen. Klein hatte bereits den Prozess und Urteilsspruch aufmerksam Bericht erstattend verfolgt und konnte sich auf die autobiografischen Aussagen von Louis aus der Anklagebank und ein paar tagebuchähnliche Notizen für öffentliche Vorträge, die man bei der Verhaftung in seiner Wohnung konfisziert hatte, berufen. Er schrieb von Friedrich Link, dem Einbruch in den vereisten Neckar und dem Zirkelschluss, den der Sohn nicht verkraftet habe – dass die menschenverachtenden Umstände an den Arbeitsplätzen nicht nur für den Tod des Vaters, sondern nun auch für den eigenen verantwortlich sein sollten. Die Worte *menschenverachtende Umstände* betonte der Vermieter auf besonders angewiderte Weise und sah sich dabei in der Wohnung um, als suche er hier selbst nach Anzeichen dafür. Bedingt durch den Einbruch des Vaters, las der aufgebrachte Vermieter den beiden Gehilfen und der leeren Wohnung aus Kleins unveröffentlichtem Kommentar weiter vor, wagte sich Louis Link nun selbst aufs Eis in diesem menschlichen Winter, dieser sozialen Polarnacht, die über das Land hereingebrochen war, um etwas zu bergen, womit man die Öfen der Frierenden hätte beheizen können. Richard steckt sich einen Finger in den Mund und beginnt am Nagel zu kauen, unter dem Esstisch zuckt sein rechter Fuß sehr schnell hin und her. Er komme nicht umhin, schrieb Klein, in der Sprengung von Louis' Gesicht einen symbolischen Akt von hell leuchtender Strahlkraft zu sehen. Alles, hörten die Gehilfen den Vermieter ungeduldig weiterlesen, was zum Sprechen, zum Erheben seiner Stimme nötig war, hatte er sich vor seiner Hinrichtung mit der Sprengkapsel aus dem Gesicht gerissen, und wie könnte man anders, als in diesem Akt der Stimmvernichtung eine Aufforderung zu sehen für uns, das Wort zu ergreifen. Anstatt für sich selbst ein abschließendes Plädoyer zu halten, auf einen Freispruch zu drängen, der ja doch nur ein Entlassen in die Ordnung des Unrechts gewesen wäre, brachte sich Louis Link mit einem weithin hörbaren Knall selbst zum Schweigen. Mit dem Loch aber, das er sich in den Kopf gesprengt hatte, hinterließ er auch ein Loch in unserem Rechtsbewusstsein, über das wir künftig werden hinwegsteigen müssen, wenn wir unsere gewohnten Wege weiterhin beschreiten wollen. Dieser zerfranste Gesichtsrest, so endete der Kommentar von John C. Klein, der da nach der Sprengung noch übrig geblieben sei, der schaue nun aus unversehrten Augen über den Rand der Zerstörung und ins Gewissen der Nation.

Richard steht auf und verlässt den Raum. Ich höre seine Schritte auf den Stufen ins obere Stockwerk.

Ich wachte auf der Couch im Wohnzimmer meiner Eltern auf und alles tat mir sehr weh. Ich musste in der Nacht ungünstig mit meinem Gesicht auf einem der harten Kissen oder der Armlehne geschlafen haben. Mein Kiefer fühlte sich ganz verschoben an. Wenn ich die Zähne zusammenbiss, passten sie nicht richtig aufeinander, obwohl sie das sonst eigentlich tun. Auch wachte ich nicht richtig auf, wurde mir lediglich der Tatsache bewusst, dass ich dalag, auf der Elterncouch, im Wohnzimmer, dass es wieder Tag geworden war draußen, ein genauso milchig verwaschener, dunstig trüber Tag wie alle Tage seit langem. Dass ich ausgestreckt auf meinem Rücken lag, wurde mir bewusst. Und dass ich nicht mehr lief. Das Laufen aus der Stadt bis in den Ort kam mir völlig unmöglich und unrealistisch vor. Es war noch nah genug, um mir für jeden der letzten Tage ganz konkrete Bilder ins Gedächtnis zu rufen, und ich spürte ja auch deutlich an meiner völligen Schlaffheit, dass ich unterwegs gewesen war. Wenn ich mich aber an das Losgehen erinnern wollte, oder besser: an die Zeit kurz davor, wurde alles schon sehr fragwürdig.

In dem Zustand, in dem ich mich nun befand, konnte ich bestimmt schon alle Teile meines Körpers frei bewegen. Ich konnte mir aber auch noch sehr einfach einbilden, dass zum Beispiel mein rechter Arm, wenn ich ihn jetzt hochheben wollte, gar nicht reagieren würde.

Es gibt ja diesen Schlafreflex des Gehirns, den Körper vom letzten Halswirbel abwärts lahm zu legen, damit man das Gehetze und Geschlinger der Traumwelt nicht tatsächlich mit seinem schlafenden Körper im Bett ausführen muss. Und hin und wieder passiert es auch, dass einer zu früh aufwacht, dass das Hirn zu nachlässig oder zu beschäftigt ist mit dem, was sich gerade abgespielt hat und die Verbindung nicht wiederherstellt, wenn das Leben zurück will in den Körper.

Ich unternahm einen ersten autosuggestiven Versuch, beim Heben meines bleischweren Arms zu scheitern, stellte mir also vor, dass nichts in meinem Körper recht auf die Befehle meines Gehirns reagieren würde, freute mich sogar ein wenig darüber, wie meine Muskeln nur kurz aufzuckten und nichts bewirkten, als der Junge an die Rückenlehne der Couch herantrat, auf mich heruntersah und sagte:

Du kannst hier unten auf der Couch schlafen, wenn du willst, ich schlafe oben im ersten Stock. Ich heiße Richard.

Dann verschwand er wieder aus meinem Gesichtsfeld. Ich machte eine fahrige Bewegung, um mich an der Stirn zu kratzen, obwohl es mich da gar nicht juckte und hatte damit das ganze Spiel von der Morgenlähmung unabsichtlich beendet.

Ich spürte, dass außer mir niemand mehr im Wohnzimmer war. Auch bildete ich mir ein, die Schritte des Jungen auf den Stufen nach oben gehört zu haben. Ich wollte mich noch immer nicht bewegen und rief also so laut, wie meine vom Schlaf noch ganz belegte Stimme es zuließ, meinen eigenen Namen ins Haus meiner Eltern. Danach fiel mir auf, dass es sich so angehört hatte, als würde ich nach jemandem rufen und dann schrie ich noch hinterher: So heiße ich!

Das Schreien wärmte meinen Hals. Ich spürte meine Lunge und auch den ganzen Rest meines Körpers jetzt ziemlich gut, in den Knien und Füßen hatte ich Schmerzen, mein Nacken war steif und durch meinen Rücken ging ein Stich, als ich mich schließlich aufsetzte. Das Feuer im Ofen war über Nacht ausgegangen, ein paar verkohlte Holzreste ragten aus der fahlen Asche. Es war nicht sehr kalt im Zimmer, aber auch lange nicht so warm wie am Abend.

Ich schaute mir die Möbel meiner Eltern an, die Fotos und die Bilder, die sie aufgehängt hatten. Ein paar davon hatte meine Mutter gemalt, als sie vielleicht Mitte zwanzig gewesen war und entweder große Hoffnungen in das Malen gelegt oder sich davon eine geheimnisvolle und irgendwie verführerische Aufladung ihrer eigenen Person versprochen hatte. Ich habe sie nie danach gefragt, und sie hat von sich aus auch nie etwas darüber erzählt. Kurz fand ich es sehr ungerecht und völlig inakzeptabel, dass keiner der beiden im Haus war, um mir aus meiner müden Schlappheit mit einem Frühstück herauszuhelfen oder mir einen Tee zu kochen. Ich zog mir die Decke über die Schultern und begann an den Füßen zu frieren. Dann überlegte ich kurz, nach Richard zu rufen, das kam mir aber so erbärmlich vor, dass ich doch aufstand, in der Küche Wasser aufkochte, zurück ins Wohnzimmer ging, den Ofen ausfegte, aus der Heizerkiste frische Holzscheite aufschichtete und damit ein Feuer machte, vor dem ich trotz der Schmerzen in meinen Knien lange hockte, bei halb offener Ofentür und immer wieder hineinblies, bis sich schmale Flämmchen an den Holzscheiten gebildet hatten, die auch ohne mich weiterbrennen würden.

In meinem Kopf rollten ein paar Gedanken geräuschlos dahin, und ich versuchte nicht, sie aufzuhalten.

Ich sah mir lange Zeit die handgeschnitzte Holzfigur an, die meine Eltern auf einer Fernreise noch vor meiner Geburt gekauft und seitdem an verschiedenen Orten im Haus aufgestellt hatten. Es handelt sich bestimmt um eine Art Gottheit, der Kopf der Figur ist ebenso groß wie der restliche Körper, das Holz ist sehr dunkel, fast schwarz, und das Gesicht hat einen düsteren Ausdruck. Seit ich denken kann, haben meine Eltern diese Figur niemals mit ihrem düsteren Blick in den Raum hineinschauen lassen. Immer war sie einem Fenster zugewandt gewesen und hatte mit ihrem ganzen Groll nach draußen in die Welt geschaut. Auf das kleine Dorf. Den Garten.

In der Küche fand ich alle Geräte, Geschirr und Besteck dort, wo sie immer gewesen waren. In den Schränken gab es ein paar

Konserven, Gewürze, einige Beutelteesorten, und weiter hinten, in Plastikschalen, staubige Tütchen mit Backpulver, Trockenhefe, Milchreismischung und Gemüsebrühe. Der Kühlschrank war bis auf ein paar angebrochene Marmeladengläser, eine zerdrückte Senftube, etwas Tomatenmark und eine verschlossene Flasche Sauerkrautsaft völlig leer. Es gab kein Brot in dem kleinen Kasten mit dem hölzernen Rollo, alles was ich finden konnte sah aus wie das, was man getrost zurück lässt, wenn man sich auf eine längere Reise begibt und irgendwie gab mir das kurz ein Gefühl von Hoffnung, dem ich aber nicht trauen wollte.

Auf der Arbeitsplatte in der Küche lag etwas von dem Werkzeug aus dem Keller: ein paar kleine Schraubzwingen, eine Laubsäge, ein Gummihammer, ein Stemmeisen und einige Schraubenzieher, ein wenig Holzstaub war auf der Platte liegen geblieben. Ein Werkstück oder etwas, das so aussah, als sei es gerade erst repariert worden, konnte ich aber nicht entdecken.

Ich schüttete das heiße Wasser auf einen Haufen Gemüsebrühepulver in die größte Tasse, die ich finden konnte, rührte ein paar Mal darin herum und lief mit dem heißen Gefäß in den Händen zurück ins Wohnzimmer, wo mein Feuer jetzt etwas kläglich aussah, aber immerhin brannte.

Im Schuhregal im Flur fand ich ein Paar Hausschuhe meines Vaters, die ich mir anzog. Meine Stiefel sahen sehr schmutzig aus und außerdem selbst ganz eingefallen und übermüdet. Ich ging mit der dampfenden Tasse in der Hand die Stufen hoch ins obere Stockwerk, die Decke hatte ich noch über den Schultern und weil ich so kraftlos war, musste ich mich auch am Geländer festhalten, vorgreifen und schrittweise hochziehen. Ich sah bestimmt sehr alt oder sehr verrückt aus.

Im oberen Stockwerk befindet sich das Schlafzimmer meiner Eltern, mein altes Kinderzimmer, ein Bad, ein separates Klo und ein kleiner Raum, den wir immer den Speicher genannt haben und in dem alles aufbewahrt wurde, was man nicht auf den Dachboden räumen konnte, weil es wegen des Flachdachs ja keinen Dachboden gab. Vor dem Speicher, am Ende des oberen Flurs, wo ein Fenster zum Garten geht, ist auch die Luke mit der ausklappbaren Leiter, über die man aufs Dach gelangt. Man muss einen Metallriegel zur Seite schieben und dann eine Holzklappe öffnen, die Leiter ausfalten, hochsteigen und nochmal einen Riegel öffnen, bevor man die eigentliche Dachluke aufdrücken und ins Freie klettern kann.

Die Tür zu meinem Zimmer, in dem ich normalerweise schlafe, wenn ich zu Besuch bin bei meinen Eltern, war angelehnt. Als ich stehen blieb und eine Weile horchte, konnte ich Richard, wahrscheinlich auf den Knien, auf dem Teppichboden herumrutschen hören. Ich machte gegenüber die Schlafzimmertür meiner Eltern auf. Der Raum war dunkel, die Rollläden heruntergelassen. Als ich das Licht anschaltete, sah ich ihr gemachtes Bett mit einer glatt gestrichenen Überdecke, die Nachtkästen aufgeräumt, kein herumliegendes Buch, keine abgelegte Lesebrille, verknüllte Taschentücher oder Kleider auf dem Fußboden. Die Schranktüren waren geschlossen und auf dem Stuhl in der Ecke, auf dem sich normalerweise Hosen und Hemden stapeln, die irgendwann in den Wäschekorb geworfen oder nochmal angezogen werden, lag nichts, keine einzige Socke. Die Oberflächen auf der Kommode, auf dem Fensterbrett und den Nachtkästen waren sehr staubig, das konnte ich sehen, obwohl die Glühbirne auch in diesem Zimmer gar nicht richtig hell wurde. Ich konnte schon alles erkennen, auch den vielen Staub, aber dieses Licht war so, dass man nichts von dem, was man sah, auch wirklich glauben wollte. Ich schaltete das Licht wieder aus und ging über den Flur zurück zu Richards Zimmertür. Ich klopfte so zaghaft an, dass ich mich gleich über meine eigene Vorsicht ärgerte, weil es ja immer so ist, dass ein zaghaftes Anklopfen vielleicht gar nicht gehört wird und man dann, wenn niemand antwortet, eh nochmal klopfen muss, um sicher zu gehen, dass das Nichtantworten daher kommt, dass man stört und nicht daher, dass man zu vorsichtig war. Ich klopfte also gleich nochmal fester an die Tür, wartete ein paar Sekunden, in denen ich nichts hörte, auch nicht das Rutschen der Knie auf dem Teppich, dann schob ich die Tür in den Raum und trat in mein Zimmer.

Ich sah Richard auf dem Fußboden eine Pappschachtel in das unterste Fach eines Holzregals schieben, bevor er sich umdrehte und mich ansah.

Ich bin jetzt wach, sagte ich zu ihm, und ich habe Hunger.

Ich sagte, dass ich uns jetzt etwas kochen würde, also dass ich auch für ihn etwas mitkochen würde, dass bestimmt genug da wäre für zwei, wenn ich gekocht hätte, und wenn er also auch hungrig sei, dann könnten wir zusammen essen, wenn er möchte.

Ich weiß nicht, weshalb ich gleich von Anfang an so vorsichtig mit ihm umgegangen bin. Aber da war etwas an ihm und an der Art wie er schaute und nicht so viel redete, dass ich mir sofort lärmend und idiotisch vorkam. Als sei die Stille etwas, das ihm gehört und als würde deshalb alles, was von mir dazukam, jedes Geräusch, sein sicher hochgeschätztes Eigentum kaputtschlagen.

Richard blieb auf dem Fußboden sitzen, mit dem Rücken zum Regal und der Pappschachtel, die er eben darunter verstaut hatte. Im Keller könnte man vielleicht noch etwas finden, meinte er, er habe aber selbst schon lange nicht mehr nachgeschaut. Ich fragte ihn, was er denn sonst so esse, ob er etwas ganz besonders gern oder überhaupt nicht mochte, aber er zuckte nur mit den Schultern, und ich bekam das bestimmte Gefühl, dass er gerne allein gelassen werden wollte. Beim Schließen der Tür versuchte ich noch, möglichst ausführlich in meinem Zimmer umherzuschauen und nach Veränderungen zu suchen, die Richard darin vielleicht vorgenommen hatte. Ich konnte aber nichts erkennen. Mir fiel nichts auf, was fehlte oder an einem anderen Ort stand als üblich.

Die Gemüsebrühe, die ich die ganze Zeit vor mir her getragen hatte, war auf eine trinkbare Temperatur abgekühlt. Ich blieb auf der Treppe nach unten immer wieder stehen und schlürfte kleine Schlucke aus der Tasse, zog die Decke über meinen Schultern zurecht, und alles was ich machte, jede Bewegung, kam mir sehr umständlich und überflüssig vor. Obwohl sie ja nur aus einem staubigen Pulver bestanden hatte, war die Brühe sehr fettig, sie hinterließ einen öligen Film auf meinen Lippen.

Die blaue Fußbodenfarbe auf der Kellertreppe war vor kurzem erneuert worden. Oder es hatte jemand sehr gründlich die Stufen geschrubbt.

Im Keller sah ich, dass an den Wänden reichlich Holz aufgestapelt war. Meine Eltern hatten sich auf einen langen Winter vorbereitet, bevor sie aufgebrochen waren. Es war kalt und ein wenig feucht, in den Regalen fand ich einige Konserven, eingemachtes Obst, einen großen Sack größtenteils schon grün gewordener Kartoffeln, Zwiebeln, die erst ausgetrieben hatten, dann aber in der Dunkelheit und Kälte vertrocknet waren. Ich fand ein Netz Möhren und ein paar runzlige Äpfel, Milchpackungen und eingeschweißten Kuchen. Alles wirkte wie lange unberührt und ich zögerte, bevor ich anfing, mir verschiedene Dinge auf den Arm zu laden. Die Tasse, aus der ich die Gemüsebrühe getrunken hatte, ließ ich im Regal zurück. Sie dampfte noch nach, obwohl schon keine Flüssigkeit mehr darin war.

In der Küche öffnete ich die Konservendosen und schnitt alles klein, was ich gefunden hatte. Ich dachte, wenn man alles zusammen nur lange und stark genug erhitzen würde, wenn es etwas

Warmes ergäbe, was wir dann in unseren Mägen hätten, das wäre schon gut. Ich gab viele Gewürze dazu und briet alle Zutaten in einer großen Pfanne an, bis überall eine hellbraune Kruste zu sehen war. Dann rief ich nach Richard in den oberen Stock. Mit etwas zu viel Zurückhaltung in der Stimme, aber doch laut genug. Nach einer Weile kam er herunter und rutschte auf einen der Stühle am Esstisch, an dem er dann saß wie einer, der gerade eine hochkonzentrierte Arbeit unterbrochen hat, zu der er nach kurzer Pause wieder zurückkehren würde.

Wir aßen ohne zu sprechen. Es schmeckte fürchterlich. Ich sagte zu Richard: Das schmeckt ja fürchterlich, und er nickte und stach mit der Gabel in ein schrumpliges Kartoffelstück.

Wie schon am vorigen Abend an der Haustür kam er mir wach und aufmerksam, irgendwie auch neugierig vor, vor allem aber sehr ernst. Er schaute mir kaum ins Gesicht, sondern aß gründlich und geduldig seinen Teller leer. Ich suchte meinen Kopf ab nach einem Gespräch, das ich zwischen uns anfangen könnte. Wenn ich mir aber dachte, ich frage ihn, woher er kommt, was mit meinen Eltern passiert ist, was er überhaupt macht, ob er zur Schule geht, ob vielleicht gerade Ferien sind, dann kam mir alles schon wieder so seltsam unangebracht vor. Es lag auch etwas Nervöses in seiner Aufmerksamkeit, man merkte gleich, dass er leicht zu verärgern und zu verscheuchen war durch eine dumme Frage oder einen Kommentar.

Ich hatte Angst vor meiner Stimme, die im Raum verhallen würde ohne Antwort. Am liebsten wollte ich abwarten, bis er sich von selbst dazu entschließen würde, mit mir zu sprechen. Mir wäre alles recht gewesen. Ich wollte mich da schon ganz nach ihm richten.

Ich bemerkte auch, wie es mich betroffen machte, dass er dieses zusammengeschmissene Essen so klaglos aufaß. Obwohl es ja gar nicht meine Schuld war, dass niemand eingekauft hatte. Ich wollte in den Ort gehen und ein paar Dinge besorgen. Ich fühlte eine starke Verantwortung dafür, die Zustände zu verbessern.

Nachdem wir beide unsere Teller leer gegessen hatten, saßen wir immer noch schweigend auf unseren Plätzen. Richard hatte seine Handflächen unter die Oberschenkel geschoben und baumelte unter dem Tisch mit den Beinen. Er hatte die Augenbrauen zusammengezogen und auf seiner Stirn waren sogar ein paar Falten zu sehen. Ich wusste nicht, ob ich ihm jetzt sagen durfte, dass er aufstehen kann, dass ich die Sachen aufräumen und spülen würde. Auf jeden Fall kam es mir so vor, als sei es jetzt meine Aufgabe, die Situation aufzulösen, für die ich ja schließlich auch verantwortlich war. Irgendetwas wollte ich noch tun. Aber alles, was ich sagen wollte, alle Gedanken, kamen so unheimlich langsam hervor, dass sie in meinem Kopf schon längst von Zweifeln und Unsicherheit niedergedrückt waren, bevor ich sie hätte aussprechen können.

Neben der Couch sah ich meinen Rucksack stehen und erinnerte mich an die Tageszeitung und die Luftbildaufnahme, die ich im Hotelzimmer angeschaut hatte. Ich holte den Rucksack an den Tisch, zog die Zeitung daraus hervor und zeigte Richard die Seite. Ich sagte, was ich mir dabei gedacht hatte und dass ich schön fand, wie das aussah, von oben. Richard nahm das Bild und legte es vor sich auf den Tisch. Er schaute es lange und konzentriert an. Ich hatte nicht das Gefühl, dass er irgendeinen Sinn darin entdecken konnte, vor allem nicht in dem, was ich dazu zu sagen hatte, aber es kam mir zumindest nicht vollkommen dumm vor, und ich konnte ihm eine Weile dabei zusehen, wie er auf die Seite schaute, als würde er in der Zeitung lesen. Sein Gesicht sah dabei viel weniger streng aus, das gefiel mir gut. Ich dachte: Er sieht etwas Neues. Und das fühlte sich richtig an. Dass das etwas mit mir zu tun hatte. Mir wurde ganz warm, eine kleine Euphorie, und ich blätterte weiter in der Zeitung, um vielleicht noch mehr darin zu finden, was ich ihm zeigen konnte. Es gab aber keine schönen Abbildungen mehr. Nur noch viel Text und Schwarz-Weiß-Fotografien von Politikern, die sich vor schlaffen Fahnen die Hände drückten.

Irgendwo auf einer der letzten Seiten der Zeitung verfing sich mein Blick in einem Satz, der wohl zu einer Buchbesprechung gehörte. Er war fettgedruckt und groß zwischen die Zeilen des Artikels gesetzt. **Er kam aus dem Nichts** stand da, **und nahm uns allen die Luft zum Atmen**.

Ich schaute auf und las Richard den Satz vor, mutig geworden vom kleinen Erfolg mit dem Bild. Ich hatte ein gutes Gefühl. Ich glaubte, wenn wir etwas von außen haben, etwas aus der Welt, auf das wir gemeinsam schauen können, dann ist es bestimmt leichter. Dann geht es nicht gleich um uns selbst. Richard sah mich an, und dann rutschte er von seinem Stuhl herunter, kam rüber zu mir, neben mich auf die Eckbank und las, langsam, mit stumm mitsprechenden Lippen, den Satz, auf den ein leicht zitternder Finger meiner linken Hand zeigte. Er schaute mich an und fragte mich, was das heißt. Ich spürte wie mein Herzschlag den Hals hinaufpochte. Mein Gesicht wurde sehr heiß. Ich schaute im Wohnzimmer herum, sah, dass das Feuer im Ofen wieder ausgegangen war und nur noch ein schwacher Streifen Glut an den aufgeschichteten Holzscheiten verglomm. Es geht dabei wohl um eine große Enthüllung, sagte ich. Richard schaute mich geduldig und vollkommen verständnislos an.

Also hier wird behauptet, dass die Menschen die ganze Zeit geglaubt haben, was sie atmen jeden Tag sei Luft. Und dann kam aber das Buch oder wer es eben geschrieben hat und hat ihnen gezeigt, dass es die ganze Zeit über gar keine Luft gewesen ist, sondern eine Art toxischer Nebel, eine giftige Suppe, ein Gas voller Schadstoffe und dass sie also von jetzt an, wo sie es wissen, nicht mehr einfach so einatmen können, ohne Angst davor, ersticken zu müssen oder hingerafft zu werden von einem Haufen unüberschaubarer Nebenwirkungen.

Richards Augen weiteten sich. Begeisterung, dachte ich. Weiter jetzt.

Am 19. Dezember 1888, etwas mehr als ein Jahr nach seinem fluchtartigen Verschwinden aus Chicago, lag John C. Klein schwer bewaffnet am Ufer des Vaivasa Flusses, auf der samoanischen Insel Upolu, um zwei Uhr morgens sehr aufgebracht zwischen Anhängern des Häuptlings Mataafa im Sand und brüllte in die nachtschwarze Dunkelheit, aus der sich langsam ein Fährschiff mit deutschen Marineinfanteristen näherte, die von Konsul Wilhelm Knappe zur Entwaffnung der Einheimischen und zur Sicherung der deutschen Plantagen auf Upolu ausgesandt worden waren.

Der Landgang der deutschen Soldaten führte zu ihrer massenhaften Erschießung, Enthauptung und sonstigen Zerteilung – die samoanischen Krieger nahmen sich Köpfe, Hände und Ohren als Trophäen der ersten siegreich bestrittenen Landschlacht gegen die Deutschen mit nach Hause, und bis heute ist unklar, ob Klein, der zu diesem Zeitpunkt schon lange unter den Samoanern gelebt hatte, ihr Anführer im Angriff auf die landenden Deutschen gewesen ist oder doch noch einer Art Korrespondententätigkeit nachging, die er allerdings zuletzt, proportional zu seiner ausufernden Bewaffnung, mehr und mehr vernachlässigt haben musste.

Die deutsche Vertretung auf Samoa sprach nach der Schlacht nahe der Plantagen von Vailele, in deren Gebäude die überlebenden Soldaten schließlich geflüchtet waren, einen Haftbefehl gegen Klein aus, woraufhin er von der amerikanischen Regierung auf einem Kanonenboot nach Honolulu geschmuggelt wurde.

Nicht weit von den Vailele-Plantagen entfernt befand sich der Landsitz des schottischen Schriftstellers Robert Louis Stevenson, ein zweistöckiges Holzhaus, das er gemeinsam mit seiner Frau Fanny bis zu seinem Tod bewohnte und in dem er immer wieder den Versuch unternahm, die militärischen Konflikte auf der Insel zu dokumentieren.

Er führte Buch darüber, was sich um ihn und seine Frau und

ihr gemeinsames Landgut ereignete, was ihm zugetragen wurde von den Samoanern, was an Zeitungsmeldungen an die Öffentlichkeit gelangte und was er aus den Abschriften der Militärberichte filtern konnte, die ihn in unregelmäßigen Abständen über Beziehungen erreichten. Während immer wieder die Geräusche des Bürgerkriegs durchdrangen bis zum Landsitz der Stevensons, die Kanonenfeuer der Kriegsmarine vor der Hafenstadt Apia, das Schlachten in den Wäldern, arbeitete er an einer Chronik der Ereignisse. Einer umfassenden Darstellung.

Grundlagen der Zwietracht wollte er diesen Text nennen und nichts sollte ausgelassen werden.

Es fiel noch in diese von Stevenson dokumentierte Zeit, dass Konsul Wilhelm Knappe aus Samoa abgezogen wurde, die deutsche Vertretung schließlich den samoanischen Führer Mataafa als Oberhaupt der Inselregierung anerkannte und ihm von Kaiser Wilhelm II. der deutsche Fliegenwedel verliehen wurde als Zeichen seiner Macht und Würde.

Aus einer großen Anspannung heraus, in der ich in meinem Kopf dem nachlief, was ich hätte erzählen, für Richard aufbereiten und aussprechen können, Geschichten für ihn, die sich aber unerreichbar fern hielten für mein verzweifeltes Bewusstsein, immer weiter zurückwichen, je tiefer ich sie verfolgte, bis ich mich dadurch ganz ausgehöhlt und leergemacht zu haben glaubte, standen wir irgendwann einfach vom Tisch auf, trugen das Geschirr in die Küche, spülten und trockneten es ab, räumten alles in die Schränke und Schubladen, als sei es ein lange schon zwischen uns auf diese Weise funktionierendes Ritual.

Und als ich etwas später in den Ort gehen will, um für uns einzukaufen, als ich meine Stiefel wieder angezogen habe und meine Hand ausstrecke nach dem Schlüssel, der immer am Brett an der Flurgarderobe für mich hängt, wenn ich zu Besuch bin bei meinen Eltern, als ich bemerke, dass Richard in der Tür zum Wohnzimmer steht und mich beobachtet, schaue ich doch nochmal fragend zu ihm rüber, als bräuchte ich jetzt für alles Selbstverständliche in diesem Haus eine Erlaubnis.

Ganz falsch konnte ich mit diesem Schauen nicht gelegen haben, den Richard nickte mir kurz zu, ich wusste nicht genau, ob das heißen sollte: Es ist gut, wenn du einen Schlüssel hast, oder nur: Es ist gut, wenn du gehst und für uns ein paar Einkäufe erledigst. Jedenfalls war es ein zustimmendes Nicken und ich handelte also auf eine noch nicht völlig geklärte Weise im Einvernehmen mit seinen Vorstellungen des weiteren Verlaufs.

Die Häuser auf der anderen Seite, die Gärten, die Autos, das sah alles noch genauso aus wie gestern, wie immer, als ich die Stufen in unseren Garten hinunterging. Da war nichts weiter passiert.

Die Luft stand still und kalt über dem Ort. Sofort legten sich feine Eiskristalle auf meine Schultern, in den Kragen und auf mein Gesicht. Ich spürte die ganze Wärme aus meinem Körper wie durch eine aufgelassene Haustüre verwehen. Schon beim Gartentor fing ich an zu frieren. Auch vom Tag war nichts übrig geblieben. Ich hatte auf keine Uhr geschaut, aber das Licht verdämmerte, in den Straßenlaternen klickte und summte bereits ein Mechanismus, der sie bald in Betrieb nehmen würde. Ich hoffte nur, dass ich noch rechtzeitig vor Ladenschluss in den Supermarkt kommen würde.

Etwas weiter die Straße meiner Eltern hinunter kam ich an einem Haus vorbei, in dem eine Person vor einem hell erleuchteten Erdgeschossfenster stand und in meine Richtung schaute. Der gelbe Lichtschein aus dem Haus zeichnete sich als Rechteck auf dem Schnee im Vorgarten ab, samt Fensterkreuz und Silhouette der Person, der ich im Vorüberlaufen zum Gruß zunickte, die aber wahrscheinlich wegen des Lichts in ihrem Haus nur sich selbst im Fenster sah. Jedenfalls grüßte sie nicht zurück.

In die kalte Luft über dem Ort, den unvermindert fallenden Schnee, der in einer solchen Menge vom Himmel rieselte, dass ich dachte, es müsste doch ein Geräusch dafür geben, mischte sich wieder die Brandung, dieses falsche Rauschen. Ich entschied mich für einen Umweg über die Promenade am Strand, um endlich zu sehen, was es damit auf sich hatte. Und um einmal wieder das Meer meiner Herkunft anzuschauen mit den eigenen Augen.

Der Schnee am Strand war grau wie Asche. Ich trat zwischen den Häusern hervor, einen schmalen Fußweg muss man hinaufgehen, von der Hauptstraße zwischen den Gebäuden an der Promenade hindurch, und dann öffnet sich der Blick. Hinter einem kniehohen weißen Mäuerchen fällt ein sandiger Hang leicht ab, der im Sommer mit Strandhafer bewachsen ist. An den Stellen, wo das Mäuerchen eine Lücke aufweist, führen schmale Bretterwege bis runter ans Wasser.

Einige Strandkörbe, vielleicht vier oder fünf, waren von den Verleihbetreibern vergessen oder einfach zurückgelassen worden. Sie standen verschlossen im Schnee und trugen auf ihren Dächern schon eine dicke weiße Schicht.

Dort, wo der Strand überging ins Meer, war der Schnee ganz verkrustet, hart und salzig. Große Eisbrocken und kantige Schollen trieben auf dem Wasser. Es gab keine rechte Dünung, obwohl ein Wind vom Meer her kam, der so kalt in die Haut um meine Augen biss, dass ich sie zu kleinen Schlitzen zusammenkneifen musste. Alles in dieser weiten Landschaft vor mir war ein unsauberes, formloses Schwappen. Es verlor sich in der breiten, dunkelgrauen Linie am Horizont, wo das Meer und der verhangene Himmel aufeinandertrafen und rollte so müde und geschlagen gegen das auslaufende Land, dass ich mir noch dachte: Es kann nicht mehr lange dauern, bis alles vollständig gefriert.

Ich wollte gar nicht daran denken, was alles eingeschlossen war in diese treibenden Schollen aus Eis. Selbst wenn es nur die Bewegung gewesen ist, die hier sonst regelmäßig und beruhigend angebrandet kam.

An der Promenade war alles verschlossen, nirgendwo sah ich Licht. Hin und wieder rüttelte ein Windstoß an den Häusern oder Fensterläden oder den Fernsehantennen auf den Dächern. Alles sackte nach einem solchen Ruck aber wieder zurück in schläfrige Starre.

Eine feine Schicht Schnee schlängelte sich im Wind über den Strand wie Staub, über die Promenade und die schmalen Fußwege hinunter zur Hauptstraße. An Hausecken und Mauern sammelten sich kleine Dünen. Niemand mehr, der hier das Schneeräumen gewissenhaft in die Hand nahm.

Vor einer italienischen Eisdiele stand eine riesige, zugeschneite Waffel mit drei bunten Kugeln. Mit Ketten aneinander geschlossene Freisitzmöbel in Korbstuhloptik standen eng beieinander vor den Fischrestaurants, als könnten sie sich in einer solchen Zusammenrottung ein wenig wärmen. Dazwischen, vor dem Eingangsbereich, sah ich ein Aquarium, in dem das Wasser längst gefroren war. Feine Risse liefen durch das Glas. Innen ein milchiger Block. Am unteren Rand konnte ich noch ein paar grüne Pflanzen erkennen und auf ihren Blättern, da war ich mir nicht mehr sicher, entweder kleine Einschlüsse aus Luft oder winzige, im Kriechen erstarrte Wasserschnecken.

Auch die vom Saisonbetrieb unabhängigen Gewerbe hatten bereits geschlossen. In ihren Schaufenstern lagen die Waren im gelblichen Licht der Straßenbeleuchtung.

Ich lief an einem Atelier für Damenbekleidung vorbei, an einem Schreib- und einem Spielwarenladen und an dem kleinen Elektrofachmarkt, an den ich schlechte Erinnerungen hatte, durch eine vergangene Ferienarbeit vor meinem Wegzug aus dem Ort. Einen langen Sommer hindurch hatte ich dort Fernsehgeräte herumgetragen, Bildröhren abgestaubt, Kabel entwirrt und ungläubig in aufgeschraubte Videorekorder geschaut, die in ihrer offen liegenden Mechanik wundersam aussahen, wie ein sehr zerbrechliches System.

Am Hafen kam ich an den verlassenen Bewachungsanlagen vorüber, dem Wachturm, der sich als höchstes Gebäude eckig über die Buden und kleinen Bootswerften erhebt, mit dunklen Scheiben in tiefer Ruhe. Das Wasser im Hafenbecken war fest gefroren. Ein paar alte Holzboote steckten darin, die Segelschiffe hatte man sicherlich vor langer Zeit schon aus dem Wasser gehoben und bis zur Wiederkehr des Frühlings in spezielle Garagen verbracht oder auf Anhängern in die Vorgärten gerollt und unter Zeltplanen verstaut.

Am Rand des Hafenbeckens, zwischen einem verschlossenen Angelbedarfsladen und einem von modrigen Latten umzäunten Parkplatz, leuchtete an einer Hauswand abwechselnd der Schriftzug einer amerikanischen Brauerei und das Wort *Open* in roten Buchstaben. Aus der dicken Holztür daneben, in die ein quadratisches Fenster eingelassen war, sah ich tatsächlich schwach ein wenig Licht aus dem Inneren herausleuchten.

Diese Kneipe habe ich noch nie gesehen, dachte ich. Und dass ich einmal nachsehen müsste, wie es darin aussah.

Durch die Tür kam man zuerst in einen schmalen Flur, in dem lauter Plakate hingen, die längst vergangene Konzerte in den verschiedensten Ländern der Welt ankündigten. Es handelte sich um unterschiedliche Gruppen und Veranstaltungen, Konzerte in Jazzkellern, auf Festivals, aber auch in nobel klingenden Konzerthäusern in Odessa, Brüssel, Oslo, Addis Abeba, Seoul, Bogotá und Buenos Aires. Als ich die Plakate eine Weile angeschaut hatte, fiel mir auf, dass auf jedem Guppenfoto der teilnehmenden Musiker eine einzelne Person immer wieder auftauchte. Ein meistens in der zweiten Reihe oder im Hintergrund der Bühne stehender, schmächtiger und sehr jugendlich aussehender Mann mit Schnurrbart, der eine Trompete entweder mit beiden Händen vor seine Brust hielt oder gerade hineinblies. Er war auf all den aufgehängten Bildern der einzige, der jedes Mal in die Kamera schaute. Ich konnte so nah an die Plakate herantreten, bis ich schon die einzelnen Punkte erkannte, aus denen der Druck zusammengesetzt war, und hatte trotzdem noch das Gefühl, ich würde von den Augen des jungen Musikers angeschaut.

Das Innere der Kneipe war irrsinnig überheizt. Neben dem langen Tresen, hinter dem niemand stand und an dem auch keiner saß, war ein Kanonenofen so gründlich beheizt worden, dass er zu glühen begonnen hatte.

Ich sah einen Mann in schlechter Haltung vor einem Dartautomaten stehen. Er trug das schlaff an seinen Schultern herabhängende T-Shirt einer Punkband, deren Tourdaten auf dem Rücken aufgelistet waren. Sein rechter Fuß stand hinter einer Abstandsmarkierung auf dem Holzboden und mit der rechten Hand warf er seine Plastikpfeile auf die vorperforierte Scheibe. Ich konnte die Digitalanzeige auf dem Automaten nicht richtig entziffern, aber es schien so, als würde er gegen sich selbst spielen und sei dabei aus einem schwer ersichtlichen Grund weit in Rückstand geraten.

Es war keine Musik zu hören. Nur das Geräusch der Plastikpfeile beim Einschlag in die Scheibe und hin und wieder ein Bimmeln des Automaten, wenn eine besonders hohe Punktzahl getroffen wurde.

Auf einem der Tische, der nah an einen speckigen Sessel herangerückt war, stand ein halb ausgetrunkenes Bierglas. Ich dachte, und es kam mir schon im selben Augenblick völlig unsinnig vor, dass ich auf meinen Platz zurück müsste. Mein Bier leertrinken und auf dem Sessel durch den Raum schauen, bis ich vielleicht einschlafen würde oder der Dartspieler in der Partie gegen sich selbst einen Schiedsrichter benötigte.

Die Wärme des Raumes lag auf meinem Gesicht, meinen Augenlidern und drang langsam durch meine Kleidung. Sie weichte alle Muskeln in meinem Körper auf und ich glaubte, wenn sie erst einmal bei den Knochen ankäme, könnte ich mich nicht mehr auf den Beinen halten.

Ich trat zurück, raus durch den plakatierten Flur und durch die schwere Holztür auf die Strandpromenade, wo über den Hafen und das Meer eine Dunkelheit herabgesunken war, die nur noch ahnen ließ, dass es hinter den letzten Gebäuden irgendwie weiterging. Ich strengte mich an, in dieser Dunkelheit etwas wie Ferne auszumachen und sah doch nur all die Dinge in meiner

Vorstellung, die auf diesem Meer, hinter diesem verwaschenen Horizont verschwinden konnten oder bereits verschwunden waren.

Fanny Stevenson führte auch selbst Tagebuch über ihre Jahre in Samoa, die gemeinsam mit den Aufzeichnungen ihres Mannes Robert Louis ein umfangreiches Bild liefern aus der Zeit, in der die Kriegsschiffe der verschiedenen Nationen die Bucht und den Hafen von Apia so lange verstopften und sich gegenseitig mit geladenen Kanonen bedrohten, bis schließlich ein drei Tage andauernder Wirbelsturm im März 1889 über die Insel hinwegging und alles zerstörte, was an Kriegsgerät vorhanden war.

Im Gegensatz zu ihrem Mann aber hatte Fanny Stevenson nie vor, ihre Aufzeichnungen der Öffentlichkeit zugänglich zu machen.

Vieles von dem, was uns heute vorliegt aus ihren Erinnerungen, ganze Passagen aus ihren Tagebüchern, wurden von ihr, als sie noch lebte, mit schwarzer Tinte gründlich und großflächig durchgestrichen in der Annahme, sie dadurch für immer vernichtet zu haben.

Spezialisten der Huntington Library in San Marino entwickelten Jahrzehnte später ein Gerät, das durch Verwendung von ultraviolettem Licht, Infrarotfilm und diversen Umkehrverfahren bei der Bildentwicklung all die durchgestrichenen Zeilen aus den Tagebüchern wieder sichtbar machen konnte.

Jede einzelne Seite, die Durchstreichungen enthielt, musste mehrfach dem Prozess unterzogen werden, bis schließlich am Ende vom schwarzen Balken, der einmal über der Schrift gelegen hatte, nur noch ein grauer Schatten übrig war, unter dem sich die Handschrift Fanny Stevensons brüchig abzeichnete.

Am Ende, sagte ich zu Richard, sah es auf den Seiten so aus wie am Strand während der Ebbe, wenn vom Meer nur noch ein feuchter Schatten im Sand übrig geblieben ist, die Würmer aus dem Boden kriechen und das Leben lesbar wird, das sich darunter ständig windet.

Richard wirkte so ahnungslos auf mich, dass ich mich fragen

musste, ob er das, was ich ihm so umständlich beschrieb, überhaupt jemals gesehen hat, oder ob er vielleicht gar nichts anderes kennt als diesen verkarsteten Strand im Halbdunkel, aus dem kein Leben mehr emporkommt ans Licht.

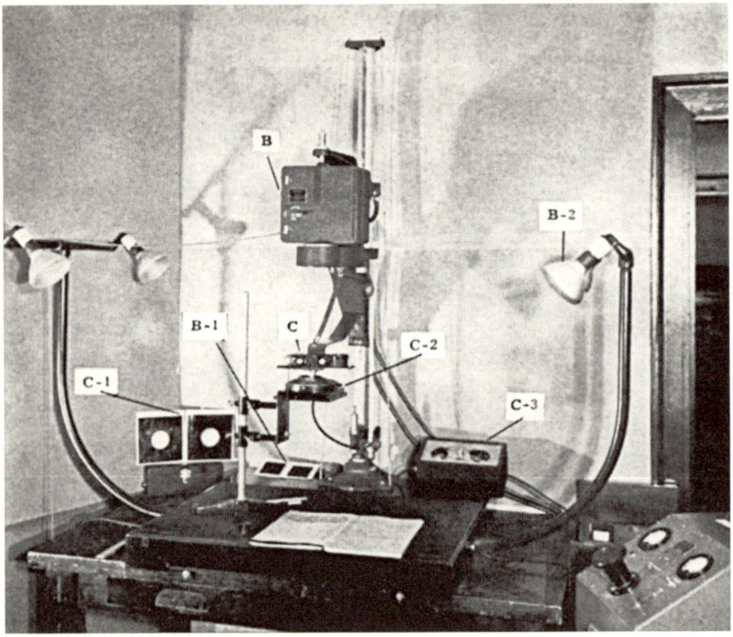
B
B-2
B-1
C
C-2
C-1
C-3

Der Supermarkt an der Hauptstraße ist nicht besonders groß, leuchtet aber schon aus weiter Entfernung zwischen den anderen Gebäuden hervor. An den Metallständern im Eingangsbereich war kein Fahrrad angeschlossen, die langen Reihen der Einkaufswagen unter dem gewölbten Plastikdach waren ordentlich ausgerichtet und wirkten vollständig auf mich.

Als die Glastüren auseinanderglitten schlug mir erneut Wärme entgegen und das Gähnen einer Belüftungsanlage. Im Vorraum, dort wo ein Franchisebäcker vor den Kassen eine kleine Filiale eingerichtet hatte, stand ein Verkäufer des Supermarktes wie zur Begrüßung auf dem großen Fußabtreter, der vollgesogen war von Matsch und Schnee, die über den Tag hereingetragen worden waren an den Schuhen der Kunden. Er hielt einen Wischmopp in der Hand und schaute mir sehr ernst ins Gesicht.

Ich möchte Sie bitten, jetzt nicht mehr einzukaufen, wir haben schon fast geschlossen, sagte der Angestellte in einem leicht weinerlichen Tonfall.

Wenn sie nur fast geschlossen haben, sagte ich zu dem Angestellten, dann haben sie ja noch geöffnet.

Ja, das stimmt schon, aber wir schließen gleich und haben auch fast alles schon aufgeräumt. Es lohnt sich jetzt nicht mehr, zum Einkaufen da rein zu gehen, Sie werden ja doch nicht fertig, bis wir schließen.

Ich sagte dem Angestellten, dass auf mich zu Hause ein hungriges Kind warte und dass ich nicht einsehen könne, warum ich zur Öffnungszeit nicht mehr in den Supermarkt gelassen werden sollte, schließlich habe ich ja auch einmal hier in diesem Ort gewohnt und auch in der Vergangenheit schon spät hier eingekauft und da gab es gar keine Probleme.

Aber es ist wirklich kurz vor Schluss, antwortete mir der junge Mensch, dem die Uniform der Supermarktkette leidvoll um die Schultern hing. Und Sie kaufen doch bestimmt auch nicht nur einen einzelnen Artikel. So was sehe ich gleich, vor allem gegen Feierabend, wenn die Leute sich die Arme volladen wollen. Aber ich bitte Sie wirklich, kommen Sie morgen zurück, dann sind die frischen Waren auch frisch und das Obst und Gemüse leuchtet Ihnen wieder entgegen. Jetzt kriegen Sie hier eh nur noch das traurig aussehende Zeug, das die anderen Kunden den Tag über liegengelassen haben.

Ich wurde etwas lauter und sagte dem Angestellten, dass ich in dieser Zeit, die wir hier herumdiskutiert hatten, schon längst meinen kleinen Einkauf hätte erledigen können, dass ich ganz genau wusste, was ich wollte und wo sich alles befand. Ich bin doch kein Bummelkäufer, sagte ich, dafür ist es mir sowieso viel zu ungemütlich in Ihrem Markt.

An diesem Punkt merkte ich, dass der Angestellte viel zu schwach auf seinen Beinen war, zu schlaff von der Schicht zwischen den Regalen, im Lager und an der Kasse und dass ich ihn einfach mit einer bestimmenden Bewegung beiseite schieben konnte. Er gab noch ein seufzendes Geräusch von sich, als ich ihn aus meinem Weg drückte, sagte dann aber gar nichts mehr, während ich einen der Plastikkörbe vom Stapel neben der Obstabteilung nahm und gleich versuchte, einen gezielten Einkauf zu simulieren.

Ich beeilte mich nicht, hatte aber auch keine Vorstellung davon, was Richard und ich alles brauchen würden in den nächsten Tagen.

Von der Auseinandersetzung mit dem Angestellten war ich noch ganz aufgeregt, mein Herz schlug heftig unter meinem dicken Mantel, ich nahm die Mütze ab, atmete langsam, die Luft war abgestanden und warm, zwischen den Regalen waren gar nicht mehr alle Leuchtstoffröhren in Betrieb, schon wieder war viel zu wenig Licht, sodass es mich anstrengte, die Beschriftungen auf den Konservendosen zu entziffern. Der Radiojingle der Supermarktkette kam aus einem unsichtbar versteckten Lautsprecher, eine Aufnahme erzählte etwas von frischen Eiern aus Freilandhaltung und Fleisch aus der Region. Danach setzte eine E-Gitarre ein, und eine von Effektgeräten entsetzlich verzerrte Frauenstimme sang ein Lied in englischer Sprache über einen fernen schwarzen Berg und ihre große Sehnsucht.

Mir fielen beim Gehen entlang der Regale immer wieder die Augen zu, und wenn sie geschlossen waren, setzten sofort Traumbilder ein. Meistens davon, wie ich auf triumphale Weise schließlich meinen Einkauf an der Kasse aufs Band laden, bezahlen und die entschuldigenden Worte des Angestellten mit einer exakt bemessenen Mischung aus Wohlwollen und Überheblichkeit ignorieren würde. Wenn ich meine Augen dann wieder öffnete, sah ich, dass meine Hände sich zum Beispiel gerade auf dem Glas der Tiefkühltruhe abstützten, ich sah den gefrorenen Spinat, das Gemüse und die Kroketten darunter in einem eisigen Schlaf von einer dünnen weißen Schicht überzogen, und als ich ein anderes Mal den Blick hob, sah ich das Kühlregal für Wurst und Molkereiprodukte, vor das schon ein graues Rollo heruntergelassen war und das im Nachtlichtmodus hinter diesem Rollo gespenstisch hervorleuchtete.

Die Radiostimme sprach von Salatgurken und von einem Preissturz, und ich weiß noch, dass es in meinem Kopf dafür ein passendes Bild gegeben hatte. Das nachfolgende Lied handelte, glaube ich, von einer Gruppe junger Rinder, die ihrer Herde abtrünnig wurden, durch den Wald liefen und Abenteuer erlebten. Irgendwann nahm ich am Rand meines Bewusstseins noch wahr, dass endlich jemand das Radio ausschaltete und eine Ruhe einkehrte, zumindest in die Gänge des Supermarktes.

Als der Wirbelsturm am 16. März 1889 mit einer solchen Wucht in den Hafen und die Bucht von Apia einfiel, dass alle vor der

Küste versammelten Kriegsschiffe entweder sanken oder bis zur völligen Schlachtuntauglichkeit zerstört wurden, waren von den Kapitänen unterschiedliche Versuche angestrengt worden, die Leben ihrer Besatzungen zu retten.

Zu diesem Zeitpunkt befanden sich in der Bucht die Schiffe Trenton, Vandalia, Nipsic, Calliope, Adler, Olga und Eber.

Kapitän Fritz, Kommandeur der SMS Adler, gab am Nachmittag des 16. März, nachdem er mitangesehen hatte, wie um ihn herum die Schiffe in der schwarzen See versunken waren, den Befehl, die Vertäuungen und Ankerketten, die bis dahin die Adler noch am Platz gehalten hatten, in genau dem Augenblick zu kappen, in dem die nächste Riesenwelle in die Bucht hereinrollen würde.

Der Teil seiner Besatzung, der noch nicht von Bord gespült worden war, positionierte sich, so gut es in dem um sie herum aufspritzenden und über das Deck hinwegspülenden Meerwasser eben ging, an den entsprechenden Stellen und wartete auf das Zeichen des Kapitäns.

Fritz schaute von der Kommandobrücke aus über die gesamte Länge des lädierten Schiffskörpers hinweg auf die Wand aus Wasser, die sich vor ihnen auftürmte, ließ seinen hoch erhobenen Arm theatralisch nach unten fallen und seine Mannschaft löste das Schiff in genau dem Moment aus der Verankerung, als es sich am Fuß einer mächtigen Welle befand, von der es schließlich wie etwas beinah Schwereloses angehoben und seitlich auf dem Absatz eines Korallenriffs wieder abgesetzt wurde.

Die vom stundenlangen Sturm und Regen, von den Wellen, die über sie hinweggegangen waren, schon vollkommen entkräfteten Matrosen fielen vom senkrecht aufgestellten Deck ins seichte Wasser und konnten dort von den bereits vom Ufer herbeischwimmenden Samoanern gerettet werden.

Die Einheimischen machten zu diesem Zeitpunkt auch keinen

Unterschied mehr zwischen den Nationalitäten, sondern fischten einfach heraus, wen sie noch zu fassen bekamen.

Als sich am nächsten Morgen das Wetter und das Meer wieder beruhigt hatten und an die samoanische Küste nur kleine Wellenhügel friedlich heran rollten, war das Ausmaß der Zerstörung lediglich an der auf dem Korallenriff seitlich aufliegenden SMS Adler abzulesen. Von den übrigen Schiffen war in der Bucht keine Spur mehr geblieben.

Fast zwei Wochen später, am 30. März 1889 erschien in der Tageszeitung *New York Times* erstmals ein Artikel über das Unglück in der Bucht von Apia.

Es handelte sich dabei um nicht viel mehr als eine Aufzählung des Zerstörten, eine Hochrechnung der Toten und eine namentliche Erwähnung der beteiligten Kapitäne auf amerikanischer Seite. Die Details, sowohl die herbeischwimmenden Samoaner als auch die unwahrscheinliche Rettung großer Teile der Besatzung der SMS Adler, blieben unerwähnt.

Die *New York Times* bezog zu diesem Zeitpunkt ihre Informationen über die Geschehnisse in Samoa von einer Außenstelle in London. Die Nachrichten von der Insel wurden über Neuseeland nach Australien, nach Banjowanjie, Singapur, Penang, Madras, Bombay, Aden, Suez, von dort nach Alexandria, Malta, Gibraltar, Lissabon und schließlich nach London telegrafiert, wo sie aufbereitet und nach New York weiterverschickt wurden.

Vielleicht hat es an diesem langen Weg gelegen, den die Geschichte genommen hat, sage ich zu Richard, bevor sie schließlich als Artikel in der *New York Times* erscheinen konnte, an dieser flüsterpostartigen Weiterreichung der Information, wo an jeder Stelle wieder ein Stück abfällt, sodass am Ende nur noch Zahlen und Namen übrig geblieben sind.

SIX WAR VESSELS SUNK

WRECKED IN A HURRICANE AT SAMOA.

LOSS OF THE LIVES OF 146 AMERICANS AND GERMANS.

Als ich das nächste Mal die Augen öffnete, weil mir das Vorderrad eines Einkaufswagens gegen den Fuß fuhr, bemerkte ich, dass ich mich wohl kurz hingesetzt hatte auf den gefliesten Boden, was mir gleich sehr peinlich war.

Ich hatte jetzt einen schlechten Stand, wenn ich noch glaubhaft machen wollte, dass ich hier zielstrebig einkaufte.

Es war aber schon sehr viel heller um mich herum geworden und ich sah auch andere Menschen mit Körben und Wagen herumlaufen und dachte noch: Wie gut, er hat sich also einen Ruck gegeben.

An der Kasse saß, als ich endlich einen großen Haufen verschiedenster Dinge auf das Förderband lud, ein junges Mädchen, das sehr angewidert aussah, jeden Gegenstand einzeln anfassen und über den Scanner ziehen zu müssen.

Vor der Kasse, im Eingangsbereich, sah ich feuchte Schlieren, die von den Einkaufswagen aus einer großen, trüben Pfütze heraus über den Fußboden gezogen wurden. Etwas frischer Schnee lag dort wo die Leute mit ihren Schuhen aufstampften, wenn sie hereinkamen. Auch hier bildeten sich kleine Pfützen, die das einfallende Licht aus den Fenstern reflektierten. Die Franchisebäckerfiliale hatte wieder geöffnet, jemand hatte in der Zwischenzeit schon große Mengen Plundergebäck, Schnecken, Kringel, Törtchen, Brezeln und Brotlaibe gebacken und dicht gedrängt in der Auslage aufgestapelt.

Ich dachte tatsächlich noch, dass ich Richard und mir ein paar Brötchen mitbringen könnte für ein gemeinsames Frühstück, bevor die Erkenntnis schließlich einsetzte.

Mit zwei übervollen Plastiktüten in den Händen, die immer wieder gegen meine Knie schlugen und an den Handgelenken schmerzhaft in die Haut einschnitten, rannte ich durch die Straßen des Ortes zum Haus meiner Eltern. Die Wollmütze kratzte auf der

Stirn, unter dem Mantel fing ich an zu schwitzen, und die kalte Luft brannte in meiner Lunge wie ein unerbittliches Feuer.

Ich stieß die Haustür auf, lief mit meinen schneeverklebten Stiefeln über den Flurteppich ins Wohnzimmer, die Tüten fielen mir aus der Hand, ich sorgte für große Unruhe und einigen Lärm in dem sehr stillen Haus.

Richard war nicht zu sehen. Im Ofen lagen kalte Reste verkohlter Holzscheite, mein Schlaflager auf der Couch war aufgeräumt und alles in einen Zustand versetzt, als wäre ich nie da gewesen. Wenn ich mich konzentrierte und ganz still war, hörte ich aus dem oberen Stock wieder das Rutschen von Richards Knien über den Teppichboden in meinem alten Kinderzimmer. Immer nur sehr kurz, bevor wieder eine umfassende Ruhe einkehrte, in der sogar das Knistern der sich auf dem Fußboden langsam entspannenden Plastiktüten zu hören war.

Ich räumte die Einkäufe in den Kühlschrank, die Küchenregale und den Keller, machte ein frisches Feuer im Wohnzimmerofen, was mir diesmal erstaunlich schnell gelang und ging schließlich, als ich das Gefühl hatte, es sei wirklich nichts anderes mehr zu tun, in den ersten Stock und klopfte vorsichtig an Richards Zimmertür.

Ich schob meinen Kopf in den Raum und sah Richard, wie er auf dem Bett saß und in einem Fotoalbum blätterte, das mir sehr bekannt vorkam. Es hatte einen kunstledernen Einband und dünne, knisternde Trennseiten aus Pergamentpapier. Ich glaube, es enthielt Bilder aus meiner Zeit als Säugling und Kleinkind.

Ich sagte zu Richard: Ich bin jetzt wieder zurück. Und: Ich habe für uns eingekauft. Er schaute auf und mir ins Gesicht, ich konnte nicht sagen, ob er enttäuscht war von mir oder überrascht, dass ich doch wieder zurückgekommen war. Jedenfalls sagte er, er sei hier oben lieber allein und ich versuchte verständnisvoll zu nicken und gab zur Antwort, dass ich unten auf ihn warten würde, und wenn er wollte, dann könnten wir wieder gemeinsam etwas essen, schließlich sei jetzt alles Nötige vorhanden und er müsse ja großen Hunger haben.

Im Erdgeschoss lief ich dann eine ganze Zeit unruhig durch die Räume. Ich wollte etwas aufräumen, fühlte mich aber nicht befugt. Richards Werkzeug lag noch in der Küche, der Esstisch hätte freigeräumt werden können. Ich wollte auch nicht anfangen zu kochen, bevor ich nicht sicher war, dass Richard alle Zutaten gerne essen wollte oder zumindest gut vertragen konnte.

Schließlich fing ich aus Ungeduld doch an, den Tisch zu decken und leicht bekömmliche Kleinigkeiten in Stücke zu schneiden. Ich kochte Nudeln und Tee, blätterte noch einmal in der Tageszeitung aus dem Nachbarbriefkasten, die ich auf dem Esstisch fand, als letzten Hinweis, dass ich schon gestern hier gesessen hatte.

Ich überflog nochmals den Artikel über den Autor, der aus dem Nichts gekommen war, las ihn bis an sein Ende, wo es über das Buch hieß, es handle sich dabei um einen getippten Schrei, konnte aber gar nichts mehr damit anfangen, wusste überhaupt nicht, wovon da die Rede war und was das alles heißen sollte, wurde unheimlich wütend und warf die komplette Zeitung ins Ofenfeuer, das von der plötzlichen Papiermenge fast erstickt wurde und schrecklich zu qualmen begann.

Nach einer unerträglich langen Zeit kam Richard schließlich runter ins Wohnzimmer, stellte sich neben die Couch und sah mich an, ohne erkennbaren Ausdruck im Gesicht. Ich erklärte ihm, dass es mir sehr leid täte, entschuldigte mich für mein Fernbleiben die ganze Nacht, dafür, dass ich ihn hier ohne Nahrung und Gesellschaft zurückgelassen hatte. Richard schaute mit einem sehr skeptischen Blick in die Küche, wo ich sein Werkzeug ein wenig zur Seite geräumt hatte, um zum Kochen Platz zu schaffen.

Ich sagte zu ihm: Ich weiß schon, du bist hier auch alleine klargekommen. Aber das musst du jetzt nicht mehr.

Richard fragte mich, was es zu essen gebe und ich bot ihm erleichtert einen Stuhl am Tisch an, auf dem er dann saß, mit baumelnden Beinen, während ich das Gemüse in die Pfanne warf und mir große Mühe gab, alles fein abzuschmecken.

Wir aßen wieder in relativer Schweigsamkeit, ich erkundigte mich zwischendurch nach seinen Vorlieben oder Lieblingsgerichten, die er aber nicht zu haben schien, fragte ihn nach Allergien, Unverträglichkeiten, Intoleranzen, aber nichts davon war ihm ein Begriff, und ich konnte mitansehen, wie er seinen Teller und einen Nachschlag, den ich ungefragt auflud, mit großem Appetit auslöffelte.

Nach dem Essen wanderten seine Augen eine Weile unruhig über den Esstisch, ich gestand ihm, dass ich die Tageszeitung in den Ofen hatte werfen müssen, weil sie mich auf einmal fürchterlich aufgeregt hatte. Ich könnte aber, wenn er wollte, sagte ich, von jetzt an immer wieder Zeitungen am Kiosk im Ort kaufen und mitbringen und ihm daraus vorlesen. Besonders schöne Bilder könnten wir ausschneiden und aufheben und den Rest dann zum Anheizen verwenden.

Ich kann dir aber auch, sagte ich, Geschichten erzählen, die nicht in der Zeitung stehen. Wenn du das willst.

Richard stand auf und ging in die Küche. Zuerst dachte ich, um nach seinem Werkzeug zu sehen, um aufzuräumen oder eben um nicht mehr mit mir am Tisch sitzen zu müssen. Dann kam er aber zurück mit einem Glas Milch in der Hand, setzte sich und sah mich an mit einer unfassbaren Ruhe in den Augen.

Und dann spürte ich schon, dass es mir jetzt und von jetzt ab auch weiterhin möglich sein würde. Ich fing einfach an, der Einstiegsort kam mir ganz gleichgültig vor. Zum ersten Mal überhaupt hatte ich das Gefühl zu wissen, wie es geht. Für Richard mussten die Geschichten sein. Für seine speziellen Bedürfnisse. Von der Welt außerhalb des Ortes mussten sie handeln, von den Menschen, die in diese Welt aufgebrochen waren, auf ihren Füßen über Land oder auf Schiffen über das weite Meer. Ich würde ihm alles erzählen, was ich wusste. Und das war ja schließlich nicht nichts. Es war vielleicht gar nicht mal so wenig.

Immer wieder überprüfte ich, ob sich etwas regte in seinem Gesicht. Ich war mir nicht sicher, aber es sah so aus, als hörte er mir zu oder fände es zumindest nicht störend, dass ich sprach. Er blieb geduldig auf seinem Stuhl sitzen, während ich redete, während ich so lange ohne nennbare Pausen weitersprach, bis sich plötzlich ein Gefühl einstellte, als habe mir jemand kühle Tücher um den Kopf gewickelt. Es war sehr angenehm, wie eine leere Lunge nach langem Ausatmen, oder der verklingende Ton einer Saite im Raum, der schon gar nicht mehr zu hören ist, aber eben doch noch dasteht, nachwirkt, bis ein anderes Geräusch ihn verdrängt. Ich dachte an den Ofen und die verbrannten Holzscheite, die in Form bleiben, auch wenn sie schon aus nichts als Asche mehr bestehen, an die Luft nach einem Gewitter, das Fahren mit der flachen Hand über ein leeres Blatt Papier, die endlose Rotation der Erde, an all die Aale vor der Küste, die, wenn sie es wollen, in einem sandigen Bau verschwinden, der exakt ihre Passform hat. Ich dachte an die kleinen Schnecken auf dem Blatt, im Aquarium am Strand und Richard sagte: Wenn du hier leben willst, musst du doch auch Geld verdienen.

ZWEITER TEIL

Nach einigen Wochen im Ort meiner Herkunft, im Haus meiner Eltern, mit Richard in den Räumen meiner Kindheit, habe ich gelernt, eine Reihe von Fragen nicht mehr zu stellen, weil sie Richard zu sehr aufregen. Weil er danach oft ganz unruhig im Haus umherläuft oder auf lange Zeit rausgeht in den Schnee und mir unter Drohungen verbietet, ihm zu folgen.

Zu diesen Fragen gehören:

Wann bist du hierhergekommen und von wo?
Wo ist deine Familie?
Was ist mit meinen Eltern passiert?
Musst du nicht irgendwann in die Schule gehen?
Was hast du gemacht, als du allein warst?

Dazu kommt die Frage nach den Werkstücken, die er anscheinend immer dann bearbeitet, wenn ich aus dem Haus bin und die mich immer drängender interessieren, je länger sie von Richard vor mir versteckt werden.

Er bewahrt sie, so viel habe ich mir zusammengepuzzelt aus kurz in sein Zimmer geworfenen Blicken und zu spät von ihm abgebrochenen Handgriffen, in Einzelteile zerlegt und in Pappschachteln verstaut unter dem Bett und unter den Regalböden in meinem alten Kinderzimmer auf.

Die Zeiten, die ich ohne Richard im Haus meiner Eltern verbringe, sind höchst selten, und nie kann ich sicher sagen, wie lange er wegbleibt. Ich würde außerdem niemals in seiner Abwesenheit anfassen und durchsuchen, was ihm gehört, weil ich weiß, dass sein Vertrauen in mich dann für immer verloren wäre.

Was ihm gehört ist dabei eine Art fließende Kategorie geworden. Manchmal stehe ich in diesen Tagen in der geöffneten Tür zu meinem Zimmer und schaue hinein auf die Möbel und die Bilder an den Wänden, und obwohl ich weiß, dass ich alles einmal selbst auf diese Weise arrangiert habe, passt es ja mittlerweile viel besser zu Richard als zu mir. Es ist seins geworden, weil er jetzt das Kind ist und weil er hier den für das Kind vorgesehenen Raum bewohnt. Die Jahrbücher aus meiner Schulzeit, Tagebuchhefte oder Fotoalben, die überall in Schubladen und zwischen Büchern aufbewahrt sind, gehören zu diesem Lebensraum dazu, auch wenn sie Teile meiner eigenen Vergangenheit sind. Ich würde, wenn ich plötzlich anfinge, mich dafür zu interessieren, wahrscheinlich bei Richard um Erlaubnis fragen, sie herunter ins Wohnzimmer holen zu dürfen.

Es klingt seltsam, aber so hat sich das mit den Dingen im Haus meiner Eltern entwickelt, mit denen, die mir gehört haben, mit ihren, mit dem, was wir hinzugebracht haben, seit ich wieder da bin. Es handelt sich bei alldem nicht mehr um Besitz im eigentlichen Sinn, und es wird von mir auch nur noch dahingehend überprüft, ob es für uns und dabei vor allem für Richard von Nutzen ist.

Umso aufmerksamer werde ich, als Richard mich an einem dieser Tage fragt, ob ich dabei helfen kann, etwas Material und Werkzeug zu besorgen, das er für seine Arbeit benötigt. Es fehlen ihm, wie er sagt, einige Zentimeter Stahlrohr, eine Eisensäge und ein Mörser. Wir besorgen diese Dinge in den Einzelhandelsgeschäften des Ortes, deren Betreiber wacker morgens die Türen aufschließen und die Flächen vor den Läden begehbar halten durch Schaufeln und Streuen. An manchem Morgen habe ich schon gesehen, wie die Inhaber der kleinen Geschäfte mit den Scheibenkratzern aus ihren Autos die Schaufenster bearbeitet haben, um wenigstens im Radius ihrer eigenen Körpergröße die Auslage freizuhalten vom Frost und den Blumen aus Eis.

Nachts fallen die Temperaturen immer weiter in immer unerträglichere Tiefen, kaum einer geht dann noch vor die Tür, und es wird so still im Ort wie auf einem Friedhof.

Wir kaufen die von Richard benötigten Dinge. Das heißt, ich kaufe die Dinge in den Läden an der Promenade und der Hauptstraße, Richard wartet eigentlich immer vor den Geschäften auf dem Gehsteig, weil er sich nicht mit den Bewohnern des Ortes und ihrer Neugier, an die sie sich immer dann erinnern, wenn sie einem Kind begegnen, mit ihren Fragen und verstellten Stimmen, mit ihren hornigen Handflächen auseinandersetzen möchte. Wenn wir das Haus verlassen, trägt er eine dicke Jacke und eine marineblaue Mütze mit hochstehendem Bommel, an der ich ihn gleich erkenne, wenn ich aus den freigekratzten und doch ständig beschlagenen Schaufensterscheiben nach draußen auf die Straße schaue.

Diese Mütze hat ziemlich genau die Farbe des Meeres, wie es hier eigentlich aussieht an einem klaren Tag – wie ich es nicht mehr gesehen hatte, seit ich zuletzt aus dem Ort weggegangen war.

Wahrscheinlich ist sehr viel Zeit vergangen. Es gab nirgendwo einen verlässlichen Kalender oder eine mit Sicherheit korrekt nach unserer Lage auf dem Planeten gestellte Uhr. Nicht im Haus und nirgendwo im Ort. Es lässt sich nicht mehr zweifelsfrei sagen, wann ich angekommen bin und wie viel Zeit tatsächlich seitdem verstrichen ist.

Die Bewohner des Ortes sind, vorsichtig formuliert, keine große Hilfe. Sie haben selbst große Schwierigkeiten, meistens mit sich und den Umständen der anhaltenden Kälte. Sie verabreden sich untereinander für *später, wenn es dunkel ist* oder für *morgen*, und sie sagen meistens *gestern*, wenn sie die Vergangenheit meinen, wobei sie sich dann auf etwas beziehen, was genauso gut auch vor einigen Tagen passiert sein könnte. Die Ereignisse aus einer länger zurückliegenden Vergangenheit, vor allem solche aus einer Zeit, in der über dem Ort einmal die Sonne stand, Blätter an den Bäumen hingen und Besucher auf den Freisitzmöbeln an der Strandpromenade Fischgerichte verzehrten, scheinen ihnen allen längst verschwommen und unklar geworden zu sein. Keiner, so kommt es mir in diesen Tagen oft vor, traut sich mehr so recht, über diese Zeit zu sprechen. Aus Angst, er könnte sich da etwas zusammenfantasiert haben, wonach ihn die restlichen Ortsbewohner für endgültig verrückt geworden erklären müssten.

Wenn ich mit Richard gemeinsam am Strand entlanggehe, dann schaut er auf eine so unbeteiligte Art am Meer vorbei, dass mir klar wird, dass wirklich nur ich selbst noch etwas Erhabenes davon erwarte. Und auch wenn ich mich zu dieser Zeit schon etwas besser an die Verhältnisse gewöhnt habe, befällt mich doch immer wieder eine unbeschreibliche Müdigkeit, sobald ich häufig hin und her wechseln muss zwischen draußen und drinnen. Das ist nach dieser ganzen, als unbekannte Größe an uns vorübergegangenen Zeit vielleicht eine der größten Schwierigkeiten des Lebens im Ort – mit dieser Innenraummüdigkeit umzugehen und mit der Tatsache, dass es vor den Türen auch bei bester Winterkleidung nicht lange auszuhalten ist. Hauptsächlich wegen der frostigen Eiswinde, die von der kalten See her täglich ungebremst über uns hinweg gehen.

Es gab in den ersten Wochen auch hin und wieder einen triftigen Grund zur Hoffnung, wie ich damals meinte, dass jetzt ein Umbruch passieren müsste, ein Aufreißen der unendlich in alle Richtungen über uns sich hinziehenden Wolkendecke. Manchmal färbten sich die Wolken tiefgrau, zogen etwas mächtiger auf als sonst, der Schnee setzte für ein paar Stunden aus, und es fiel ein harter, kalter und sehr gerader Regen vom Himmel auf den Ort, den Strand und das Meer. An solchen Tagen schmolz ein wenig von dem Schnee auf dem Uferstreifen, die Eisschollen auf der Wasseroberfläche zerbrachen in feine Teile und lösten sich langsam auf. Die Äste und Stämme der Bäume, das Gestrüpp, alles wurde dann von der Feuchtigkeit tiefdunkel eingefärbt und wirkte, als könnte es vielleicht doch noch zurückfinden zu einer lange vergangenen Lebendigkeit.

Die starrsinnigen Fischer sah man dann in ihren dick gefütterten Gummihosen raus ins Meer waten und so lange die Köder an ihren Angelruten auswerfen, bis ihnen am Grund der Stiefel die Zehen taub wurden und sie mit leer in ihren Händen schlenkernden Eimern wieder zurück kamen ans Land. Nach einer Weile fiel dann wieder frischer Schnee, und es trieben erneut die Eisschollen vor der Küste.

Am 3. Juli 1844 erreichte den Grundschullehrer und jüdischen Kantor Liebmann Adler die Nachricht, seine Frau sei bei der Geburt ihres ersten Sohnes in Folge unerwarteter Komplikationen gestorben. Es ist nicht bekannt, ob die Eltern vor dem plötzlichen Tod der Mutter schon einen Vornamen für das Kind ausgewählt hatten. Wenn es aber einen gab, entschied sich Liebmann Adler dafür, ihn zu verwerfen und durch das deutsch-hebräische Hybridwort *Dankmar* zu ersetzen, das sich, sage ich zu Richard, wohl am besten mit *Dank Bitternis* übersetzen lässt.

Zehn Jahre nach dem Tod der Mutter emigrierten Liebmann und Dankmar Adler aus dem thüringischen Lengsfeld nach Detroit, wo der Vater eine Stelle als Rabbiner und Kantor der Jüdischen Beth El Kongregation annahm. Dankmar Adler ging bei verschiedenen Detroiter Architekten in die Lehre, hörte aufmerksam zu, als man ihm erklärte, dass hoch aufstrebende Gebäude die irdische Manifestation der Hinwendung zu Gott seien, kämpfte daraufhin drei Jahre lang im amerikanischen Bürgerkrieg auf der Seite der Unionsarmee und zog schließlich mit seinem Vater in den späten sechziger Jahren des 19. Jahrhunderts nach Chicago – rechtzeitig, um mitanzusehen, wie die Stadt im Oktober 1871 von einem tagelang wütenden Feuer großflächig vernichtet wurde.

Der Großbrand wälzte sich durch die Stadt und vernichtete achtzehntausend Gebäude, hinterließ eine Ruinenlandschaft, die von der damaligen Presse und den Autoren, die Begriffe für das zu finden versuchten, was sie da vor sich sahen, als die Überreste des schlimmsten Holocaust der Geschichte bezeichnet wurde, was ja, sage ich zu Richard, wohl wörtlich gemeint war und zum damaligen Zeitpunkt vielleicht auch zutreffend gewesen sein mag. Ich schaue ihn kurz an und bemerke, wie sich dieser ganze Seitenarm der Geschichte in einem gelangweilten Blick aus dem Fenster verliert. Sobald ich mit Richard über Begriffe spreche, geht seine Aufmerksamkeit sehr zuverlässig verloren.

Die Straßen der Stadt, fahre ich also fort, waren jedenfalls noch Tage nach dem Brand unbegehbar heiß, und die wenigen, die sich, vermummt, als wäre der tiefste Winter über sie hereingebrochen, in die Ruinen aufmachten, um die in Wandsafes und Stahltruhen aufbewahrten Wertpapiere und Banknoten zu bergen, mussten nicht selten mit ansehen, wie die papierenen Reste ihres Wohlstandes noch in den rettenden Händen in Flammen aufgingen, als sie der flirrend heißen Luft ausgesetzt wurden.

Es ist wahrscheinlich, sage ich zu Richard, den ich mir damit wieder zurückgeholt habe, zumindest schaut er mich jetzt an, dass Adler damals schon wusste, was für alle zu dieser Zeit in Chicago ansässigen Architekten galt:

Dass nun seine Zeit gekommen war. Eine geschichtlich einmalige Gelegenheit. Eine völlig verkohlte Brachlandschaft dort, wo vorher noch die stetig wachsende Stadt gestanden hatte. Eine Leerstelle, von der jeder, der zu Visionen fähig war, wusste, dass sie bald mit der neuen Idee einer Stadt aufgefüllt werden musste.

Beim Anblick des Feuers, und wohl vor allem beim Hören der Vielzahl von Geräuschen, die dieses Feuer verursachte, ist es Adler und den anderen in Momenten der still in die Vision der späteren Großtaten versunkenen Nachdenklichkeit bestimmt schon so vorgekommen, als wäre das laute Krachen, Schnalzen, Prasseln und Schlagen der verzehrenden Flammen, das Zusammensinken der Balken und Mauern bereits ein tosender Applaus für das später von ihnen vollbrachte Gestaltungswunder.

Richard geht meistens ein Stück weit vor mir her, wenn wir nach Hause laufen. Vor allem, nachdem wir gemeinsam eingekauft haben, macht ihn die Vorfreude, alles zu Hause ordentlich aufzuräumen oder vielleicht auch später noch hinter geschlossener Tür in seinem Zimmer zu benutzen, ein paar Schritte schneller. Er bleibt auch nicht stehen, wenn ich mir etwas ansehe oder von einem der Bewohner des Ortes angesprochen werde. Wenn ich zu lange brauche, geht er einfach nach Hause und macht ein Feuer im Ofen, läuft mit einem Stock in der Hand ums Haus und schlägt den Schnee von den Ästen der Bäume, soweit er sie erreichen kann, oder er geht ohne Umweg hoch in sein Zimmer und schließt die Tür.

Er läuft ein Stück vor mir her, ich schaue mir den blauen Bommel seiner Mütze an, der bei jedem Schritt mitschaukelt, und überlasse es Richard, den Heimweg auszusuchen. Ob wir am Meer entlanggehen, an der Hauptstraße oder den kleinen Umweg durch ein angrenzendes Wohngebiet. Es ist immer eine weiße Landschaft, mit Häusern oder dem Strand, langsam dahinziehende Autos, wenige Menschen auf den Bürgersteigen, die dunkelgraue Winterjacke und die blaue Mütze.

Mir fällt in dieser Zeit oft auf, wie ich meinen Blick immer auch ein Stück über Richard hinausgehen lasse, bis zur nächsten Kreuzung den Bürgersteig absuche nach möglichen Gefahren, die Straßen im Auge behalte, Gartentore und Autotüren, die nachlässig zum Gehweg hin geöffnet werden könnten, Eisflächen, Räumwerkzeug, nicht angeleinte Hunde. Eine ganze Zeit lang war es mir immer unerträglich, so viel auf einmal wahrnehmen zu müssen. Ich habe die meiste Zeit in meinem Leben hauptsächlich damit zugebracht, absichtlich wegzuschauen und mich nicht von allem, was ständig um mich herum passierte, was sich meine Aufmerksamkeit erhampeln wollte, ablenken, verwirren und zerstreuen zu lassen.

Jetzt aber kam es auf das Schauen wieder ganz stark an. Und es war ein wachsames Schauen. Ein Bewachen. Es war von uns beiden aus in die Welt gerichtet, und es erkannte dort die Gefahren, die auf uns einzubrechen drohten, und schied sie klar von den Dingen, die einfach nur so vorhanden sind. Ich habe zu dieser Zeit festgestellt: Wenn man etwas bewacht, wenn man vor etwas oder jemandem Wache hält, dann richtet sich die Aufmerksamkeit erst richtig in die Welt. Ich trage Sorge für Richard und Verantwortung, und mit dieser Sorge im Rücken dient mein Blick über alles, was uns begegnet, endlich einem Zweck. Ich muss mich von nichts mehr abwenden. Ich sehe mir alles an, ohne eine Erklärung dafür zu suchen. Ohne zu wissen, was es bedeutet.

Wenn wir uns zu Hause in der sicheren Umgebung der Räume meiner Eltern befinden, wenn die Scheiben schon blind sind von der Nacht und sich wieder nur unsere im Schummerlicht sitzenden Körper in den Fenstern spiegeln, dann, dachte ich, schauen wir eben zusammen in die Vergangenheit, und dann bereite ich für Richard diese Vergangenheit auf nach meinem besten Wissen. Auf eine Art, die für ihn lehrreich sein oder ihn vielleicht vorbereiten könnte, abhärten für die Zukunft. Heute ist mir klar, dass ich damit unrecht hatte.

Richard geht vor mir her und schnell voraus, ich schaue in die Gärten und ich sehe hauptsächlich die zugeschneiten Beete, Bänke, Terrassenmöbel, die Zwerge und den anderen Zierrat, lang schon unter der Schneelast niedergedrückte Hecken, manchmal ein leeres Schwimmbad als rechteckiges oder rundes graues Loch in der weißen Schneedecke oder als zylindrische Erhebung. Häufig rutschen kleinere Lawinen von den Hausdächern und landen geräuschlos im Schnee. Ein Auto rollt in Schrittgeschwindigkeit aus einer Garage und man hört die Reifen über die zugeschneite Einfahrt knirschen. Die Hunde leben schon längst mit ihren Herren im Haus, die Eingänge zu ihren Hütten sind vom Schnee verschlossen. Wie es mit den Hühnern und Kühen und anderen Nutztieren geregelt wurde, kann ich nicht sagen, ich bin ihnen jedenfalls nirgendwo im Ort begegnet.

Immer wieder höre ich meine Schritte, zu riechen gibt es hier draußen nach wie vor nichts und die Schatten, die unsere Körper, die Gebäude und Gegenstände um uns herum auf die Straße werfen, sind lichtgrau und ohne klare Konturen. Wie der Himmel und wie die Vorgänge hinter den Gesichtern der in den Häusern um uns herum abwesend ihren Verrichtungen nachgehenden Menschen.

In einem der Gärten sehe ich eine in frischen Erdtönen gekleidete Frau stehen, die Hände in die Hüften gestemmt, die heftig ihren Kopf schüttelt und über die Ränder einer Lesebrille hinweg auf die etwas unebene, abgesehen von ein paar Vogelfußspuren aber unversehrte Schneedecke schaut. Ich bleibe an ihrem Gartenzaun stehen, weil sie mich plötzlich anschaut und mir zunickt. Richard läuft unbeirrt weiter, er schaut sich gar nicht um, wir sind auch schon fast in unserer Straße.

Und weil ich nicht weiß, was ich zu der Frau im Garten sagen soll, mich aber schon zu lange an ihrem Zaun stehend aufgehalten habe, um einfach weiterzugehen, sage ich in ihren sanft und still daliegenden Garten hinein meinen Namen und zeige mit einem meiner Finger in Richtung der Straße meiner Eltern, in die Richard, in einiger Entfernung, bereits einbiegt und aus meinem Blickfeld verschwindet. Die Frau sagt Hofmann als Antwort in einem Ton, dass es wie *Hocherfreut* klingt und ich stelle mir gleich vor, dass sie die meiste Zeit ihres Lebens in einem Umfeld verbracht hat, in dem die Leute nur Nachnamen haben und Titel, die sie aber weglassen, aus Höflichkeit.

Die Frau in ihrem Garten ist viel geschickter als ich darin, das unverbindliche Gespräch über den Zaun auf eine sehr persönliche und doch ganz souveräne Art abzuwickeln. Sie erzählt mir, dass sie Professorin an einer exzellenten Universität war, weiter im Landesinneren in einer mittelgroßen Stadt mit langer Geschichte, vielen schmalen Gassen und schöner Architektur. Sie sagt, sie hatte sich vorgestellt, nach ihrem Weggang von dieser Universität ganz viel Zeit im Garten und am Strand zu verbringen, vor allem im Sommer, deshalb habe ich dieses Haus doch gekauft, sagt sie, mich gleich dafür entschieden, als mein Bauch ja gesagt hat und mein Kopf noch am Grübeln war. Ein wenig habe ich mich immer vor diesem Militärgebiet gegruselt, aber das konnte mich am Ende auch nicht abhalten. Es kam mir irgendwann sogar wie ein Schutzgürtel vor, der meine ganze Vorgeschichte von mir abschirmen würde. Und jetzt, sagt sie, bin ich doch wieder auf das Innere dieses Hauses beschränkt und auf mich selbst zurück geworfen, sitze die meiste Zeit lesend an meinem Schreibtisch, von dem ich eigentlich gehofft hatte, dass er in meinem neuen Leben eher eine dekorative Funktion einnehmen würde. Ich lese jetzt auch wieder Bücher, die mein Fachgebiet betreffen. Anfangs hatte ich es noch mit Romanen und Lyrikbänden versucht, für die ich ja irgendwann einmal eine große Leidenschaft verspürt habe, schließlich ist es aber doch wieder so gekommen, dass mir all diese Geschichten, Bilder und Erzählungen unzureichend und nichtssagend vorgekommen sind.

Ich erzähle Frau Professor Hofmann, ohne überhaupt vorher darüber nachgedacht zu haben, man habe über mich einmal behauptet, meine Geschichten kommen aus dem Nichts und nehmen allen Menschen die Luft zum Atmen.

Das verstehe ich nicht, sagt sie dann, wie ist das denn gemeint?

Das weiß ich auch nicht, sage ich, und darüber muss sie kurz lachen.

Dankmar Adler gründete mit einem befreundeten Architekten das Büro Burling & Adler, das beim Wiederaufbau des gesamten Innenstadtbereichs und der nördlichen Bezirke für die Ausgestaltung von vielen Kilometern Fassade und einer reichlichen Zahl öffentlicher Gebäude verantwortlich gewesen ist.

Zu dieser Zeit, heißt es, sage ich zu Richard, sei ein vorher verborgenes Talent von Dankmar Adler überhaupt erst zum Vorschein gekommen. Eine Fähigkeit, von der er noch nicht einmal selbst gewusst hatte, dass er sie besitzt. Es zeigte sich, dass Adler ein außergewöhnliches Gespür für die besonderen akustischen Anforderungen beim Bau von Konzert- und Veranstaltungssälen besaß. In einer Zeit, in der die Beschaffenheit eines Raums und seine Auswirkungen auf den sich in ihm ausbreitenden Schall noch keine eigenständige Wissenschaft waren, wo sich also niemand durch die intensive Lektüre von Fachliteratur Kenntnis hatte verschaffen können, war diese besondere Fähigkeit lediglich auf eine untrügliche, aus irrationalen, abseitigen Quellen gespeiste Intuition zurück zu führen. Darauf, dass er in der Lage war, sich einzufühlen in den Klang von Orchestern und Chören. Dass er vielleicht sogar gesehen haben mag, wie sich die Laute durch die Luft bewegten und an welchen Stellen im Gedankengebäude sie hart anschlugen und wo sie sanft abgleiten konnten in einer natürlichen Bewegung. Ungefähr so, sage ich zu Richard, als würde die Musik, die einmal in Abwesenheit von Musikern und Instrumenten im Kopf eines Komponisten entstanden war, diesen Schöpfungsprozess aus dem Nichts ein zweites Mal durchlaufen und sich ein Haus bauen, in dem sie ungehindert zur Entfaltung kommen konnte.

Die Universitätsprofessorin behält das Gespräch in der Hand und erzählt mir in leicht nachvollziehbaren Schritten und Stationen von ihrer Entscheidung, die mittelgroße Stadt im Landesinneren zu verlassen und hierher in den Ort zu kommen, mit vielen Erwartungen, die schließlich fast alle, sagt sie, enttäuscht wurden, wozu natürlich hauptsächlich das Wetter gehörte, aber auch die Ortsbewohner, die sich selten einmal zu einer sozialen Interaktion hinreißen lassen, zu einem Gespräch am Gartenzaun, wie wir es jetzt führen.

Während sie spricht wird mir sehr kalt vom Stehen im Schnee. Ich stecke mir die Hände unter die Achseln und springe von einem Bein aufs andere, um mich aufzuwärmen, das fällt ihr aber gar nicht auf.

Ich erinnere mich noch sehr gut daran, sagt sie, wie ich am Tag meiner endgültigen Entscheidung gegen mein altes Leben den Schlüssel in meine Bürotür gesteckt und aufgeschlossen habe. Ich weiß noch, dass ich kurz gezögert habe, dass ich fast, obwohl sich ja außer mir nie jemand in diesem Büro aufhielt, außer mal ein Student, der in meine Sprechstunde kam, vorsichtig angeklopft hätte, bevor ich reingegangen bin. Dafür gab es keine logische Erklärung. Ich hatte einfach nur so ein Gefühl, dass es angebracht wäre, mich anzukündigen. Meinem menschenleeren Büro. Ich bin daraufhin eingetreten, als hätte ich einen Termin bei mir selbst. Das hört sich bestimmt komisch an für Sie, aber so habe ich mich damals gefühlt. Und dann stand ich in meinem kleinen Büro, mit dem Schreibtisch am Fenster zum Innenhof, den Regalen, dem Sofa und dem Bürostuhl, unter den ich eine Plastikunterlage getan hatte, damit er beim hin und her Rollen nicht den Boden kaputt macht. Ich schaute auf meine Bücherstapel, auf die bunten Klebezettel, die zwischen den Seiten für meine Seminare wichtige Stellen markierten, auf den schwarzen Monitor, an dem ein Energiesparlicht leuchtete, weil ich ihn nicht ausgeschaltet hatte. Meine halb geöffnete Laptoptasche, die von der Sofakante gekippt war und wie empört auf dem Fußboden lag. Meine Thermoskanne, sagte Frau Professor Hofmann, aus der noch Faden und Schildchen eines Schwarzteebeutels hingen. Meine Ordner sah ich, hastig hingeworfene, abgelegte Dinge, verknüllte Kleidungsstücke, eine gequetschte Handcremetube mit geöffneter Kappe, die lieblos aufgewickelten Kopfhörer meines mp3-Players. Das war mein Arbeitsraum, in dem ich jeden Tag verbrachte und mit einem Mal wurde ich so unbeschreiblich traurig, als ich ihn mir genau anschaute, mit dieser komischen Andacht, als gehöre das alles gar nicht mir selbst, sondern einer ganz anderen Person.

Ich habe mich damals gefragt, erzählt mir Frau Professor Hofmann, ob es sowas wie einen Respekt geben müsste gegenüber all den Dingen, die einem täglich Beistand leisten bei der Bemühung zu überleben. Und ob es dieser Respekt dann ist, der sie schließlich in Würde dastehen lässt in einem Raum. Dann habe ich mir in aller Deutlichkeit gedacht: Es ist die Eigenmacht der Dinge, die wir besitzen, uns vorzuhalten, wie viel Zeit wir mit uns selbst und wie viel mit der Welt um uns herum verbringen. Das war der Moment, als ich beschlossen habe, die Universität zu verlassen und hierher aufs Land zu ziehen.

Es entsteht eine Pause, in der wir beide kurz horchen, ob sich das Land, auf das die Professorin schließlich gezogen ist, durch irgendeine Äußerung am Gespräch beteiligen möchte, aber da ist wieder nur die weiße Stille und etwas von dem fernen, unzureichenden Raunen der kalten See.

Naja, sagt Frau Hofmann dann schließlich, wenn es nur eine Metapher ist, dann können Sie ja mal vorbei kommen auf einen Kaffee und mir eine ihrer atemberaubenden Geschichten erzählen. Aber überleben würde ich es natürlich schon ganz gern.

Das könne ich, sage ich, ihr leider nicht garantieren und sie schaut auf mich zurück wie auf einen sehr kleinen Jungen und meint, dann müssen wir uns eben wieder zufällig hier am Gartenzaun treffen.

Den Weg durch ihre Straße habe ich dann wochenlang gemieden, obwohl er mir sehr gut gefällt.

Im selben Jahr als Louis Link aufbricht auf seine Wanderschaft, an deren Ende er ja schließlich in Chicago angekommen ist, sage ich zu Richard, als wir zusammen am Esstisch sitzen, nah an dem heiß in den Raum strahlenden Ofen, hat sich Dankmar Adler dazu entschlossen, zusammen mit dem Architekten Louis Sullivan ein neues Architekturbüro zu eröffnen für den Rest seiner beruflichen Karriere, weil er überzeugt war, mit ihm gemeinsam würden sich sehr schöne Hochhäuser bauen lassen.

Sullivan und Adler arbeiteten einige Jahre an zahlreichen Projekten und an der eigenen Unsterblichkeit, bis zu einer großen Depression der Wirtschaft und dem endgültigen Einbruch von Aufträgen und Geldmitteln.

Dankmar Adler starb am 16. April 1900, ziemlich genau 24 Jahre vor Sullivan, der daraufhin kontinuierlich seinen Weltruhm festigte, zeitgleich aber mit jedem Jahr tiefer hinabstieg in eine lange Abhängigkeit von alkoholischen Getränken und der Unterstützung und Zuwendung von Freunden und Verehrern.

In den letzten drei Jahren seines Lebens arbeitete Louis Sullivan an einer Autobiografie, die in Einzelkapiteln in den monatlichen Ausgaben des Journals der Amerikanischen Architekten unter dem Titel *Die Autobiografie einer Idee* für eine Aufwandsentschädigung von einhundert Dollar pro Kapitel abgedruckt wurde.

Sullivan, erkläre ich Richard, dem langsam, wie ich fürchte, zu viele Zahlen vorkommen in dieser Geschichte, starb am 14. April 1924.

Die Aufzeichnungen über sein Leben halten sich über weite Strecken in seiner Kindheit auf. Zu der Zeit also, in der auch er, wie später Adler, noch von einer intuitiven, von jeder bürgerlichen Bildung losgelösten Vorstellungskraft beseelt war, die um ihn herum die wildesten Gebilde und Formen emporwachsen ließ, über deren Ursprung und Zweck er zum damaligen Zeitpunkt genauso wenig Auskunft geben konnte wie beim Jahrzehnte später erfolgten Aufschreiben seiner Erinnerungen.

Es muss ihm aber, während er dagesessen und geschrieben hat, sage ich zu Richard, schon völlig klar gewesen sein, dass er sich von diesem aus seiner bloßen Vorstellungskraft schöpfenden Wesen bereits weitestgehend entfernt hatte, und deshalb ist, konsequenterweise, wie ich finde, in der gesamten Autobiografie niemals von ihm selbst als *Ich* die Rede, sondern immer schon von Louis Sullivan, oder eben, in den vielen Kapiteln zu den frühen Jahren seines Lebens, vom *kleinen Louis.*

Zusätzlich zur Niederschrift der eigenen Geschichte hatte sich Louis Sullivan außerdem vorgenommen, in seinen letzten Lebensjahren nochmal die schönsten oder die wichtigsten Ornamente, die seinen ihm ganz eigenen Stil repräsentierten, aufzuzeichnen und zusammenzustellen, auf dass diese ebenfalls im Journal der Amerikanischen Architekten veröffentlicht werden konnten.

Es gibt, sage ich zu Richard, einen Band, in dem die ganze Lebensgeschichte und die Zeichnungen der Ornamente abgedruckt sind und außerdem, ganz hinten im Buch, ein Bild von Sullivan selbst, wirklich unmittelbar vor seinem Tod, das der Zeichner Theodore J. Keane gezeichnet und dem Journal zur Verfügung gestellt hat.

Weil ihm zum Ende hin merklich die Zeit ausgegangen ist und weil er das bestimmt auch gemerkt hat, sind die Ornamente, die man sich in dem Buch ansehen kann, meistens nur zur Hälfte ausgestaltet. Auf einer Seite sieht man bereits alle Details und Verzierungen, bis in die kleinsten Verästelungen ausgearbeitet, auf der anderen aber meistens nur ein paar angedeutete Striche, Zahlen und Anmerkungen, wahrscheinlich die Größe oder die Beschaffenheit des Materials betreffend. Ein bisschen, finde ich, sieht es dadurch so aus, als würde es den fließenden Übergang wiedergeben von einer Idee zu einem fertigen Produkt, und bei dem Portrait von Keane, sage ich zu Richard, das ist das Verrückte, ist es ganz genauso. Da ist nämlich nur der Kopf von Sullivan sorgfältig ausgearbeitet, der ganze restliche Körper eine Andeutung aus Bleistiftstrichen. Und es ist, sage ich, schließlich, wenn man beides in einem Buch zusammen sich anschauen kann, die Ornamente und das Portrait, gar nicht so, dass man sich denkt, man schaut da auf etwas Unfertiges, einmal Begonnenes und nie Zuendegebrachtes.

Nicht nur Sullivan selbst, sondern auch seine Arbeit, über die er ein finales Zeugnis ablegen wollte, scheinen vielmehr in einer Art Auflösung begriffen zu sein. In einer Bewegung hin zum Schemenhaften, zurück zur Idee eines Körpers, zur vagen Andeutung, als wäre dem steigenden Alter nicht ständig an der Ausformung und Definition der Dinge und Menschen gelegen, sondern als führe es schließlich zurück zum ursprünglichen Vorhandensein aller erdenklichen Möglichkeiten.

Es gibt das Buch, von dem ich da spreche, im Haus meiner Eltern. Und das war ein großer, vielleicht der größte meiner Kniffe, seit ich angefangen hatte, Richard abends Geschichten aus der Welt zu erzählen, wie ich sie sah. Dass ich ihm hier direkt unter die Nase halten konnte, wovon die Rede gewesen war. Ich dachte wieder an die Luftaufnahme, die ich in den Ofen geworfen hatte, an seine Begeisterung damals.

Mein Vater hatte das Buch einmal angeschafft, und ich konnte also auf eine geheimnisvolle, unerträgliche Spannung vertrauen, bedeutungsvoll aufstehen und zum Bücherregal im Wohnzimmer gehen, den Band holen und Richard vor seinen eigenen Augen aufblättern, was ich ihn gezwungen hatte, sich vorzustellen. Um ein für alle Mal auch die Integrität dessen, was er hier täglich von mir zu hören bekam, zu beweisen.

Richard sieht sich eine Weile die Bilder an, ohne sehr beeindruckt auf mich zu wirken, schaut dann irgendwann auf und in mein Gesicht und fragt mich, ob ich denn selbst auch einmal dort gewesen war. In Chicago oder Samoa, selbst gesehen habe, wie es dort aussieht, und ich musste ihm wahrheitsgemäß antworten und sagen: Nein.

Davon werde ich, ganz gegen meinen Willen und meine eigene Selbsteinschätzung, sofort stark gekränkt und bin kurz davor zu sagen: Du warst doch selbst noch nirgends! Du musst mir schon glauben!

Das gegenseitige Misstrauen hat da vielleicht seinen Anfang genommen.

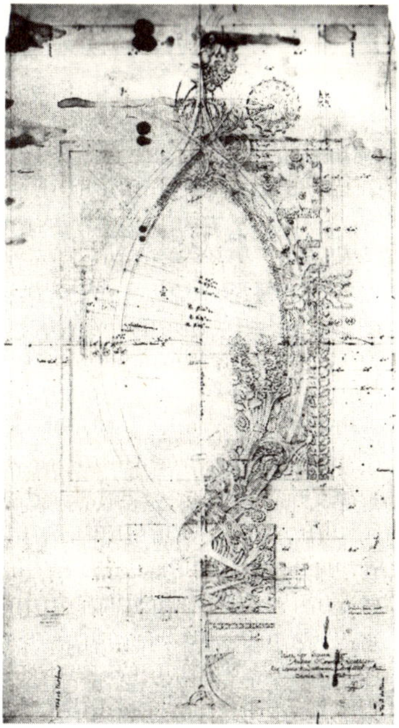

Es war kein freiwillig von mir gefasster Entschluss, die Arbeit in dem Elektrofachmarkt an der Strandpromenade wiederaufzunehmen. Ich würde sogar sagen, die Entscheidung hierfür wurde über mich verhängt.

Wir brauchten schon sehr bald Geld, weil ich ja das wenige, was noch auf meinem Konto übrig geblieben war, größtenteils schon auf dem Weg ans Meer ausgegeben und den Rest dann recht schnell in unsere Versorgung investiert hatte.

Ich war durch den Ort gelaufen, auf der Suche nach offen ausgeschilderten Arbeitsplätzen, hatte kostenlose Zeitungen im Supermarkt studiert, musste dabei aber feststellen, dass sich die Bewohner mittlerweile ganz auf ihre raunende, vertrauliche Kommunikation beschränkt hatten und nicht mal mehr ihre alten Fahrräder in den kostenlosen Wochenzeitungen annoncierten. Lediglich ein paar Gesuche nach menschlicher Gesellschaft oder überschüssigen Haustieren fand ich, der Rest Fleischreklame und Frauen mit ungewohnt rosig aussehenden Gesichtern, die sich mit einiger Zufriedenheit und vorsichtig abgespreizten Fingern Faltencreme in die Augenwinkel massierten. Die Werbung, vielleicht weil sie so farbig war, wirkte überholt und aus einer anderen Zeit kommend auf mich.

Als ich aber in den Elektrofachmarkt ging, zum ersten Mal, seit ich wieder im Ort war, um eine 9-Volt-Batterie und etwas Schaltdraht, einen Saitenschneider und Isolierklebeband für Richard zu kaufen, der wieder draußen vor der Tür warten wollte und in meiner Abwesenheit versuchte, zwischen den relativ eng beieinanderstehenden Sitzbänken der Promenade hin und her zu springen, als ich eine Weile erst im Verkaufsraum gestanden hatte, vor der großen Glasvitrine, in der scheinbar noch die gleichen Mobiltelefonmodelle lagen wie zur Zeit meiner viele Jahre zurückliegenden Ferienarbeit, dann in den vielen stumpf und schwarz in den Raum zeigenden Fernsehbildschirmen meine Spiegelung anschaute, wie ich da stand und wartete, etwas eingesunken und von der Wölbung der Glasbildröhren wie durch ein Fischauge betrachtet, als der Schnee an meinen Schuhen langsam schmolz und sich eine kleine Pfütze auf dem grauen Teppichfußboden um meine Schuhsohlen bildete, die trockene, staubige Heizungswärme mir wieder stark zu schaffen machte und ich mich richtig konzentrieren musste, um Richards Bestellung vollständig zu behalten und nicht jeden Artikel auf der in meinem Kopf kontinuierlich wie ein Mantra abgespielten Einkaufsliste langsam zu ersetzen durch Positionen und Artikel aus dem Bedarfsbereich Bett, kam der Ladeneigentümer Letterau, der etwas weißhaariger geworden war, als ich ihn in Erinnerung gehabt hatte, und der sich immer, das fiel mir dann gleich ganz unpassenderweise wieder ein, so schnell am Telefon mit den Worten *Elektro Letterau* meldete, dass ich jedes Mal das Wort *Toilette* mitgehört hatte, aus der Werkstatt hinter dem Verkaufstresen hervor und erkannte mich sofort.

Er erkannte mich nicht nur sofort als mich, sondern, und das war der Augenblick, als ich vielleicht gerne gefragt worden wäre nach meiner Sicht, als seinen Angestellten.

Er sagte: So. Und: Ah, hallo, und ob ich ihm nicht gleich mal helfen könne, einen fertig reparierten Fernseher aus der Werkstatt hinauszutragen, er wolle ihn hinten bei der Kellertreppe zu den abholbereiten Geräten stellen. Dann verschwand er wieder im Durchgang zur Werkstatt, und ich ging ihm nach, verteilte feuchte Fußspuren im ganzen Laden, und zusammen wuchteten wir ein übermäßig großes Fernsehgerät von einem Rollwagen, der zwischen verschiedene Messgeräte und eine Lötstation geschoben war und trugen es vorsichtig an den vielen Geräten vorbei, die halb aufgeschraubt im Testmodus liefen oder völlig auseinandergebaut auf ein bestelltes Ersatzteil warteten. Meine Schuhe quietschten beim Rückwärtslaufen über das nikotingelbe Linoleum der Werkstatt, ich sah die kleinen Bauteilregale und hart gewordene Lötzinntropfen auf den Arbeitsplatten und den durchgesessenen Polstern der Bürostühle. Der Fernseher in unseren Händen hatte ein Gehäuse aus dunklem Holz und war so breit, dass ich ihn mit meinen beiden Armen nicht hätte umfassen können. Herr Letterau und ich fingen stark zu schnaufen an, mein Mantel spannte über dem Rücken, und ich machte alles falsch, als wir das Gerät schließlich abstellten, sodass mir gleich ein fieser Schmerz die Wirbel entlangfuhr, der auch nicht verging, als ich wieder aufrecht stand.

Ich habe, sagte Herr Letterau, schon wieder im Abspielmodus seiner eigenen Unternehmensphilosophie, immer gewusst, dass es nichts bringt, sich jeder aufkommenden Innovation auf dem Technikmarkt um den Hals zu werfen und alle Brücken abzureißen in die Vergangenheit. Und ich hatte recht. Immer habe ich hier nur die höchste Qualität angeboten, und nichts kam mir in den Laden, was noch nicht völlig ausgereift und durchgetestet, was noch im Beta- oder sonst einem Entwicklungsstadium war. Heute ist so viel von dem, was man mir andrehen wollte als unumgänglich für eine wettbewerbsfähige Produktpalette, wieder vollkommen verschwunden oder nutzlos geworden. Gerade in einer permanent von Innovationen torpedierten Welt, sagte Letterau, zahlt es sich aus, wenn man zur Geduld fähig ist.

Im Keller, sagte er dann, gebe es noch einige Kabelkisten, deren Inhalt entwirrt, ordentlich aufgerollt, sortiert und an die entsprechenden Haken an der Lagerraumwand gehängt werden müssten. Ich könne meinen Mantel gleich anlassen, dort unten gebe es ja keine Heizung.

Das Licht im Keller war schrecklich schummrig. Fast wäre ich auf der steilen Kellertreppe ausgerutscht. Ich konnte meinen Atem sehen, wenn ich ihn in Richtung der nackten Glühbirne blies, und nach einer Weile, die ich in die muffigen, eingerissenen und vollgestaubten Kartons gegriffen hatte, dick ineinandergeknäulte Pakete verschiedenster Kabelsorten herausgeholt und Stück für Stück auseinandergefriemelt hatte, wurden mir zuerst die Fingerspitzen und später die ganzen Hände taub, sodass ich sie immer wieder in meine Manteltaschen stecken musste und für einige Minuten in dem schmalen, niedrigen Lagerraum auf und ab gehen, bis das Gefühl in sie zurückgekehrt war und ich weiterarbeiten konnte. Es gab ein kleines Kellerfenster, aus dem ein Stück Glas herausgebrochen war. Von außen war es aber vollkommen eingeschneit, es fiel kein Licht in den Raum, nur hin und wieder rieselte durch das Loch etwas Schnee, auf Schachteln und Verpackungsmaterial, das dort seit Jahrzehnten an die Wand gestapelt stand und unter staubgrauen Spinnwebteppichen zu einem einzigen, nutzlosen, raumfressenden Haufen zusammengewachsen war.

Ich verlor in dem Kellerraum völlig das mir verbliebene Gefühl für die Zeit, trat irgendwann über in einen weitestgehend gedankenlosen Zustand, in dem ich nur noch die später von mir säuberlich und systematisch geordneten Kabel hübsch aufgerollt an der Wand hängen sah und arbeitete ohne Pause oder das Bewusstsein für eine außerhalb dieses Kellers existierende Welt.

Als ich wieder hoch in den Laden kam, hatte Herr Letterau bereits die Abrechnung für den Tag gemacht, in seine Bücher eingetragen und die Kasse verschlossen, und als ich ihm sagte, dass ich doch noch verschiedene Dinge für Richard zu besorgen hatte, gab er sich sehr großzügig, sagte: Nehmen Sie einfach mit, was Sie brauchen. Ich schreibe es auf und werde es mit Ihrem Lohn verrechnen. Morgen früh, meinte er, wäre es schön, wenn Sie pünktlich kommen könnten. Es sei reichlich Arbeit angefallen in der letzten Zeit.

Als ich dann mit den Besorgungen für Richard aus dem Laden heraustrete und in die Kälte auf der Promenade, ist längst schon die Nacht über den Ort hereingebrochen. Die Straßenbeleuchtung ist in Betrieb und verteilt gelbliches Licht über die weißen Flächen. Hinten am Hafen sehe ich den schwarzen Umriss des Wachturms in den dunkelblauen Himmel ragen.

Ich schaue kurz in alle Richtungen, ob Richard nicht vielleicht doch noch irgendwo zwischen den Bänken herumspringt, weiß aber eigentlich schon, dass er es längst aufgegeben hat, auf mich zu warten und nach Hause gegangen ist.

Im Haus meiner Eltern, als ich mich herunterbeuge, um meine Schuhe auszuziehen, fährt mir wieder der Schmerz in den Rücken. Ich hänge meinen Mantel an den Haken, werfe einen Blick ins Wohnzimmer, in dem immerhin ein Feuer im Ofen brennt, was ich als freundschaftliches Zeichen werte, nehme Richards Arbeitsmaterial und gehe hoch in den ersten Stock.

Seine Zimmertür ist geschlossen. Ein feiner Lichtstreifen ist darunter zu sehen. Ich stehe eine Weile mit meinem schmerzenden Rücken vor der Tür und überlege, ob ich anklopfen will, ob ich darf oder kann. Dann lege ich die Sachen einfach vor seine Tür, gehe zurück ins Wohnzimmer und schlafe sehr bald auf der Couch ein, ohne Hunger oder Gedanken.

Obwohl es ihn anfangs bestimmt sehr geärgert hat und er mit Sicherheit zunächst einmal verschiedene Möglichkeiten abgewägt haben musste, wie er sich, seine Frau und sein Schiff wieder fortbekommen könnte, fügte sich Kapitän George Wellington Streeter, dessen frisch auf den Namen Reutan getauftes Schiff kurz vor der Küste Chicagos im Michigansee auf eine Sandbank aufgelaufen war, sehr schnell in sein Schicksal. Da zu dieser Zeit die Grenzen des Landes an den Küstenlinien der Großen Seen verliefen, die Seen selbst also Niemandsland waren, beschloss Kapitän Streeter einen neuen Staat auszurufen, bestehend aus seinem unbeweglichen Schiff und dem seichten Wasser, das es umgab. Er wartete geduldig ab, bis die Baufirmen und städtischen Betriebe so viel von dem Schutt, der Asche, der verbrannten Erde und dem Geröll, das seit dem Großbrand in den Straßen von Chicago aufgehäuft lag, in den See geschaufelt haben würden, dass ein künstlicher Landweg die festsitzende Reutan mit der Stadt verband.

Das Land und die neuen Ufer aus zerstörter Stadt wuchsen immer weiter in den See hinein, lagen schlammig und unbebaut da und wurden nun von Streeter umgehend als Baugrund ausgewiesen und an Investoren und Siedler verkauft.

George Wellington Streeter, erzähle ich Richard, war lange Zeit als Holzarbeiter angestellt, er betrieb einen Kuriositäten- und Gruselzirkus, meldete sich freiwillig zum Bürgerkrieg und kämpfte für die Unionsarmee in Tennessee, bevor er sich schließlich selbst zu Wasser ließ und auf den großen Seen und Flüssen des Landes umherfuhr. Etwa zur selben Zeit, als sich die Explosion inmitten der protestierenden Arbeiter ereignete, in deren Folge Louis Link und einige andere festgenommen und verurteilt wurden, erreichte er auf diese Weise die Stadt Chicago, heiratete seine Frau Maria und gemeinsam fassten sie den Entschluss, auf dem Wasserweg, über die Seen Huron, Erie und Ontario, den Sankt Lorenz Strom und den Atlantischen Ozean nach Honduras auszuwandern, um dort gemeinsam in den frisch aufblühenden Waffenhandel einzusteigen. Sie unternahmen eine gemeinsame Testfahrt mit der neu angeschafften Reutan, blieben auf der Sandbank vor der Küste stecken und verbrachten, und das erzähle ich Richard ohne eigentliche Absicht in einem sehr sakralen Tonfall, den Rest ihres Lebens damit, dieses Land, das sie gleich als ihr eigenes ausgerufen hatten, gegen äußere Angriffe zu verteidigen.

George und Mary Streeter bauten das Schiff zu einem zweistöckigen Wohnhaus um, in dem sie den folgenden Winter und weitere auf diesen Winter folgende Jahre verbrachten, tagsüber und an den Abenden auf die neblige Landschaft hinausspähend, mit Schweineborstengewehren oder Schrotflinten bewaffnet, manchmal mit einem Kübel Heißwasser, um die immer wieder von der Stadt her kommenden Anwälte und Polizisten zu verjagen, die ihre Landnahme als unrechtmäßig eingestuft hatten.

Sie mussten dabei, sage ich zu Richard, die Gestalten, die sich in der trüben, wattmeerartigen Landschaft bewegten, schon aus weiter Entfernung gut einzuschätzen gelernt haben, denn schließlich kamen viele aus der Stadt in das umgebaute und von Streeter bald das Castle getaufte Schiff, um dort Schnaps zu trinken oder illegal um große Geldbeträge zu würfeln.

Die Stadt wuchs langsam über diesen rechtsfreien Grenzbereich hinaus und hat sich schließlich am Ende auch Streeters Castle einverleibt. Für ein paar Jahre aber war auf der verkohlten Masse der niedergebrannten Stadt ein rechtsfreier Raum entstanden. Eine kleine Gesellschaft, die ihre eigenen Regeln befolgte und die, das habe ich mir immer vorgestellt, sage ich Richard, an sehr stark dunstverhangenen Tagen, wo von der nahen Großstadt vielleicht nur die Schemen zu sehen waren oder nichts, wo man sich also nicht mehr sicher sein konnte, ob sie noch da war oder vielleicht nur von der eigenen Vorstellung auf das flächig um einen herum aufgezogene Weiß aufgemalt, zumindest für einen Moment lang überzeugt sein konnte, tatsächlich unabhängig zu sein.

Am 14. November 1915 parkten zwei Mannschaftswagen der Polizei, ein Krankentransport und ein Einsatzfahrzeug der Feuerwehr in einiger Distanz zu Streeters Castle, zwei Polizisten in Zivilkleidung näherten sich zuerst, wurden eingelassen und bestellten sich jeweils ein Bier, um für Ablenkung zu sorgen. Fünfunddreißig bewaffnete Polizisten stürmten daraufhin das hölzerne Schloss, es wurden ein paar Schüsse abgegeben, dabei aber niemand, versichere ich Richard, ernstlich verletzt. Man verhaftete George und Mary Streeter und alle Anwesenden. Der junge

Harry de Carmaker, der in Streeters Castle gelebt hat zu dieser Zeit, wurde beinah übersehen, dann aber doch noch im Kühlraum aufgefunden, mit einem Gewehr in der Hand auf den Bierbeständen sitzend, offensichtlich mit dem Auftrag versehen, diese zu bewachen. Er konnte ohne Gegenwehr verhaftet werden. Es war ihm in der Zwischenzeit zum Kampf einfach zu kalt geworden.

Richard ist noch nicht aufgestanden, als ich mich am Morgen meines ersten langen Arbeitstages auf den Weg zum Elektrofachmarkt mache. Ich gehe noch kurz hoch ins obere Stockwerk und sehe, dass er die Sachen, die ich vor seiner Tür abgelegt hatte, schon bemerkt und zu sich ins Zimmer geholt hat.

Die Schmerzen in meinem Rücken haben über Nacht nachgelassen, durch das ständige Schlafen auf der Couch konnte ich sie aber auch später nie ganz auskurieren und ich fürchte mich an diesem Morgen ein wenig vor der Kälte draußen und den schweren Geräten im Laden.

Ich denke zu dieser Zeit auch ernsthaft darüber nach, in den ersten Stock ins Bett meiner Eltern überzusiedeln. Am Ende vertage ich die Entscheidung aber doch immer wieder auf den nächsten Abend, an dem ich dann zu müde bin, um nicht einfach nur unten im gutgeheizten Wohnzimmer einzuschlafen. Ich glaube nicht, dass es Richard gefallen hätte, wenn er den ersten Stock dauerhaft mit mir hätte teilen müssen, auch wenn ich ihn nie einen anderen Raum als mein altes Zimmer habe benutzen sehen. Außerdem denke ich damals noch, dass ich mich mit dem Verschwinden meiner Eltern auf eine finale Art abgefunden hätte, wenn ich in ihr Schlafzimmer einziehen, ihre ordentlich gemachten Betten aufwühlen, den Staub von den Kästen wischen und diese letzten deutlich lesbaren Anzeichen ihrer Abwesenheit auslöschen würde.

Als ich das Haus verlasse, liegt draußen noch Dunkelheit über dem Ort. Es ist eine ganz unsinnige Menge Schnee gefallen in der Nacht, durch den ich mit großen Schritten steigen muss. Am Gartentor ist dann meine Hose schon bis unter die Knie mit Schnee beklebt und während ich weiterlaufe, schmilzt etwas davon in meinen Schuhen, die Socken werden nass und das Gefühl weicht mir aus den Füßen, noch bevor ich am Ende der Straße meiner Eltern angekommen bin.

Als ich die Strandpromenade erreiche, wo vom Meer her nur ein leichter Eiswind bläst, sehe ich im Osten, hinter dem Ort, über den schwarzknochigen Kronen der Wälder, einen Streifen Helligkeit. Es ist ein grauer, langgezogener, schwächlich schimmernder Streifen und ich sehe gleich ganz deutlich vor mir, dass dieser Tag, wie alle anderen, wieder in trüb verhangener Diesigkeit vergehen wird.

Und trotzdem ist mir an diesem Morgen, als ich den unbeweglichen grauen Streifen hinten am Himmel sehe und weiß, dass er sich ausbreiten wird, mit einem Mal ganz klar, dass es sich bei dieser Erde noch um einen Planeten unter anderen handelt, die im All dahinkreisen um eine Sonne, die sich hier zwar niemals sehen lässt, deren Existenz aber trotzdem durch jeden Morgen zweifelsfrei bewiesen ist. In dem Moment gibt mir das ein großes Gefühl von Ruhe. Ich versuche, lange auszuatmen wie für ein Seufzen, werde dabei aber vom Klappern meiner Zähne unterbrochen und halte es schließlich doch für besser, schnell weiterzugehen.

Der Laden ist bereits geöffnet und Herr Letterau, der ausgeschlafen und aufgeschlossen hinter seinem Verkaufstresen steht, befindet sich im Kundengespräch. Ein wahrscheinlich aus Groll früh an diesem Tag aus seinem Bett gestiegener Bewohner des Ortes, soviel höre ich gleich heraus aus dem Gespräch, ist gekommen, um ein von Herrn Letterau repariertes Radiogerät zu reklamieren. Er hält das Radio, das nicht besonders groß ist und aus schwarzem Plastik, in seiner Hand, das Stromkabel hängt herab und der Mann macht immer wieder servierende und ruckartige Bewegungen mit dem Gerät, als zeige sich dadurch schon, dass eine große Unverschämtheit ins Gehäuse eingezogen ist, die unverzüglich ausgetrieben werden muss, kostenlos und endgültig.

Ich stehe hinter dem Kunden, als würde ich selbst darauf warten, bedient zu werden, schaue ihm von hinten über die Schulter, Herr Letterau nickt mir kurz und sehr souverän zu und sagt dann:

Auf laute Töne folgende leise hören wir grundsätzlich lauter. Wenn zum Beispiel die Werbung übergeht in Nachrichten. Da hilft es auch nicht, am Regler zu drehen, der übrigens vollkommen in Ordnung ist. Das ist auch keine Folge der physiologischen Konstruktion Ihres Ohrs. Meistens ist es einfach nur die Angst, ungebührlichen Lärm verursacht zu haben, die uns plötzlich scharf hören lässt. Also eine Folge unserer eingeflüsterten Unterwürfigkeit. Sie können aber, sagt er dann, gerne meinem Mitarbeiter hier das Gerät nocheinmal zur eingehenden Überprüfung dalassen. Das wird Ihnen natürlich auch nicht berechnet.

Nachdem der Bewohner den Laden verlassen hat, stecken wir das Gerät in der Werkstatt in eine Steckdose nahe am Fenster ein und vergessen es für die restliche Woche.

An diesem Tag werde ich von Herrn Letterau aufgefordert, eine Reihe fehlerhafter Fernsehgeräte zu überprüfen und ihm, sobald er aus dem Außendienst zurück kommt, eine Liste auszuhändigen von Störungsursachen und zur Fehlerbehebung benötigter Bauteile.

Dann sitze ich alleine in der Werkstatt, den Laden unter meiner Verantwortung, frage mich, womit Richard seinen Tag zubringt und was ich anstellen soll, falls Kundschaft erscheint.

Ich hob einen der defekten Fernseher auf einen Rollwagen, den Schmerz im Rücken, schob ihn zu einem der Arbeitsplätze hin, schraubte die Rückwand ab und zog die grüne, nach verbranntem Staub riechende Leiterplatte aus dem Gehäuse hervor. Ein Ablauf von Arbeitsschritten, den ich schon oft bei Herrn Letterau beobachtet hatte.

Auf der Leiterplatte befindet sich ein weiter, graubraun verstaubter Wald aus Bauteilen, die unterschiedlich geformt sind.

Manche sind sehr klein und tragen bunte Ringe auf ihren Rücken, andere ragen dick und zylindrisch aus dem Gedränge hoch wie Bankentürme aus einer Großstadt.

Ich nahm das Oszilloskop am Arbeitstisch in Betrieb und hielt seine beiden Messfühler an verschiedene Orte im Gerät. Auf dem kleinen Bildschirm erschienen Kurven unterschiedlicher Länge und Form. Dann suchte ich anhand der Gerätekennziffer aus einem hohen Regal voller Ordner den passenden Schaltplan für das Gerät heraus, faltete ihn vor mir auf und musste mir spätestens beim Anblick der Linien und Kästen, die sich ohne ersichtliches System über das Papier verteilten, eingestehen, dass ich keine Ahnung davon habe, wie man ein Fernsehgerät repariert.

Ich starrte eine Weile in das rückwärtig geöffnete Gerät, schloss es dann so an den Stromkreislauf an, stellte mich davor und nahm es, voller Ehrfurcht, nach langem Zögern in Betrieb. Die grüne Leuchte vorne am Gehäuse leuchtete ganz kurz auf, erlosch dann aber sofort wieder und es ging nur ein statisches Knistern über die Bildröhre, das ich noch auf meinen Fingern fühlen konnte, als ich mit ihnen über das Glas fuhr. Ich versuchte den Vorgang zu wiederholen, weil mir das Gefühl der statischen Elektrizität auf meiner Haut gut gefallen hatte, wie Millionen feine Härchen oder Insektenbeine, aber es passierte dann gar nichts mehr, als ich den Knopf drückte. Das Bild blieb dunkel, blieb der grauschwarz gewölbte Spiegel, in dem ich wieder mich selbst sehen konnte, mich und die Werkstatt und die verschiedenen Geräte. Irgendwo hinter mir im Regal stand ein Fernsehgerät, auf dem das symmetrisch bunte Testbild lief. Und mir wurde wieder überdeutlich bewusst, dass im Innern der Bildröhren ein Vakuum herrscht. Wie die Wildnis, dachte ich, oder wie ein großer Wirbelsturm, haben die Fernseher das Nichts in ihren Herzen.

Ich schrecke auf, als Herr Letterau zurückkommt und die Ladentür hinter sich schließt, aufstampft und den Schnee mit einem flappenden Geräusch aus dem Mantelkragen schüttelt.

Ich hatte mich wieder hingesetzt und hielt noch ein paar kleine Bauteile in der Hand, die ich mir genauer ansehen wollte, wobei ich irgendwie in eine Abwesenheit von ungewisser Dauer weggerutscht war. Der Stuhl am Arbeitstisch war sehr bequem, die Geräte brummelten einzeln vor sich hin, die Lüftung und das leise Sirren der Neonröhren an der Decke, eine Lötstation nahm sich mit einem kurzen Klicken in Betrieb, wenn der Kolben zu weit runtergekühlt war, sonst war es ruhig.

Ich zeige Herrn Letterau die beiden Bauteile, die ich in der Hand halte, an deren Namen ich mich noch erinnern kann, es handelt sich um einen Elektrolytkondensator und ein Trimmpotentiometer. Er will von mir wissen, was ich damit vorhabe und ich sage ihm, was ich über den Fernseher herausgefunden habe, der auf dem kleinen Rollwagen steht, nämlich nichts.

Herr Letterau schaut kurz sehr ernst in das geöffnete Gerät, wo die feinen Haare des braunen Staubfilms in einem kaum spürbaren Luftzug zittern. Ich erhalte Anweisung, das Ganze erst mal ordentlich sauber zu machen mit einem Staubsauger und einem feuchten Tuch. Danach stellt Herr Letterau eine Kiste verschiedener Fernbedienungen auf meinen Arbeitsplatz, die von den Ortsbewohnern als defekt eingeliefert wurden und die ich sämtlich auseinanderbaue und ebenfalls reinige, mit Wattestäbchen und Brennspiritus, von einem innen dick angekrusteten, schorfigen Film aus Haut, Popel, Staub, Nikotin, Hundespeichel und Pfefferminzlikör, der sich zwischen den Tasten und der Kontaktmatte gebildet hat.

Mir wird von dieser Arbeit sehr übel und mir fällt nichts ein, worüber ich mit Herrn Letterau sprechen könnte, der selbst jetzt hinter einem geöffneten Gerät sitzt, einen Schaltplan studiert, misst und lötet und dabei viele konzentrierte oder grimmige Falten auf seiner Stirn hat.

Als ich mit meiner Arbeit fertig bin und die gereinigten, zusammengebauten Fernbedienungen säuberlich in die Kiste gestapelt habe, sitze ich wieder eine Weile auf dem Stuhl am Arbeitsplatz in der Werkstatt, klopfe einen leisen Rhythmus mit den Fingerspitzen auf meine Kniescheiben und warte so lange, bis Herr Letterau schließlich den Lötkolben in die Station steckt, vom Gerät aufschaut und mich plötzlich anstrahlt, als hätte er irgendwo in dem tiefen Gewirr des Fernsehgehäuses doch wieder einen Grund dafür gefunden, ein soziales Wesen zu sein.

Herr Letterau bezeichnet es, nicht ohne eine gewisse Genugtuung, als *die neue Wetterlage*, während er mich einweist in ein neues Aufgabengebiet.

Die neue Wetterlage, sagt er, hat mir, und ich glaube, da bin ich allein im Ort, rein geschäftlich überhaupt nichts anhaben können. Ich habe die Bilanzen noch nicht vorliegen, sagt er, aber ich kann Ihnen sagen, dass es sehr gut steht um diesen Betrieb. Herr Letterau macht einen konspirativen Buckel, während er mit mir spricht. Sein ganzer Körper steht da wie eine vorgehaltene Hand, die uns und die sorgenfreie Finanzlage von der Außenwelt abschirmt. Ich gebe zu, sagt er, dass es für den unterhaltungselektronischen Einzelhandel einfach nicht besser hätte kommen können, als dass jetzt alle gezwungenermaßen zu Hause sitzen müssen, aber es war schon auch etwas mehr noch nötig, ein wenig Initiative, an der es den Leuten hier, nehmen Sie es persönlich, wenn Sie wollen, einfach fehlt. Als das Militär den Ort verlassen hat, haben sich alle in ihr Schicksal gefügt, und ich sehe, das wiederholt sich jetzt auf dieselbe Art. Die Unternehmer in diesem Ort sind in ihrer Abhängigkeit gemütlich eingerichtet. Es ist gar nicht so schwer, da ein wenig herauszuragen, und ich habe es Ihnen schon mehrfach gesagt, es zahlt sich aus, wenn man sich früh und von da an für immer auf die höchste Qualität beschränkt.

Herr Letterau führt mich in den ersten Stock, wo von einem kurzen Flur drei Türen abgehen. Eine davon ist die Mitarbeitertoilette, die andere der Lagerraum für Putzmittel, und die dritte, die er öffnet, führt in einen schlauchartigen Raum, der nach einigen Metern im rechten Winkel abknickt und an der Fensterfront entlangführt, von der aus man den Strand und das Meer überblicken kann.

Es ist schon dunkel geworden, also sehe ich an diesem frühen Abend nur das gelbliche Glosen der Laternen vor dem Haus, das sich ein Stück weit über den verschneiten Strand erstreckt und dann verliert. Der Rest ist wieder gespiegelter Innenraum im Fensterglas, Regale voller Geräte, hauptsächlich Videorekorder und Radios, aufeinandergeschichtete Computertastaturen, vor den Fenstern ist auf der ganzen Länge eine Arbeitsplatte angebracht, auf der einige Messgeräte stehen, Präzisionswerkzeug, winzige Schraubenzieher und Imbusschlüssel, Pinzetten, Kontaktspray, Kriechöl, ein paar schmuddlige Lappen und überall kleine Döschen mit sehr kleinen Schräubchen, die außer Herrn Letterau niemand mehr ihrer Herkunft zuordnen könnte.

Mittig auf dieser Arbeitsplatte befindet sich eine ordentlich frei geräumte Stelle, auf der ein kleiner, würfelförmiger Fernseher steht und oben auf dem Fernseher ein Videorekorder. Vor den Geräten liegen zwei Fernbedienungen, parallel zueinander und zum Einsatz bereit.

Es ist, erklärt mir Letterau, bei diesen Verhältnissen, und dabei deutet er mit einem Finger, ohne selbst hochzuschauen, nach oben, wo auf dem weißen Gipsquadrat der Unterhangdecke ein gelblicher Wasserfleck zu sehen ist, doch ich weiß schon, dass er den Himmel meint, fast unmöglich, ein vernünftiges Fernsehsignal zu empfangen. Sie wissen ja, dass wir aufgrund des Meeres und des munitionsverseuchten Sperrgebietes, durch das keine Kabel gezogen werden können, noch immer auf eine etwas altmodische Art von den Signalen aus der Luft abhängig sind. Wenn Sie da eine gewöhnliche Fernsehantenne auf Ihrem Dach stehen haben oder einen Parabolspiegel an Ihrem Balkon, da können Sie sich eigentlich genauso gut einen Kleiderbügel hinten in Ihr Gerät reinstecken. Es zeigt Ihnen wieder nur den ewigen Schnee. Und Sie können sich vorstellen, dass die Leute damit über ihren Bedarf hinaus bedient sind. Die wenigsten Menschen im Ort leisten sich eine so hochwertige Anlage, wie wir sie hier natürlich auf dem Dach haben. Es ist sehr schwierig ihnen diese Investition schmackhaft zu machen, weil sie selbst mit den leistungsstärksten Systemen noch kein restlos befriedigendes Resultat erzielen können.

Die Menschen wollen aber, sagt Letterau, wissen, was geschieht, und ich biete seit einiger Zeit diese Dienstleistung an, die zur tragenden Säule meines Unternehmens geworden ist. Und das würde ich jetzt gerne an Sie delegieren, damit mir mehr Zeit bleibt, meinem eigentlichen Handwerk nachzugehen. Ihre Aufgabe hier wird sein, einen Abriss des täglichen Unterhaltungs- und Informationsspektrums anzufertigen. Mit diesem Rekorder, sagt er und legt dabei seine flache Hand auf das Gerät.

Mir ist absolut klar, dass Sie sich nicht alles gleichzeitig anschauen können, aber das erwarte ich auch gar nicht. Sie werden ohnehin sehen, dass es gar nicht so viel ist, was unsere Anlagen aus diesem Granithimmel herauslesen können, und dass es außerdem mit der Vielfalt im Programm nicht sehr weit her ist. Aber ich bitte Sie trotzdem im Hinterkopf zu behalten, dass Ihr Primärziel die Vollständigkeit ist und nicht der Bildungsauftrag oder der Nachweis von Geschmack.

Sie werden hier jetzt jeden Tag, in Intervallen von zwei Stunden am Morgen, mittags und abends, bevor Sie den Laden verlassen,

Aufnahmen machen und diese Aufnahmen als Erstes am nächsten Tag in ausreichender Zahl vervielfältigen. Wir können so zwar nur das Programm von gestern unseren Kunden anbieten, aber Ihnen ist ja vielleicht schon aufgefallen, dass hier unter den Leuten eine gewisse Gleichgültigkeit herrscht, was diese Begriffe angeht.

Ja, sage ich, das ist mir schon aufgefallen.

Ich nahm den Fernseher in Betrieb und schob oben eine unbespielte Kassette in den Rekorder. Am Anfang hatte ich noch beide Fernbedienungen in der Hand, mit der einen schaltete ich durch die Programme, und auf der anderen drückte ich die Aufnahmetaste, sobald ich das Gefühl hatte, hier zeigt sich der Fernsehtag auf eine repräsentative Weise. Später dann setzte ich mich einfach an den Arbeitsplatz, startete die Aufnahme und sprang zwei Stunden lang durch die Programme. Dreimal zwei Stunden jeden Tag, Frühstücks- und Mittagsfernsehen und das Vorabendprogramm.

Zuerst erschien nur ein dicker Balken, der den Bildschirm gleichmäßig von oben nach unten durchwanderte und an seinem oberen Rand von ein paar bunten Strichen ausgefranst war, die mich ein wenig an Flammen erinnerten. Ich schaltete auf den nächsten Programmplatz und sah eine stark verzerrte Person vor einer Wetterkarte. Das Land, das auf die Studiowand projiziert wurde, war an mehreren Stellen durchbrochen und flimmerte, ebenso die Person selbst, ich konnte sie kaum erkennen, aber ich glaubte sehen zu können, dass sie mit den Schultern zuckte.

Das erste Bild, das halbwegs klar vor mir auf dem Bildschirm erschien, war das einer Gruppe Polizisten, die Gasmasken und Kampfmontur trugen und zwischen sich auf dem Straßenboden eine Coladose hin und her traten. Im Hintergrund, das konnte aber auch schon wieder an der Bildqualität liegen, stieg Rauch auf aus einer Häuserzeile. Ich startete die Aufnahme.

Ich dachte zuerst, ich müsste bestimmt noch heftiger gegen den Schlaf und die Müdigkeit kämpfen, wenn ich dort oben saß. Vor den dunklen Fenstern in der warmen Werkstatt, allein auf meinem Stuhl vor dem flimmernden Gerät, aus dem wirklich nur ganz selten ein brauchbares Tonsignal zu hören war, weshalb es meistens in Flüsterlautstärke vor sich hin rauschte. Ich stellte aber fest, dass ich, egal wie müde und taub im Kopf, nicht einschlafen konnte, solange der Fernseher lief. Es ist auch schon vorgekommen, dass ich die Apparate ausgeschaltet habe und danach sofort auf meinen verschränkten Armen am Arbeitplatz eingeschlafen bin, bis Herr Letterau nach oben kam und mich aufweckte. Vor dem Fernseher selbst bin ich aber wach geblieben, immer, und ich glaube, dass Herr Letterau mit der Arbeit, wie ich sie da oben machte, ganz zufrieden war.

An den Morgenden überspielte ich die Aufnahmen auf mehrere Kassetten, und ich konnte dann auch häufig sehen, wie tatsächlich Bewohner aus dem Ort in den Laden kamen, mit Einkaufsbeuteln oder Rucksäcken und die aktuellsten Mitschnitte verlangten.

Letterau hatte sich dafür eine Art Pfandsystem ausgedacht. Wer die Dienstleistung zum ersten Mal in Anspruch nahm, zahlte einen gewissen Grundbetrag für die Kassetten, und wenn man sie dann das nächste Mal wieder zum Neubespielen zurückbrachte und gegen eine neue eintauschte, berechnete er nur noch die darauf enthaltene Information. Ich habe auch gesehen, wie eine Frau nur ihre Kassette zurückbrachte und an dem Service nicht länger interessiert war. Ihr wurden dann ein paar Münzen ausbezahlt, und Herr Letterau hatte ihr lächelnd die Tür geöffnet. Das kam aber, glaube ich, sehr selten vor.

Nach meinem ersten Arbeitstag im Laden gehe ich direkt und auf dem kürzesten Weg nach Hause. Ich fühle mich erschlagen und leer und glaube auch, dass es so ungefüllt für mich noch weniger Schutz gibt vor der Kälte.

Es ist dunkel, und ich sehe außer mir niemanden von der Arbeit nach Hause gehen. Die Straßen sind verlassen, in den Häusern brennen Lichter. Es ist immer erst die Kleidung, durch die ja kein Blut fließt, die gleich nach dem Rausgehen erkaltet und einem eisig auf der Haut liegt. Die Baumwolle, die ständig gefriert und wieder auftaut, wird ganz muffig und irgendwie selbst auch müde, und ich denke in dieser Zeit oft, man müsste sie für ein paar Stunden in die Sonne legen, bevor sie einen wieder wärmen könnte.

Im Haus meiner Eltern sitze ich eine Weile auf dem Stuhl im Flur und starre auf meine Schuhe, bevor ich die Kraft aufbringe, die Schnürsenkel zu lösen. Ich gehe nicht nach oben, um nach Richard zu sehen, sondern direkt ins Wohnzimmer, wo im Ofen wieder ein Feuer für mich brennt.

Ich knie einige Minuten im stumpf schummernden Licht des Kühlschranks, belege mir schließlich ein Brot und gehe damit die sicherlich letzten Meter an diesem Tag, zur Couch, auf der ich dann sitze und kaue und an gar nichts denke.

Irgendwann kommt Richard aus dem oberen Stock herunter, geht in die Küche, klappert eine Zeit lang auf eine nicht identifizierbare Weise herum, ich glaube ein kurzes Sägegeräusch zu hören, ein Ratschratsch und einen Hammerschlag. Vielleicht bilde ich mir das aber auch ein. Er geht dann noch einmal kurz nach oben, kommt aber gleich zurück und setzt sich zu mir aufs Sofa, schaut mich an und ich entschuldige mich bei ihm, ich bin sehr müde, sage ich, heute keine Geschichte, kann dir aber noch erzählen, was ich so gemacht habe.

Ich erzähle Richard von den Aufnahmen, erzähle ihm von einem Landwirt, dem eine sehr große Nase im Gesicht sitzt und der gemeinsam mit einer schmalen, rothaarigen Frau auf einem Traktor übers Feld fährt. Er sieht sehr glücklich aus, sage ich. Danach schaut er aber plötzlich direkt in die Kamera, er ist jetzt allein und im Begriff etwas zu erzählen, macht eine Pause, seine Augen wandern hin und her, sein Kopf bewegt sich dabei nicht. Es sieht so aus, als würde er versuchen, etwas hinter sich zu sehen oder zumindest in der Peripherie, als müsse er sich absichern, dass da keiner steht und ihm zuhört, der nicht hören soll, was er sagt, und dann sagt er: Na ja, wir haben noch eine Weile da im Restaurant gesessen, und dann hat sie einfach alles ausgesoffen. Sie ist wirklich ein Pferd manchmal.

Ich erzähle Richard auch von einem Motorradfahrer in feuerfarbener Ledermontur, der die Stahlstreben einer großen Sundbrücke entlangfährt und von einem grauhaarigen Staatsmann, der sich in einem sehr großen Plenarsaal aus edlem Holz unbeobachtet fühlt und ausgiebig im Ohr bohrt. Ich erzähle ihm von einem Cabriolet, das auf einer Serpentinenstraße in die Kurve fährt, darin zwei Gesichter, mit aufgerissenen Mündern und Augen, aus Freude, sage ich, und aus Angst, und wie in einem schwarzweißen Niemandslandbahnhof eine düstere Gestalt in schwarzem Anzug, aus der Hüfte heraus und über die Gleise, einem dicken Mann in den Rücken schießt, der dann zusammensackt auf den Bohlen des Bahnsteigs, kurz bevor der Zug einrollt.

Als ich zu sprechen aufhöre, habe ich kurz das Gefühl, Richard klatscht gleich in die Hände vor Begeisterung. Er kickt jedenfalls mit den Beinen aus, das habe ich noch nie an ihm gesehen. Und er bleibt an diesem Abend zum ersten Mal, seit ich wieder zurück bin im Haus meiner Eltern, fast noch so lange im Wohnzimmer sitzen, bis ich eingeschlafen bin.

Am 11. November 1887, am Morgen nach der Explosion in Louis Links Gesicht, sitzen die übrigen Verurteilten Georg Engel, Albert Parsons, Adolph Fischer und August Spies in ihren Zellen, frühstücken, lesen die Tageszeitung und weisen, jeder einzeln, sehr freundlich aber auch bestimmt, einen Geistlichen der Methodistischen Episkopalkirche zurück, der anbietet, gemeinsam die letzten Vorbereitungen für einen reibungslosen Übertritt ins Reich des Herrn zu treffen. In der Nacht, und dafür bekomme ich ein wenig Extraaufmerksamkeit von dem sonst schon eher gelangweilt diese Geschichte absitzenden Richard – wahrscheinlich aus einem gewissen Handwerksinteresse heraus – hallten noch die Aufbauarbeiten der Galgenkonstruktion im Innenhof durch den Gefängnistrakt.

Es ist die letzte Gelegenheit ein paar Briefe zu schreiben, während draußen vor dem Gefängnis alle angrenzenden Straßen abgesperrt sind und ein Aufgebot von dreihundert Polizeibeamten die Unmöglichkeit einer Volkszusammenrottung gewährleistet. Sheriff Canute R. Matson, erzähle ich Richard, verlässt gemeinsam mit den Deputies Hartke, Cleveland, Spears und Peters, dem Countyphysiologen Mayer und dem Vollzugsbeamten Folz um elf Uhr dreißig den Aufenthaltsraum der Angestellten, aus dem man noch am Vortag den Sessel herbeigebracht hatte, in dem Louis aufrecht sitzend gestorben war und in den sich jetzt niemand mehr so recht hineinsetzen wollte.

Die Gruppe tritt einzeln an jede Zelle heran, das Todesurteil wird den Gefangenen nochmals verlesen, danach werden ihre Arme mit Lederriemen am Körper festgebunden, die Hände hinter dem Rücken mit Handschellen fixiert und jedem einzelnen eine schlohweiße Robe aus Musselin übergehängt. Sie werden in den Innenhof geführt, wo circa einhundertsiebzig Personen, Reporter, Zeugen und Interessierte bereits Platz genommen haben, werden an ihre Positionen unter dem Querbalken geführt, wo man ihnen die Beine zusammenbindet, die Stricke um den Hals legt und eine ebenfalls weiße Haube über den Kopf zieht.

Richard kaut etwas unbehaglich an einem seiner Nägel. Aber ich denke, er soll schon wissen, wie so etwas abläuft.

Dann stehen da, sage ich, vier komplett weiße Gestalten, die nicht etwa wie Schneemänner aussehen, was einem ja gleich in den Sinn kommt, wozu Richard nur die Stirn runzelt, als wüsste er gar nicht, wovon hier die Rede ist, und tatsächlich, fällt mir dabei auf, habe ich schon lange niemanden mehr mit dem vielen Schnee, den es hier gibt, spielen sehen, das ist den Menschen wohl vor geraumer Zeit vergangen, sondern vielmehr, sage ich, und das kann man sehr gut sehen auf den Zeichnungen, die von dem Ereignis für die verschiedenen Tageszeitungen angefertigt wurden, wie vier bereits ausgelöschte Körper. Vier Leerstellen, sage ich, die Roben musst du dir so weiß vorstellen, dass die Zeichner, die den trüben Gefängnisinnenhof, den Galgen und die Gitter der Zellentüren, das ganze Stahlgrau und Schwarz, schon während der Wartezeit vorher säuberlich aufs Papier übertragen hatten, jeden der vier da oben auf ihre Hinrichtung Wartenden wahrscheinlich mit dem Radiergummi aus der Zeichnung hervorholen mussten. Also wirklich *ausradieren*, sage ich, als bei Richard nichts davon auf die erhoffte Weise ankommt.

Ich bringe es für uns zu Ende und erzähle, dass einer der so vermummten schließlich noch unter seiner Robe, und ich stehe auf dafür, auch wenn es mir gleich etwas pathetisch vorkommt, den Satz hervorruft: Der Tag wird kommen, an dem unser Schweigen mächtiger sein wird als die Stimmen, die Ihr heute erdrosselt!, dass dann ein Zeichen gegeben wird, die Klappen zu öffnen und für die folgenden zehn Minuten in dem sehr stillen Gefängnis nur das hektische Rascheln der weißen Roben zu hören ist.

Als es schließlich völlig still wird und sich unter den Hängenden niemand und nichts mehr rührt, sage ich, schickt man die Reporter nach Hause, lässt die Körper vorsichtshalber noch eine weitere halbe Stunde hängen und im Anschluss die offiziellen Vollstreckungszeugen Dr. Ferdinand Henrotin, Dr. Denslow Lewis, Dr. G. A. Hall, Dr. Harry Brown, Dr. J. B. Andews, Dr. M. W. Thompson, John N. Hills, William B. Keep, ex-Sheriff John Hoffman, Edwin Wynn, George Lanz, George M. Moulton, John L. Woodward und H. L. Anderson einzeln an den Erhängten vorübergehen und sicherstellen, dass sie tatsächlich auch tot sind und nicht etwa an einem gebrochenen Genick gestorben, sondern fachgerecht und dem Urteil entsprechend stranguliert, was selbst auch noch einige Zeit in Anspruch nimmt.

Eine lange schwarze Trauerprozession, füge ich noch an, obwohl Richard, das sehe ich schon, jeden Moment grußlos nach oben trotten oder aus dem Haus gehen wird, zieht zwei Tage später durch die Stadt Chicago, an allen Häusern der Hinterbliebenen Station machend, zu Fuß und auf Pferdewagen die Häuserzeilen entlang bis zu einem kleinen Stadtteilbahnhof, wo die Särge in einen Vorortzug verladen werden und gemeinsam mit den Trauergästen in den nahegelegenen Stadtteil Forest Park gefahren, auf den Waldheim Friedhof, sage ich zu Richard, der das Ende doch noch abwartet, wo die fünf Verstorbenen für einige Tage in einer Gruft gelagert werden, bis man sie schließlich am 18. Dezember 1887 in einem Gemeinschaftsgrab beerdigt.

Ich stehe mit Richard vor dem Wachturm am Hafen. Es muss ein Wochenende sein, ich habe frei und wir gehen gemeinsam durch den Ort. Es gibt nichts zu besorgen oder zu tun, wir laufen einfach bis zum Hafenbecken, am Geländer entlang bis zum Wachturm, ein stückweit auf die schmale Seebrücke, die aber gesperrt ist. Wir stehen gemeinsam vor dem Wachturm, und ich erzähle Richard, dass es schon einmal eine Zeit gegeben hat, in der vom Meer ein ausreichender Teil gefroren war, sodass man darauf herumlaufen konnte. Ein Rekordwinter, sage ich, die See ist über Nacht einfach erstarrt.

Es hat zu dieser Zeit eine Grenze gegeben, die sogar auf dem Wasser bewacht wurde. Es gab viele Menschen, die gerne von ihrer Seite auf die andere gelangt wären, obwohl das verboten war, und deshalb postierte man an diesen kalten Tagen Grenzwächter auf dem zugefrorenen Meer, die Tag und Nacht zwischen den karstigen Schollen patrouillierten, mit Taschenlampen, Hunden und Gewehren und aufpassten, dass alle auf ihren Seiten blieben.

Und die es doch versucht haben, sage ich, die haben sich tagsüber bei starkem Nebel oder Schneefall, im Morgengrauen oder mitten in der Nacht in weiße Bettlaken gehüllt, um möglichst gut getarnt zu sein in der Schneelandschaft und vielleicht nicht von den Wächtern entdeckt zu werden.

Was sie gegen die Hunde unternommen haben, kann ich dir nicht sagen, sage ich, auch nicht, wie viele tatsächlich mit dieser Taktik Erfolg hatten und wie viele doch mitten auf dem Eis aufgegriffen und verhaftet wurden. Ein paar müssen es aber geschafft haben, sonst gäbe es diese Geschichte ja nicht.

Als ich später sehr niedergeschlagen im Haus meiner Eltern herumhänge und mich für nichts begeistern oder motivieren kann, nur am Küchentisch sitze und in den Raum starre, bemerkt Richard meine schlechte Stimmung und setzt sich zu mir an den Tisch.

Er erzählt mir, wie zum Trost, dass er oft mit seinen Händen kleine Formen macht, durch die er dann hindurchschaut. Wie Rahmen, sage ich und er sagt: meine Hände. So. Und schaut mich an durch ein kleines Loch zwischen seinen Fingern.

Mit einigem Widerwillen erzähle ich Richard von einer großen Konzertbühne, vor der hunderttausend Besucher mit hochgereckten Armen langsam eingehüllt werden vom künstlichen Nebel aus den Maschinen. Aber ich sehe ja, dass er es gerne hören will. Ich erzähle ihm von dem stark verschwitzten Sänger, der seine Hand ausbreitet, als könnte sie so von allen unten im Stadiongrund gegriffen werden. Er bedankt sich, und dann zieht er die Hand in einer ganz schnellen Bewegung zurück, knickt den Arm ein, kneift die Augen zusammen und ballt eine Faust vor seiner Brust. Ein Rhythmus setzt ein, ein Kreischen der Zuschauer, dann wurde das Signal wieder schwächer, sage ich, und ein horizontal über den Schirm laufender Streifen teilte den Sänger in zwei Hälften.

An einem Tag, als ich noch so gar nicht recht nach Hause gehen wollte nach der Arbeit, laufe ich einen langen Umweg durch den Ort. Ich gehe die Promenade ganz entlang bis an ihr Ende, es ist dunkel, und mir gefriert der Atem auf den Lippen, die Luft sticht in die Nase, es schneit kleine, krisselige Eiskörner.

Ich bin wie jedes Mal erschöpft vom Tag im Laden und entferne mich trotzdem immer weiter vom Haus meiner Eltern. Ich glaube, ich will mich nicht mit Richard auseinandersetzen. Es gibt keinen klaren Grund, ich habe einfach nur an diesem Abend keine Kraft für einen anderen Menschen als mich selbst.

Am Ende der Strandpromenade führt der Fußweg weg vom Meer, an ein paar versprengten Gebäuden vorbei, und trifft schließlich ohne andere Option auf den Bürgersteig der Hauptstraße, lange hinter dem Supermarkt, dort, wo sie aus dem Ort hinausführt und in weitem Bogen um das ehemalige Militärgebiet herum.

Der Strand weicht an dieser Stelle einem langen Streifen Gehölz, der sehr schwer zugänglich ist. So zugeschneit wie jetzt ist dieser Küstenteil voller versteckter Fallen und fast unbetretbar, ohne sich dabei die Füße zu brechen.

Ich überquere die Fahrbahn der Hauptstraße, auf der die Spurrillen der Autos langsam eingeebnet werden in eine gleichmäßige Schneedecke und laufe durch das Wohngebiet am Ortsrand, das von den Bewohnern *das Gereute* genannt wird, was, hat mein Vater mir einmal erklärt, von dem alten Wort *Reuten* herkommt, das man auch mit Roden oder Rotten übersetzen kann und das das vollständige Ausreißen von Bäumen mitsamt den Wurzeln bezeichnet – mit dem Zweck, das gereutete Land umzunutzen als Acker oder Baugrund.

Und ich erinnere mich beim Laufen durch das Gereute wieder, dass ich früher oft mit meinen Eltern hier gewesen bin, weil sich in einer der Straßen, die schon direkt an den alten Absperranlagen entlangführt, Werkstatt und Wohnhaus von Willy Helbig befinden, der ein alter Freund meiner Eltern ist und den wir oft in seinem sehr schönen Haus besucht haben. Er war etwas älter als meine Mutter und mein Vater und einer der wenigen Freunde, die sie hier gefunden haben über die Jahre. Ich hatte ihn in der Zwischenzeit völlig vergessen, und nur die Erinnerung daran, wie mein Vater mir den Namen des Wohngebiets erklärt, wobei er mit seiner linken Hand die rechte, deren Finger nach unten ausgespreizt sind, am Gelenk fasst und ruckartig hochreißt, hat ihn aus dem Vergessen hervorgeholt.

Das Haus von Helbig war schon deshalb leicht zu finden, weil vorne an der Straße, an der Wand des kleinen Nebengebäudes, das an die Garage angrenzt und von Helbig als Lager benutzt wird, groß sein Name angeschrieben steht.

Neben diesem kleinen Bau und der Garage verläuft die Einfahrt auf das Grundstück, und nach hinten versetzt, hinter einem wilden Garten, in dem rostige Blechwannen herumstehen, ein Hackstock, eine große Regentonne, Gartengeräte, ein Verschlag mit Brennholz und ein paar verwitterte Gartenmöbel, befindet sich das Wohnhaus, das im Wesentlichen aus einer großen Werkstatt im Erdgeschoss, einer angrenzenden Küche und ein paar kleinen Zimmern im oberen Stockwerk besteht, die ich allerdings nie gesehen habe.

Mir fällt alles sofort wieder ein, als ich vor dem Grundstück stehe. Ich hätte es auch ohne Beschriftung leicht erkannt unter den anderen, es hebt sich immer noch, oder noch mehr als sonst, ab im Vergleich, weil es auf eine Art heruntergekommen ist, die ich als Kind schon sympathisch fand.

Es gibt keinen Gartenzaun um das Grundstück, nur die Betoneinfassung, in die einmal, wahrscheinlich bevor Helbig hier gewohnt hat, kreuzweise die Latten eingepasst waren. Jetzt kann man von überall in den Garten steigen, es gibt auch kein Tor mehr, die Betonfassung ist ganz von Moos überzogen, die Flechten selbst sind zwar in der Kälte längst abgestorben, aber ein dunkelgrüner, flauschiger Farbton ist geblieben. Eigentlich, denke ich, ich weiß nicht warum, müsste er auf diesem Grundstück auch einen Hund haben, und von irgendwo hinter mir höre ich auch tatsächlich ein fernes, aufgeregtes *Raffraff* zwischen den Häusern, das aber schnell in der Dumpfheit des Ortes verhallt.

Ich erinnere mich, dass in der Garage hinter dem Lager auch immer ein Auto gestanden hatte, das erstmal freigeräumt werden musste, wenn es überhaupt je benutzt wurde. Auf der Motorhaube waren Lappen und Tücher ausgerollt und darauf einzelne Werkzeuge und Maschinenteile ausgebreitet. Ich glaube mich zu erinnern, dass die Fahrertür offen stand und im Innern auch schon verschiedene Dinge eingelagert waren, auf allen Sitzen, in den Fußräumen, auch unter dem Lenkrad und auf dem Fahrersitz, es war mehr ein großer Schrank als ein Fortbewegungsmittel.

Und dann musste ich, als ich bestimmt schon einige Minuten auf dem Bürgersteig vor Helbigs Grundstück gestanden hatte und gar nicht mehr an die Kälte dachte, die mir um die Beine wehte und um den Kopf, als gäbe es nicht noch viel mehr, an das man sich hätte erinnern können, an einen kleinen, rosafarbenen Plastikeimer denken, auf dem bunte Schmetterlinge aufgedruckt waren und den ich als Kind einmal, an einem Herbsttag nach langem Regen, halb versunken im Matsch zwischen den anderen Dingen in Helbigs Garten gefunden hatte, als ich dort herumgelaufen war, während die Eltern mit dem Freund im Haus saßen und tranken und sich unterhielten. Ich sehe diesen kleinen Eimer, einen Kindereimer, wahrscheinlich für einen Sandkasten gedacht, zwischen der feuchten Erde, dem Laub, den Harken und rostigen Wannen, dem Holz und dem Zaun zum Nachbargrundstück, und ich finde ihn hässlich, und ich denke: Er kann hier noch ganz versinken im Schlamm und gehört doch nie dazu.

Willy Helbig, das erzähle ich auch später Richard, als ich wieder zu Hause bin und ihn noch wach vorfinde im Haus – denn auf dem Heimweg freue ich mich ja schon wieder darauf, ihm etwas zu erzählen und hoffe, dass er noch nicht schläft –, erfüllt im Ort verschiedene Aufgaben und Funktionen. Ich glaube, dass er in einigen Gebäuden des Ortes und in kleineren Vereinsheimen Hausmeisterarbeiten verrichtet, Landmaschinen und Bootsmotoren repariert, hauptsächlich aber in seiner Holzwerkstatt sägt und zimmert, das gefällt Richard, das kann ich sehen, an Möbeln, Figuren und Grabkreuzen, man kann, glaube ich, sage ich zu Richard, alles bei ihm in Auftrag geben, was aus Holz gemacht wird. Er hat vor vielen Jahren auch einmal ein Flurkreuz für die Gemeinde angefertigt, das können wir uns auch anschauen, sage ich, es steht an einer Straßenkreuzung nah am Ortsausgang neben einem sehr alten Baum. Es wurde lange darüber diskutiert, weil niemand sicher sagen konnte, ob es nicht vielleicht schon Kunst war, zu abstrakt, zu grob, der Jesus daran ist kaum als Mensch zu erkennen war ein Einwand und Helbigs Antwort darauf: Ja eben.

Nach einer ganzen Weile, die ich vor Willy Helbigs Grundstück gestanden habe, wird es mir doch sehr kalt, der Schnee fällt wieder etwas dichter vom Himmel, ich kann nicht sagen, wie spät es ist, überlege für einen Moment, ob ich die Einfahrt entlang und durch seinen Garten gehen soll, klingeln. Ich meine auch, in seinem Haus hinten brennt ein schwaches Licht. Ich entscheide mich aber dagegen, dachte wahrscheinlich, es ist doch zu spät. Vielleicht war da aber auch eine leise Angst davor, etwas wie ein Geheimnis, das mir zu diesem Zeitpunkt schon kostbar geworden war, könnte zu schnell gelüftet werden.

WILLY HELBIG
40

Schon mit einigem Ekel erzähle ich Richard von einer Reihe junger Frauen, die in einem aufwendigen Fernsehstudio in Badeanzügen nebeneinander stehen, während eine sehr ernst aussehende Moderatorin mit glänzenden Haaren zu ihnen spricht.

Sie baut eine große Spannung auf, spricht langsam, überdeutlich und mit langen Pausen. Die Kamera fährt über die Gesichter der jungen Frauen. Einige haben zu weinen angefangen und werden immer wieder von kurzen Schluchzanfällen geschüttelt. Manche nicken mit geschlossenen Augen oder haben den Kopf in den Nacken gelegt, den Blick an die Studiodecke gerichtet und atmen langsam ein und aus in tiefen Zügen.

Ein Mann mit einem Schnurrbart, erzähle ich ohne große Lust, der eine gespiegelte Sonnenbrille im Gesicht trägt, steht an einem Strand in Badehose und schaut angestrengt aufs Meer. Die Kamera fährt immer weiter an sein Gesicht heran, bis man glaubt, in den Brillengläsern eine Riesenwelle oder ein Riesentier zu sehen, etwas jedenfalls, das sich gigantisch aufs Festland zubewegt. Hinter dem Mann laufen Badegäste panisch im unscharfen Hintergrund umher.

Und ein Moderator im Frühstücksfernsehen, erzähle ich Richard, sitzt auf einem sehr bunten Sofa mit einem Studiogast und schaut jedes Mal, wenn der Gast auf eine Frage antwortet, mit einem gierigen Blick zum Couchtisch hin, auf dem ein geflochtener Brotkorb steht, gefüllt mit frischen Croissants.

Und ein Fußballtrainer, und es fühlt sich sehr stumpf an, was Richard überhaupt nicht bemerkt, läuft wütend über das Spielfeld, durch die Rauchschwaden brennender Leuchtraketen auf eine Tribüne zu, in der ebenfalls ein gleißendes Feuer brennt und Fans in den Vereinsfarben mit freiem Oberkörper auf große Trommeln einschlagen. Der Trainer brüllt aufgebracht und macht werfende Bewegungen mit dem Arm. Er wirft aber gar nichts.

Ich lese mich ein. Am Tag nach meinem Umweg durch das Gereute befällt mich das Bedürfnis, dahinter zu kommen, wie diese Geräte im Innern funktionieren. Ich bin an ihrem Aufbau interessiert oder zumindest möchte ich mich weniger wie ein Hochstapler fühlen bei der Arbeit und bekomme von Herrn Letterau bereitwillig einige Fachliteratur ausgehändigt.

Ich lese von elektrischen Feldern, einem etwas schrägen Austreten, von elektrostatischen Linsen, von der Nachleuchtdauer, lese vom Wunsch nach einem möglichst großen Schirm, von der Bildfeldwölbung, geneigten und geknickten Ablenkplattenpaaren, vom horizontalen Wurf im Schwerefeld, Lissajou'schen Figuren, remanentem Magnetismus und hinreichend gestreckten Spulen, von Leybold und Phywe lese ich und von der Trägheit des Auges, von beträchtlicher Selbstinduktion, grün fluoreszierenden Röhren, negativer Vorspannung, Linsenanoden, ich lese von sekundärseitig direkt gelieferter Heizspannung, von Wärmeträgheit, von zusätzlichen Glättungsmaßnahmen und gesperrten Gleichrichtern, von messbarer Kapazitätsverminderung nach Kondensatorendurchschlag, der Festwiderstand, lese ich, verhindert die Spannung Null im Wehneltzylinder. Es ist die Rede von überbrückten Buchsenpaaren, von einem Parabelstückchen, das durchflogen wird, vom Krümmungskreis, zeitlinearem Anstieg und schnellem Zusammenbruch, vervielfachten Kippschwingungen, Lösch- und Zündspannung und von der Entladung in Glimmlampen, vom Ladewiderstand, von Gastriode und Thyratron, Steuergittern, Kippamplituden, Verstärkerröhren mit Penthoden, die Glimmladung, heißt es an einer Stelle, ist im Grunde ein statischer Vorgang. Ich stoße auf Hochvakuumröhren, Sperrschwinger- und Mulitvibratorschaltungen, spannungsabhängige Zündzeitpunkte, die Kippfrequenz, steht da, wird am Wandern gehindert, unregelmäßige Schwingungsvorgänge aufgezeichnet, in Vorsammel- und Hauptsammelsystemen hält sich diese Fachliteratur auf, bei

Quetschfüßen und Pressglastellern, Pumpstutzen, Brennflecken, Ablenkorganen, Bildschreibröhren, ich lese vom widerstrebenden Zusammentreffen in einem kleinen Raumgebiet, von Abszissen- und Ordinatenachsen, Barografen, von der radialen Ablenkrichtung auf dem Schirmrand, Polarkoodinatenoszillografen, von einem großen Aufwand, der meist entbehrlich ist, von Parallelzeilenrastern, Bildfeldzerlegung, Bariumpastekathoden, Äquipotentiallinien, Elektronenwolken, Strahlkreuzungspunkten, Raumladungsgebieten, Bildmodulationsspannung, Trapezverzeichnung, vom Stillstehen der Kurve, das erzwungen werden muss, von der ausschließlichen Benutzung mittlerer achsennaher Zonen der Linsenfelder durch Einschalten von Begrenzungsblenden in den Strahlengang, von bequem einzustellender Fleckschärfe beim Fünfpolsystem, von Wolfram- und Steckerstiften. Beim schirmnahen Paar, lese ich, sind die Ablenkfehler gering und am Ende habe ich nichts gewonnen, finde ich und bin ehrlich zu Herrn Letterau und sage, was ich nach wie vor nicht begriffen habe, nämlich, wie die Information ins Gerät kommt. Und auch wenn ich mich damit als völlig unbrauchbar ausweise für die Arbeit in seinem Betrieb, sehe ich ihn lächeln, mit einem gewissen Stolz, denn schließlich kennt er ja die Antwort.

Am Abend, bevor ich den Laden verlasse, um nach Hause zu gehen, erhalte ich von Letterau den Auftrag, einen Stoffbeutel, in dem sich ein reparierter Videorekorder befindet, auf dem Heimweg noch auszuliefern. Er selbst komme nicht mehr dazu, sagt er, packen Sie noch eine von den Kassetten mit rein, die Sie gestern bespielt haben, diese Leute haben jetzt sehr lange auf ihre Fernsehunterhaltung warten müssen. Er nennt mir eine Adresse, die für mich wirklich nur einen kleinen Umweg bedeutet und geht dann zurück in die Werkstatt, obwohl es schon sehr spät ist, setzt sich in einer glückselig und irgendwie auch konspirativ wirkenden Vertrautheit zwischen die Geräte, die zur erfolgreichen Behandlung bereit stehen, mit geöffneten Gehäusen, kalten Lötstellen, schwachen Spannungsverhältnissen und Fehlfarben.

Es ist ein paar Mal vorgekommen, dass Richard mich von der Arbeit abgeholt hat. Es blieb aber insgesamt selten und wenn es passierte, war ich mir nie sicher, ob er nicht einfach gerade zufällig an der Promenade entlanggegangen war.

Ich schaue mich nach ihm um, als ich den Laden verlasse, die Tür kratzt über vereiste Schneereste im Eingangsbereich, die Promenade ist leer, mein Atem steht mir vor dem Gesicht, gelblich grau im Licht der Straßenlaternen.

Wenn er dasteht, sage ich gleich: Das ist aber sehr nett von dir, dass du mich abholst, und er nickt dann, schaut mich aber nicht an.

Es sind gar keine Menschen mehr auf der Promenade unterwegs. Auf der Hauptstraße sehe ich ein Scheinwerferpaar in der Ferne, das dann aber seitlich abdreht auf ein Grundstück und in einer Garage verschwindet.

Vor dem Gartentor, in der Straße, die Letterau mir genannt hat, stelle ich mir kurz noch Richard vor, der mich ja nicht abgeholt hat, deute auf das Tor in einer einladenden Weise und er zeigt mir einen Vogel und geht nach Hause. Ich müsste ihm dann wohl nachgehen, wenn ich will, dass er die nächsten Tage mit mir spricht, aber ich habe keine Lust dazu und außerdem einen Auftrag.

Vorne am Tor gab es keine Klingel, also ging ich einfach durch, durch den Garten bis zur Haustür, wo es dann zwar eine Klingel gab, das Namensschild aber unter einem ganz matt und trüb gewordenen Plastikfensterchen unlesbar angebracht war. Mir blieb zum Zweifeln gar nicht viel Zeit, weil gleich geöffnet wurde, von einer jungen Frau, die sagte: Bitte nicht klingeln, das Kind schläft.

Sie lief voraus in einen dunklen, überheizten Flur, in dem die Luft ganz abgestanden war, über einen muffigen, grob geknüpften roten Teppichboden. Beim Einatmen war mir gleich klar, dass diese Luft vor mir schon mal einer in den Lungen gehabt hatte, mindestens einer, mindestens einmal, dass das Kind, von dem die Rede gewesen war, in diese Luft geschrien und geschwitzt hatte im Schlaf. Die Frau sagte, das ist nett, dass Sie extra vorbei kommen, ich schaff es nicht, das Kind, und sie schaut zu mir zurück mit ihrem ganzen Gesicht im schummrigen Flur. Ich will gerne sagen: Nichts zu danken, bin aber schon viel zu sehr damit beschäftigt, mich an dieses Gesicht zu erinnern.

Es ist ein um sehr wache Augen herum müde gewordenes und schattiges Gesicht, das ich bestimmt kannte, das wusste ich. Und als wir ins Wohnzimmer treten, einen ebenfalls viel zu heißen Raum, in dem ich auch noch den Staub aus den Sofapolstern rieche, feuchte Achselhaare, warmen Traubensaft, schimmlige Erde in Zierblumenkübeln auf dem Fensterbrett, wo ich Flecken im Teppichboden sehe und Ringe auf dem Couchtisch, da will ich eben ausrufen: In der Schulzeit war ich einmal in dich verliebt!, sehe dann aber einen alten Mann, der langgestreckt auf der Couch liegt, und beherrsche mich doch.

Ich dachte gleich: Der hätte doch auch mal aufstehen und in den Laden kommen können. Mal was tun. Obwohl ich ihn ja gar nicht kannte.

Der alte Mann raunte auf, ein langgezogenes Grunzen, drehte sich halb auf die Seite, um uns besser anschauen zu können und lächelte matt, als er den ausgebeulten Stoffbeutel in meiner Hand sah.

Von der jungen Frau, deren Name jetzt von meinem Kopf in schwerer Rotation um sich selbst gesucht wurde, kam die Frage, ob ich gerne etwas zu trinken hätte, ich sagte nein, dann sah ich, dass der alte Mann eine speckige Wildlederjacke trug, die innen mit einem gelblichen, plattgedrückten Fell gefüttert war und ich sagte: Doch, ja, etwas Gekühltes am besten, danke.

Ich erfuhr im folgenden Verlauf vieles, ohne mich danach erkundigt zu haben. Die junge Frau, in die ich einmal verliebt gewesen war, als sie noch mit mir in die Schule ging und ich ihren Namen wusste, bestritt das gesamte Gespräch, ohne dabei auf Unterstützung angewiesen zu sein. Und ich beobachtete den alten Mann, der von der jungen Frau als *alter Löwe* entweder bezeichnet oder angesprochen wurde, willst du auch was trinken alter Löwe, fragte sie ihn zum Beispiel, und ich wartete die ganze Zeit darauf, dass er sich auch selbst einmal so nennen würde, in der dritten Person, wie ein Indianerhäuptling, aber er sprach ja fast überhaupt nicht, sondern bewegte sich nur sehr träge und langsam unter diesen schweren Grunzlauten, was zu keiner Zeit meiner vollen Aufmerksamkeit entging.

Ich sah, wie er sich aufsetzte und vom kleinen Beistelltisch neben dem Sofa ein Plastikdöschen nahm, wie er sich ein paar bunte Pillen in die hohle Hand schüttete und eine Weile mit dem Zeigefinger zwischen ihnen herumwühlte, als suche er eine bestimmte, sich dann aber doch mit einer schnellen Bewegung den ganzen Handflächeninhalt in den Mund schmiss, und ich sah auch, wie die Hand danach noch eine Weile auf seinem Mund liegenblieb, wodurch er wirkte, als habe er gerade aus Versehen ein Geheimnis ausgeplappert.

Ich erfuhr von der jungen Frau, dass sie kurz einmal für ein Studium in die nächst größere Universitätsstadt gezogen war, das sie aber bald abgebrochen hatte und zurück gekommen war, um eine Berufsausbildung zur Reiseverkehrskauffrau hier im Ort zu beginnen. Das Reisebüro, bei dem sie angestellt war, gebe es mittlerweile nicht mehr, erzählte sie mir, der Laden steht jetzt leer, die Leute wollen offenbar nirgends mehr hin. Es war mir die ganze

Zeit nicht klar, ob sie mir diese Sachen erzählte, weil sie für mich die Lücken füllen wollte zwischen unserer Schulzeit und dem Jetzt, also ob sie mich auch erkannt hatte, oder ob sie nur höflich war, mich nicht anschweigen wollte, wie der müde Grunzer auf der Couch.

Ich musste ja selbst noch damit warten, mein Erkennen zu signalisieren, bis ich sie ansprechen konnte mit ihrem Namen, der auch bestimmt nicht der Name war, den ich von Letterau genannt bekommen hatte, den hatte ich vorher noch nie oder hundertmal gehört, mich aber nicht daran erinnert.

Ich biete an, den reparierten Videorekorder wieder an den Fernseher anzuschließen, zeige auch die Kassette in den Raum, die Herr Letterau kostenlos hat mitliefern lassen, und die junge Frau sagt zu mir: Ich weiß nicht, vielleicht können wir das auch einfach selber machen. Dann schaut sie fragend in Richtung Couch, wo der alte Mann sitzt, und der schaut mich an, und ich schaue ihm direkt in die Augen, in seinen müden, wässrigen Blick, wie ein Aquarium, denke ich, ohne Fische. Das ist auch eigentlich kein Problem, sage ich, nicht so schwer, und sie sagt, mir geht da immer schon vorher die Geduld aus. Der alte Löwe starrt mich weiter an, ich glaube, er wollte schon den vollen Seviceumfang abgreifen. Kostet ja nichts, höre ich mich sagen und dann greife ich auch schon in den staubigen, dunklen Zwischenraum hinter der Wohnzimmerschrankwand, auf der der Fernseher steht und suche, blind mit meiner Hand durch Spinnweben und Staubmäuse tastend, nach den Anschlusskabeln und einer Mehrfachsteckdose.

Ich weiß nicht, ob es an diesem blinden Tasten gelegen hat, dass ich mich plötzlich an eine Szene aus unserer Schulzeit erinnerte, an einen Faschingsball in der Aula, zu dem alle Schüler verkleidet gekommen waren und wo es eine große, den ganzen Abend andauernde Schlacht gegeben hatte zwischen Cowboys und Indianern. Andere Kostüme hatte es an diesem Abend kaum gegeben.

Ich selbst war als Ninjaturtle gekommen, mit grüngeschminktem Gesicht und einem umständlichen Schildkrötenkostüm, in dem ich fast nicht ohne fremde Hilfe aufs Klo gehen konnte und sie, das fiel mir jetzt wieder ein, hatte sich als ein eher umständliches Konzept verkleidet – die Wiedervereinigung vielleicht oder das Recht auf freie Meinungsäußerung. Dass wir uns zwischen dem Schwarzpulverrauch lange unterhalten haben, das fällt mir auch wieder ein und dann höre ich, wie sie zu dem alten Löwen sagt, wie froh sie ist, dass das Kind jetzt schläft und dass heute Nachmittag beim Spazierengehen durch den Ort etwas Komisches passiert sei. Ich finde die Kabel hinter der Wand, als sie sagt, dass sie mit dem Kinderwagen am Supermarkt vorbeigefahren ist und dass dort gerade Ware angeliefert wurde aus einem Lkw in großen Kisten und dass in dem Moment, als sie den Kinderwagen da vorbeigeschoben hat, einem der Arbeiter eine Kiste von oben aus dem Lkw heruntergefallen und laut auf dem Bürgersteig aufgeschlagen ist. Alle sind erschrocken und das Kind auch, sagt sie, es hatte im Wagen geschlafen, und dann ist es hochgeschreckt und hat sich plötzlich aufgerichtet mit weit aufgerissenen Augen und offenem Mund, hat den Kopf hin und her gedreht und ist dabei aber ganz still geblieben.

Ich warte noch, den Fernseher einzuschalten, weil ich ja nicht weiß, ob vielleicht die Lautstärke hochgedreht ist. Auch mit meiner Faschingsgeschichte wollte ich mich erst mal zurückhalten, ich war mir jetzt auch gar nicht mehr so sicher, ob das auch wirklich diese junge Frau gewesen ist, die weitererzählt, dass das Kind gar nicht mehr aufgehört hat so zu schauen und dass sie dann auch schnell Angst bekommen hat, weil es nicht anfangen wollte zu schreien und eben auch nicht aufhören, so zu schauen. Er hat einfach weiter seinen Kopf hin und her gedreht, erzählt sie dem Alten auf der Couch, der davon überhaupt nicht beeindruckt ist, und ich nicke ernst in ihre Richtung, was sie aber nicht sieht, mit offenem Mund, sagt sie, und mit diesen weit aufgerissenen Augen leer um sich gestarrt, so als hätte die Kiste ihn zwar aus dem Schlaf gerissen, aber nicht ganz aufgeweckt, als wäre er in einem Zwischenzustand zwischen Schlafen und Wachsein gefangen gewesen. Ich habe ihn vorsichtig am Arm angefasst, aber es ist nichts passiert und dann habe ich den Kinderwagen weitergeschoben, weil die Leute auf der Straße uns schon ganz komisch angeschaut haben. Als wir dann im Park waren, sagt sie, habe ich ihn aus dem Wagen genommen und auf den Arm, aber er hat immer noch nicht aufgehört so zu starren und wollte auch den Mund nicht zumachen. Erst, als ich so verzweifelt war, dass ich angefangen habe zu weinen, habe ich gespürt, wie er sich plötzlich entspannt hat. Ich weiß nicht, woran es gelegen hat. Jedenfalls konnte ich ihn zurück in den Kinderwagen legen, und als er dann später wieder aufgewacht ist, hat er geschrien und wollte gefüttert werden.

Ich erhebe mich aus meiner knienden Haltung vor der Wohnzimmerschrankwand und setze mich in einen der Sessel, um ihr besser zuhören zu können, und dann erst bemerke ich, dass die Geschichte vorbei ist und eigentlich auch ein guter Zeitpunkt, um den Fernseher auszuprobieren. Also stehe ich wieder auf, und weil niemand etwas sagt, der alte Löwe eh nicht, drücke ich auf den Knopf vorne am Gerät, und das Bild erscheint, meine Aufnahme vom Vortag, eine Gazelle ist zu sehen, die aufmerksam in die Steppe hineinhorcht nach einem gefährlichen Geräusch. Wir sehen uns gemeinsam die Luftaufnahme einer galoppierenden Wasserbüffelherde an und den konzentrierten Putt eines Profigolfers auf kurzgeschnittenem Rasen, und dann finde ich, dass es eine gute Gelegenheit wäre, sich zu verabschieden und sage, dass ich jetzt nach Hause gehen möchte. Und der alte Löwe, wahrscheinlich weil er merkt, dass es konsequenzlos bleibt und weil der Fernseher jetzt wieder läuft, sagt, auf eine leere, eingeübt kumpelhafte Art: Nach Hause? Aber da kennt man dich doch schon.

Im Haus meiner Eltern hänge ich den Mantel an die Garderobe und ziehe mir die Schuhe aus, schaue kurz ins Wohnzimmer, das wie meistens beheizt ist, schummrig beleuchtet und ohne Richard und gehe dann die Stufen hoch in den ersten Stock, zur Tür in mein altes Kinderzimmer, Richards Zimmer, und klopfe an.

Für eine Weile höre ich wieder nur Rascheln und Rutschen, auch ein knacksendes Geräusch ist zu hören und danach gleich ein Unmutslaut, ein sehr heller, der wohl aus Richards Nase kommt.

Er öffnet mir die Tür, schaut mich etwas verknittert an, und ich sage ihm, ich würde sehr gerne einmal im Regal neben dem Bett nach einem Jahrbuch meiner alten Schule suchen, weil ich mir ein Klassenfoto anschauen möchte. Wie zur Rechtfertigung erzähle ich ihm dann die ganze Geschichte von der jungen Frau und dem müden Grunzer, von ihrer Wohnung und ihren Geräten und in überflüssiger Genauigkeit auch noch die Geschichte von dem Ereignis auf der Straße mit der heruntergefallenen Kiste, was sich Richard alles anhört – das Gesicht zwischen Tür und Rahmen eingeklemmt lässt er mich erzählen, wobei ich kalte Füße kriege auf dem unbeheizten Flurboden und etwas übellaunig werde.

Als ich fertig bin, sage ich: Und deshalb würde ich gerne einmal nachschauen, ob ich ihr Gesicht in einem der Jahrbücher wiederfinde, ihren Namen, verstehst du, und Richard erzählt mir, er habe heute Nachmittag die Luke zum Dach aufgemacht, sei hochgeklettert, ganz raus, sagt er, und dann sei er von der Luke bis zum Rand gelaufen, bis ganz an die Kante und dann wieder zurück, wobei er, und er streckt ein Bein aus dem Türspalt, um mir zu zeigen wie, genau wieder in seine alten Fußspuren hineingetreten ist. Damit du nicht sehen kannst, dass ich wieder zurückgegangen bin, sagt er, und dann sei er unten aus der Haustür rausgegangen und habe sich neben die Stufen auf den Boden gelegt wie aufgeschlagen. Es ist mir aber zu kalt geworden, sagt er, weil du nicht gekommen bist. Und ich habe mich auch ein bisschen geschämt.

Als Richard fertig erzählt hat, zieht er den Kopf zurück und drückt die Tür ins Schloss. Ich schaue den Gang runter bis zum Fenster, bis zur Luke aufs Dach und kann mir alles gleich sehr gut vorstellen. Auch den vorm Haus liegenden Richard.

Und trotzdem er mir ja nur davon erzählt hat, fand ich: Die ganze Grausamkeit darin blieb vollständig erhalten.

Ein kleiner Mann mit einem übertrieben großen Schnurrbart springt über den Zaun einer Pferdekoppel. Er hält in jeder Hand einen Revolver, sieht sich nervös um. Hinter ihm, hinter einem Baum hervor, lugt das Böse und lächelt. Siegessicher.

Ein kleines Krebstier tippelt über den Strand. Es findet eine Muschel und schlüpft hinein. Das neue Haus nötigt dem Krebstier ein anderes Gehen auf. Auch die Fährte im Sand ist jetzt eine ganz andere.

Entgegen den Anweisungen, die ich von Letterau erhalten habe, erzähle ich Richard, habe ich heute Mittag beim Aufnehmen gar nicht umgeschaltet.

Ich habe den Fernseher angemacht, und auf dem Bildschirm ist ein Schloss erschienen, von tiefen Gräben umgeben, im Dämmerlicht, flackernd und unscharf, kleine weiße und schwarze Würmchen krümmten sich und zuckten über das Bild, erst dachte ich schon, es ist halt wieder ein sehr schlechtes Signal, bis mir dann aufgefallen ist, dass es einfach ein sehr alter Film war. Der Film war so alt, erzähle ich Richard, dass zwischen den Szenen immer Schrifttafeln eingeblendet wurden, auf denen man die Dialoge nachlesen konnte. Richard macht gleich ein deutliches Wasistdennjetztlos-Gesicht, ich weiß aber nicht, ob wegen des Stummfilms oder weil ich nicht umgeschaltet habe wie sonst.

Ein einsamer alter Adliger lebte auf diesem Schloss zusammen mit seinem noch älteren Diener, erzähle ich weiter, man sah in die leeren Flure und in einen großen Speisesaal hinein, durch die Fenster fiel wenig Licht, es wirkte zugig, unbeheizt, nicht besonders gemütlich auf mich. Der Adlige hieß, so stand es auf einer der Tafeln, Thomas von Weerth, erzähle ich Richard, und verbrachte jeden Tag viele Stunden damit, vor einem Gemälde im Hauptflur seines Schlosses zu sitzen und sich einen darauf abgebildeten Jungen anzuschauen. Es handelte sich bei dem Jungen, das wiederum wusste der Diener, um einen entfernten Verwandten von Thomas von Weerth, einen viele Generationen zurückliegenden Vorfahren.

Der alte Adlige war ganz fasziniert von dem Bild, sage ich und Richard starrt in die Flammen im Ofen, da war etwas an dem Jungen, das ihm sehr vertraut vorkam, die Bildqualität war leider zu schlecht um auszumachen, ob sie sich wirklich ähnlich sahen, aber es muss eine Art von Gemeinsamkeit gegeben haben, sage ich, die von Weerth gespürt hat beim Anblick des Jungen und die über die bloße Abstammung hinausgegangen ist.

Der Junge im Bild trägt jedenfalls, erzähle ich weiter, einen schimmernden Smaragd an einem Lederband um seinen Hals, der den alten Nachkommen besonders fasziniert – an den er ganz nah herantritt, und von dem er glaubt, das konnte man deutlich sehen, trotz der schlechten Qualität, sage ich, das Licht aus den trüben Schlossfenstern würde sich darin brechen und er könnte, wenn er nur nah genug war, seine eigene Spiegelung, eine winzig kleine Version von sich selbst, in den glattgeschliffenen Flächen des Steins erkennen. Als ich das erzähle, denke ich wieder an die Konzertplakate im Eingang zur Kneipe am Hafen, an den Trompeter und seine Augen, erzähle Richard davon aber nichts, sondern weiter vom Verlauf des Films, wie der Diener nämlich bemerkt, dass sein Herr von dem Stein fasziniert ist und ihm erklärt, es handle sich dabei um den sogenannten *Todessmaragd*, der schweres Unglück über alle Generationen der Familie gebracht hat und jetzt zum Glück an einem geheimen und daher sicheren Ort im Schloss versteckt ist.

Richard sitzt aufrecht wie alarmiert. Er ist im höchsten Maß misstrauisch, und ich muss dabei fast lächeln, wie bei einem Blickduell, das man verliert, kann mich aber doch beherrschen.

In einer Nacht, erzähle ich, in der von Weerth auf dem Sessel im Flur vor dem Gemälde eingeschlafen ist, steigt der junge Vorfahre aus dem Bilderrahmen heraus und weckt seinen Nachkommen, durch sanftes Rütteln am Arm, in einen neuen Traum, sage ich, oder in die wundersame Wirklichkeit. Von Weerth wird von dem Jungen durchs Schloss geführt, die Kamera geht hinter den beiden her wie ein Dritter, bis sie an die Stelle kommen, an der sich das geheime Versteck befindet. Von Weerth hängt sich den Todessmaragd umgehend um den Hals, hält ihn sich vors Gesicht, schaut sein Spiegelbild aus nächster Nähe in den glänzenden Flächen an und bedankt sich bei dem Jungen, der zufrieden zum Bild zurück geht, in den Rahmen steigt und wieder erstarrt.

Danach folgt eine lange Einstellung, in der der Diener auf von Weerth zutritt und seinen Zeigefinger hebt mit einem sehr ernsten Ausdruck im Gesicht und auf der nächsten Schrifttafel, erzähle ich Richard, konnte man dann die Bitte an den alten Adligen lesen, den Smaragd in den Schlossgraben zu werfen, im Wald zu vergraben oder einem Hirsch um die Hörner zu hängen, ihn jedenfalls nicht zu behalten, denn die Folgen wären fatal.

Richard wirft die offenen Hände in die Luft, soweit kommts noch, denke ich, würde danach auf einer Schrifttafel stehen.

Der Diener hat natürlich recht, sage ich, eine Gruppe Gaukler kommt am nächsten Tag zum Schloss, angeführt von einer sehr gutaussehenden Schauspielerin namens Maja und bittet um Einlass und ein Nachtlager für die müden Fußreisenden. Von Weerth, dem vor allem die Schauspielerin sehr gut gefällt, sage ich, lässt das Tor öffnen und die Menschen in sein Schloss kommen, wird dann in der Nacht geplündert und ausgeraubt und es wird sogar ein Feuer gelegt im großen Saal, das sich ausweitet über die Möbel und das Gebälk und schließlich das gesamte Schloss erfasst.

Die Flammen, die sich Thomas von Weerth dann allein und obdachlos von der anderen Seite des Festungsgrabens aus anschaut, sage ich, sahen seltsam aus auf dem Fernsehbildschirm. Wahrscheinlich, weil es so ein alter Film gewesen ist. Sie schlugen weiß leuchtend und viel zu schnell aus den Fenstern und aus dem Dach, und ich glaube ehrlich gesagt, sage ich zu Richard, dass es sich bei dem brennenden Schloss nur um einen Miniaturnachbau gehandelt hat.

Richard ist schwer aufgebracht, er schiebt den Couchtisch mit einem festen Tritt zurück, springt auf, rennt nach oben und schmeißt die Tür. Ich gehe ihm aber noch nach und rufe durch die geschlossene Tür, dass es mit von Weerth noch ein gutes Ende genommen hat. Nach langem, leidvollen Umherwandern, rufe ich, findet er nämlich am Ende die Liebe, die ihn rettet. Erst nachdem ihm alles zerstört und gestohlen wurde, rufe ich, sein alter Lebensraum vernichtet, hat seine Einsamkeit ein Ende. Richard tritt fest von innen mit seinem Fuß gegen die Tür. Ich bemerke, wie sich eine starke Müdigkeit in mir breit macht.

Am nächsten Tag, vielleicht um die Mittagszeit, begann es zuerst in langen Fäden und Schnüren und dann in heftigen dicken Tropfen zu regnen. Das Wasser fiel vom Himmel und schlug auf den Ort, auf den Strand, es schlug in den Schnee ein und brachte ihn zum Schmelzen, überall war mit einem Mal enorm viel Wasser, das Meer geriet in Bewegung, die einfallenden Tropfen zerschlugen das Eis. Von allen Überdachungen, Autos, Stromkästen, Schirmen, von den Straßen spritzte es auf, der Himmel war tiefgrau, zwischen den Wolken sah man Blitze aufzucken, es donnerte unmittelbar, ohne Verzögerung, ein riesiges Gewitter war über dem Ort, entlud sich, der Himmel elektrisch, überall legten die Menschen aus den Händen, womit sie beschäftigt waren, stellten sich irgendwo unter, drängten sich in Bushäuschen oder Ladeneingänge, die Autos blieben stehen an grünen Ampeln mit wild fahrenden Scheibenwischern, es kam uns allen, glaube ich, wie ein herrlicher Umbruch vor, ein Schwellenwetter.

Der Regen hielt stundenlang an, bis in den frühen Abend, und innerhalb weniger Sekunden brach er ab, wich einer großen, kalten Stille, in die unsere Ohren, schon ans Rauschen und Prasseln gewöhnt, hineinlauschten, wie nach einer Nachricht. Und dann wurde es Nacht, die Temperaturen fielen drastisch, und am nächsten Morgen waren wilde Eisformationen zu sehen. In den überlaufenden Regenrinnen war das Wasser gefroren, am Strand ragten nur noch schmale Dünenstreifen aus der Eisdecke, die sich bis ins Meer hineinzog, das vollkommen ruhig war und immer weiter und tiefer noch gefror.

Von den wenigen stehen gelassenen Strandkörben hingen vorn große Zapfen fast bis auf den Boden, auch von den Rändern der Tankstellenüberdachungen, den Vordächern der Läden und Häuser, die meisten schlug man morgens ab mit Besen oder Trittleitern, gegen Dachfenster wurde sich vergeblich gestemmt, es war so rutschig auf den Bürgersteigen, dass sich die Alten nicht vor die Häuser trauten, man sah ihre Enkel und Kinder mit Einkäufen dahinschlittern und die Lebensmittel verteilen auf die verschiedenen Haushalte. Geparkte Autos waren teilweise vom Eis mit der Straße verschweißt, die Türen versiegelt. Als am Abend die Straßenlaternen eingeschaltet wurden, brach sich ihr Licht in einem Kranz aus gefrorenem Regenwasser und strahlte diffus über die schimmernden Straßen. Der Himmel klarte nicht auf, die Sonne hatten wir damals, denke ich, seit Monaten nicht mehr gesehen.

DRITTER TEIL

Ich sitze vorm Wohnzimmerofen auf dem Fußboden und schneide mir die Nägel mit einem silbernen Knipsgerät.

Als ich fertig bin und zu faul, um von meinem Platz vor dem Ofen aufzustehen, und weil ich nicht weiß, was sonst damit tun, werfe ich die frisch abgeschnittenen Nägel, die kleinen Halbmonde, in das zu dem Zeitpunkt hell lodernde Feuer.

Ich bereue es sofort, der Anblick ist entsetzlich.

Sie sind einfach geschmolzen. Haben ein paar Blasen geworfen und sind in sich zusammengeschrumpelt.

Ich sehe auf dem Fernsehbildschirm, an meinem Arbeitsplatz im ersten Stock, vormittags, als schon etwas Helligkeit über dem Ort aufgekommen ist, über dem Meer und dem Strand, Nahaufnahmen von herrenlosen Haustieren, die in Körben liegen oder auf schmuddeligen Decken. Eine Katze mit Triefaugen ist dabei, die sich unbeteiligt an den Pfoten leckt. Der Ton ist ganz verrauscht. Hin und wieder tritt eine Person ins Bild und macht servierende Handbewegungen zu den Tieren hin. Telefonnummern werden eingeblendet, und jedes Tier hat einen provisorischen Namen. Schnucki, Bella, Tiger, Tölpel, Mikesh, Sheela, Wutz, Perle, Krumpel, Bodo, Schnuffel, Tapsi, Ede, Gutzl, bei Interesse, da bin ich mir sicher, wäre das eh nochmal Verhandlungssache.

Vom Sofa aus beobachte ich Richard, der am Esstisch sitzt, bei künstlichem Licht in schlechter Haltung und in einer alten Illustrierten blättert. Die Kreuzworträtsel und Sudokukästchen hat er mit Strichen und kleinen Formen vollgemalt. Draußen singt es und stürmt in der Dunkelheit.

Ich komme an den Tisch, schaue über seine Schulter und lese eine Rätselfrage, die lautet: Auf einer schneebedeckten Scheibe, die sich beständig im Kreis dreht, geht einer immer geradeaus. Welches Muster ergeben seine Fußspuren?

Ich kann mir Richard sehr gut als alten Mann vorstellen, der sich für nichts mehr interessiert außer der Handarbeit. Alles dazwischen fällt mir schwer.

Wir stehen auf, weil wir ein leises, rhythmisches Quietschen auf der Straße hören, legen unsere Hände neben die Gesichter an die Scheibe, schauen raus und einer einzelnen Person zu, die mit viel Mühe ein Fahrrad durch den Wind und den tiefen Schnee schiebt.

Richard sagt: Ich muss jetzt ins Bett gehen. Und er geht, und ich bleibe im Wohnzimmer. Es gefällt mir nicht, wenn er sich vor mir schlafen legt. Ich habe dann die sehr deutliche Empfindung, das letzte Wesen mit einem Bewusstsein im Haus zu sein. Und die irrationale Angst, das Haus und der ganze Küstenstreifen, auf dem es steht, würden wegbrechen und in die schwarze See hinaustreiben, sobald ich einschlafe.

An einem Samstagmorgen sitzen wir gemeinsam am Esstisch und sprühen Schlagsahne in unseren Kaffee, weil es keine Milch mehr gibt. Richard baumelt mit den Beinen und knackt mit den Gelenken. Morgens spricht er nicht gern und hört auch nicht gern zu. Das Erzählen ist eine Sache für den Abend. Die Gesellschafts- und Brettspiele im Haus sind sämtlich für Erwachsene oder ältere Jugendliche, es gibt kein Kinderspielzeug, aber ich hatte eh nie das Gefühl, als würde er sich dafür interessieren. Er baut eben viel an seinen Werkstücken, oben in seinem Zimmer oder hier unten, wenn ich bei der Arbeit bin.

Ich habe Richard nie gefragt, aber es kam mir oft so vor, als sei das Wochenende etwas Lästiges für ihn, weil ich dann nicht zu Letterau arbeiten gehe und den ganzen Tag Zeit habe. An meinen freien Tagen fällt mir auf, dass er fast genauso lange braucht wie ich, um wirklich richtig aufzuwachen. Es ist ja immer nur so kurz hell und nie richtig und oft treibt man die ersten paar Stunden auf einer dumpfen Müdigkeit dahin, dann setzt bald schon die Dämmerung ein, die Nacht, die Heizungsluft, die Kälte draußen, immer kann man sich sehr gut einen weichen Ort vorstellen, nur kurz die Augen schließen, an einen langen Schlaf ist eh nicht zu denken. Nachts rüttelt immer irgendwo der Wind, eine Autotüre wird zugeschlagen, ein Rollladen heruntergelassen, eine Schneelawine geht ab von einem Hausdach, ein Carport, auf dem sich monatelang der Schnee getürmt hat, stürzt schließlich ein unter der Last, selten bellt ein Hund. Alles ist für einen kurzen Moment ganz deutlich hörbar und versiegt dann im Schnee. Die Geräusche sind immer unmittelbar, immer direkt am Ohr, nirgendwo hallt etwas wider. Als gäbe es keinen Raum mehr für sie.

Wie Richard schläft, kann ich nicht sagen, wie oft, wie lang, wie gut. Morgens ist er still und manchmal schlecht gelaunt. Zu jeder Tageszeit ist es möglich, dass er von oben ins Wohnzimmer kommt und sich die Augen reibt, als sei er gerade aufgewacht. Selten kommt es vor, dass wir einfach nur nebeneinander auf der Couch sitzen, und er vielleicht seinen Kopf an meinem Arm ablegt und kurz die Augen zumacht. Dann immer denke ich ganz deutlich: Ich weiß, was ich hier zu tun habe. Aber er kommt auch wirklich sehr gut ohne mich aus.

Wir belegen uns still ein paar Brote, Richard hört sich aufmerksam das leise Klickern des Messers an, als ich ein Marmeladenglas auskratze, und ich schaue ihm lange dabei zu, wie er einen Apfel so zu schälen versucht, dass am Ende ein langer Schalenkringel übrig bleibt.

Manchmal gibt es etwas wie ein stummes Verständnis zwischen uns. Ich kann sehr gut vorhersagen, ob er nach dem Frühstück gern allein gelassen werden will. Wir räumen den Tisch ab und spülen das Geschirr, und dann entsteht kurz etwas wie eine angespannte Leere oder gemeinsames Warten, und wenn er dann nicht weggeht, kann ich ihm anbieten, mit mir vor die Tür zu gehen, und meistens geht er dann direkt in den Flur und zieht sich seine Stiefel an.

Wenn Richard an den Wochenenden nichts mit mir unternehmen möchte, gehe ich mit der Schneeschaufel vors Haus und versuche, den Weg zwischen Gartentor und Haustür frei zu halten. Es ist kaum Platz im Garten, um noch mehr Schnee aufzuschippen. Ich mache mir oft Sorgen, dass wir irgendwann nicht mehr aus unseren Erdgeschossfenstern hinausschauen können. Unser Garten besteht aus einer unebenen weißen Landschaft von unbekannter Tiefe, Richard könnte schon komplett darin versinken.

Wenn er das Kratzen der Schaufel auf dem eisverkrusteten Fußweg hört, kommt er oft runter, beherzt und ein bisschen empört, ich glaube, er würde das Schneeräumen gerne als seine Aufgabe verstanden wissen. Die Schaufel ist aber viel zu groß für seine kurzen Arme und vor allem zu schwer, wenn sie vorn mit Schnee beladen ist. Er kratzt dann das Blatt ein paar Mal quer über den Boden, und dann geht er wieder rein, und um seine Leistung anzuerkennen, warte ich besser, bis er die Tür hinter sich geschlossen hat, bevor ich weiterarbeite.

An diesem Samstagmorgen aber gehen wir gemeinsam raus in den trüben Tag, immerhin den Tag, denke ich, und laufen vorsichtig über den ungeräumten Weg vor zur Straße und an der Straße nach rechts und bis an ihr Ende, über die Hauptstraße und bis zur Promenade. Richard trägt seine marineblaue Mütze auf dem Kopf und Fausthandschuhe, und er schlenkert mit den Armen und hüpft mit beiden Beinen voran in die Schneeberge zwischen den geparkten Autos.

Er will am Hafenbecken nicht wieder raus auf das kleine Stück Seebrücke und nicht zum Wachturm, er will nicht über den Strand laufen und auch nicht ausprobieren, wie weit man schon aufs Meer hinausgehen kann, ohne einzubrechen.

Wir gehen, ohne rechte Absicht oder vorher von mir gefasstem Plan, bis an das Ende der Promenade, den Fußweg zur Hauptstraße, ein Stück an ihr entlang und schließlich auf der anderen Seite ins Gereute, in die Straße von Willy Helbig. Ich glaube nicht, dass ich davor schon einmal mit Richard diesen Weg gegangen bin.

Und weil mir alles sehr einfach vorgekommen ist auf dem Weg, weil Richard weder quenglig noch abwesend auf mich gewirkt hat, die ganze Zeit lang nicht, zeige ich ihm die Gebäude am Rand der Straße, das Lager und die Garage, die Einfahrt, ich deute auf das Haupthaus und erzähle, dass ich weiß, wie es darin aussieht, ich war schon mal da drin, sage ich, als ich vielleicht so alt war wie du, und es gibt dort diese Werkstatt, von der ich dir erzählt habe, mit reichlich Holz und dem ganzen entsprechenden Werkzeug: Stemmeisen, Hirnholz- und Schrupphobel, Fuchsschwänze, Laub- und Bauchsägen, dann geht mir aber die Lust an der Aufzählung aus, und ich zeige in den Garten, in dem man bei Tageslicht noch einige von den alten Maschinen, den Gestellen und Fässern erkennen kann, und weil es ja noch gar nicht spät ist, weil man jetzt noch klingeln könnte und sich sehenlassen nach langer Zeit, fasse ich Mut und frage Richard, ob er nicht auch Lust hätte, den Mann im Haus zu besuchen.

Richard zuckt mit den Schultern, nickt, und geht voran in die Einfahrt, durch den Schnee und auf den Garten zu.

Im Schnee auf dem Grundstück sind tiefe Fußspuren zu erkennen, verschiedene Routen, die wohl von Helbig zu seiner Haustür und zur Straße genommen wurden, einige sind zur Hälfte vollgeschneit, manche fast vollständig. Ich sehe Richard vor mir und wie er versucht, nur auf Helbigs Fußabdrücke zu treten. Die Abstände dazwischen sind aber viel zu groß für ihn.

Einmal fällt er beim Versuch, in einen Abdruck zu springen, auf seine Knie in den Schnee, und ich sehe das flache Dach auf dem Haus meiner Eltern vor mir und ich kann nicht anders und denke: recht so.

Die Fenster im Haupthaus sind fast blind vor Staub, beim Näherkommen ist aber schon ein schwaches, gelbliches Licht im Innern erkennbar, und ich meine auch schon Geräusche der Holzarbeit zu hören, das Schnarchen einer Säge und das helle Poltern eines abgeschnittenen Lattenstücks auf dem Fußboden.

Ich ziehe Richard an meine Seite, als wir auf den Stufen vor der Haustür stehen, eher unbewusst, ohne rechte Absicht und bekomme dafür einen sehr skeptischen Blick von ihm.

Ich drücke auf die Klingel, ein Schrillen innen, das ist wirklich ein sehr schönes altes Haus, denke ich noch, und ich meine zu erkennen, dass Richard das auch so sieht.

Helbig öffnet uns die Tür und ist etwas faltiger geworden in der Zwischenzeit. Er sieht aber sehr wach aus und gar nicht unfreundlich, obwohl er ja gerade von seiner Arbeit weggeholt und abgehalten wurde. Er schaut uns an und sagt: Ja, bitte? oder guten Tag oder was kann ich für Sie tun, ich kann mich nicht mehr genau erinnern, aber ich war auch sehr nervös. Ich wollte gleich herausfinden, ob wir ihn störten mit unserem unangekündigten Besuch, schaute sein Gesicht ab nach Zeichen dafür, fand aber, es sah gleichzeitig aufgeschlossen und reserviert aus.

Ich sage: Guten Tag und: Herr Helbig, weil ich fand, ich könnte ihn nicht einfach so Willy nennen nach der langen Zeit, ich war ja noch gar nicht von ihm erkannt worden. Und dann sage ich meinen Namen und Helbig legt sich in einer schnellen Bewegung die Hand auf den Mund, sieht dabei aber ganz anders aus als der alte Löwe, erstaunt, mit leuchtenden Augen, so, dass ich gleich nochmal etwas wie meinen Namen sagen möchte, was aber leider nicht geht und deshalb zeige ich auf Richard und sage: Und das ist Richard, und Helbig streckt ihm die Hand hin und sagt: Hallo.

Wir werden hereingebeten. Zuerst in einen gefliesten Eingangsbereich, von dem braunlackierte Türen abgehen und eine Treppe ins obere Stockwerk. Helbig geht voran durch eine Art Portal mit offen stehender Flügeltür in die Werkstatt, den größten Raum im Haus. Die Decke ist sehr hoch und an den Rändern mit Stuck verziert. Lange Holzlatten lehnen an den Wänden, auf dem Stuck hat sich schwarzgrauer Staub angesammelt und in den Ecken dunkle Spinnweben. Der Fußboden der Werkstatt besteht aus hochwertigem Tafelparkett, auf dem sich überall in einer dicken Schicht Staub und Späne angesammelt haben. Richard zieht seine Füße über den Boden beim Gehen und macht durchgängige Spuren in die Staubschicht. Wie Langlaufloipen, denke ich.

Neben dem Durchgang in den Hausflur, durch den wir gekommen sind, befindet sich eine große, gusseiserne Tür mit floralen Verzierungen, dahinter eine Ofenklappe, eine Art Zentralofen, der das ganze Haus mit Wärme versorgt, daneben noch eine Tür, in die Küche mit dem großen Esstisch und dann die Wand mit den ebenfalls von Stuck umrahmten Sprossenfenstern in den Garten, die gar nicht mehr zu öffnen sind, weil sich vor ihnen Lackeimer und kleine Kästen mit Schubfächern für Schrauben und Nägel befinden, aufgerolltes Zeitungspapier, Einmachgläser, in denen unterschiedlich große Pinsel stecken, Schleifpapierblöcke und abgeschnittene Plastikflaschen voll trüber Flüssigkeit.

Die Werkstatt muss früher einmal ein Versammlungsraum oder ein kleiner Ballsaal gewesen sein, ich kann gar nicht schätzen aus welcher Zeit und was für eine Art von Gesellschaft hier vor ihrem Niedergang getanzt hat oder sich beraten über die Zukunft und die nächste Zeit. Die Ofentür in der Wand steht weit offen, wahrscheinlich, damit sich die Wärme der Glut in der Werkstatt verteilt und nicht im Haus. Ich finde das gefährlich, vor allem wegen der Holzarbeiten und der Späne, aber Richard stellt sich gleich davor und schaut mit großer Faszination hinein, das orangerote Leuchten als Widerschein auf dem Gesicht.

Ich sehe ein paar Grabkreuze, die fertig geschnitzt voreinander an die Wand geschichtet sind ohne Inschrift oder Bemalung. Und Helbig sehe ich gleich an ein großes Bettgestell herantreten, das er offensichtlich gerade umbaut oder restauriert, jedenfalls nimmt er ein feinkörniges Schleifpapier in die Hand und reibt es eher unbeteiligt über einen der Pfosten. Ich freue mich über Ihren Besuch, sagt er, und ich weiß nicht recht, ob er jetzt Sie sagt zu mir, weil ich Sie zu ihm gesagt habe, ob er Richard damit auch gleich mitsiezt, oder ob es eine Bekundung seines Respekts vor meinem zwischenzeitlich angehäuften Alter ist.

Und dann merke ich, dass ich gar nichts gesagt habe, dass es vielleicht ja unhöflich ist, jemanden zu besuchen und gar nichts zu sagen und deshalb sage ich: Ja, ich auch, und: Es gefällt mir sehr gut bei Ihnen.

Helbig lächelt und dann schaut er mir ins Gesicht und fragt mich, wie es denn meinen Eltern geht. Er habe sie ja schon sehr lange nicht mehr gesehen.

Ich spüre kurz ein Zerren in meinem Nacken, so als hätte ich da eine Fellfalte und würde hochgehoben, dann gleichzeitig etwas Schweres, das sich auf meine Schultern legt, eine unsichtbare Sänfte vielleicht, oder ein Rucksack voller Steine.

Ich schaue rüber zu Richard, der jetzt mit dem Rücken zur offenen Ofenklappe dasteht und mich sehr ernst ansieht, beinah drohend, vielleicht auch ein wenig verletzt, und ich schaue zurück zu Helbig und lüge, oder vielleicht lüge ich ja auch nicht, jedenfalls sage ich: Es geht ihnen gut.

Na, das ist doch gut, sagt Helbig, und dann bietet er uns etwas zu trinken an, geht voran in die Küche, Richard läuft ihm hinterher, und ich schaue noch für einen Moment durch die staubigen Fenster nach draußen, wo das Licht schon eine hellblaue Farbe bekommen hat von der schleichenden Dämmerung des Nachmittags.

Oben an der Decke der Werkstatt, das fällt mir dann erst auf, hängt eine große Industrielampe an einem mächtigen Haken, der ursprünglich wohl für einen Kronleuchter gedacht war.

Ich erinnere mich daran, die Fernsehübertragung einer aufwendigen Galaveranstaltung aufgenommen zu haben, in der eine dicke Frau mit hochgedrückten Brüsten vor dem hingehaltenen Mikrofon einer Sendeanstalt verschiedene Posen machte und dabei pausenlos kicherte. Als würde sie fotografiert. Sie wurde aber gefilmt.

Helbig sitzt halb auf der Arbeitsfläche einer alten Anrichte mit Aufbau, in der sich Tassen und Teller hinter kleinen bunten Riffelglasfensterchen befinden. Neben ihm steht ein Teekessel über dem blauen Flammenkranz auf dem Gasherd, Richard sitzt auf der Bank am Esstisch, hat sich die Hände unter den Po geschoben, schaut seinen in der Luft baumelnden Beinen zu und sieht sehr zufrieden dabei aus.

Hier hat sich nicht viel verändert, sagt Helbig und deutet an mir vorbei durch die Tür in die Werkstatt. Ich habe immer zu tun, wenn die Leute sterben oder etwas repariert werden muss. Bei den Grabkreuzen, das habe ich mir heute erst wieder gedacht, sagt er, und sieht dabei auf seine über die Jahre verhornte und breitgearbeitete rechte Hand, komme ich immer noch nicht über den Schauer vor der Anmaßung hinweg, wenn ich mir vorstelle, dass die Leute das, was ich da herstelle, in Zukunft immer ansehen werden, bei dem Versuch sich zu erinnern oder zu vergewissern, dass es ihre gestorbenen Nächsten wirklich einmal gegeben hat.

Er schaut etwas unsicher, vielleicht auch entschuldigend rüber zu Richard, als hätte er selbst Zweifel daran, ob das jetzt das richtige Thema ist für ein Kind. Der Teekessel beginnt leise zu pfeifen, und in das anschwellende hohe Geräusch hinein erzähle ich Helbig davon, dass ich die Arbeit bei Letterau wieder aufgenommen habe. Und zum ersten Mal fühle ich einen gewissen Stolz darauf, einem verantwortungsvollen Handwerk nachzugehen, obwohl ich ja im Grunde nichts davon verstehe. Ich glaube, dass da etwas wie Anerkennung in Helbigs Gesicht zu sehen war. Ein kameradschaftliches Lächeln, ein Erinnern an die eigenen Anfänge.

Ich erzähle Helbig, dass ich aus der Großstadt auf meinen Füßen zurück in den Ort gekommen bin, von einigen Dingen, die ich auf dem Weg gesehen habe.

Ich wähle aus und erzähle auf eine Art, von der ich glaube, sie könnte ihm gefallen oder vielleicht auch ein wenig imponieren. Von meiner Wohnung in der Stadt, denke ich kurz, könnte ich ihm erzählen, aber mir fällt auf, dass sie zu einem merkwürdig unscharfen, blinden Gebilde geworden ist, ich kann sie nicht mehr in Gedanken abschreiten, bin mir plötzlich nicht mehr sicher, ob das Badezimmer neben der Küche gewesen ist, ob ich eine Wanne oder eine Duschkabine hatte, einen Balkon, richtig konkret kann ich an diesem Nachmittag in meiner Erinnerung nur zurückgehen an den Punkt, als die Hochhäuser am Stadtrand im grauweißen Dunst verschwunden sind.

Ich werde von diesen Gedanken erst etwas unruhig und dann sehr still. Für eine Weile sitzen Helbig, Richard und ich schweigend um den Küchentisch, hin und wieder wird dampfender Tee eingegossen. Die Küche ist nicht beheizt, Helbig hat sich eine dicke Strickjacke übergezogen, und Richard und ich sitzen in Winterjacke und Mantel am Tisch.

Helbig schaut selbst eine Zeit lang auf die Tischplatte wie in sein Gedächtnis, und als wir ganz lange schon nicht mehr gesprochen haben in seinem nach frischem Holzschnitt duftenden Haus, fängt er plötzlich zu lächeln an und sagt mit einem langsam hin und her wandernden Kopf: Wie wir hier sitzen.

Helbig erzählt uns, das wissen Sie bestimmt nicht, sagt er, dass er für einige Jahre studiert hat in der nahen Universitätsstadt. Und er erinnert sich, das erzählt er uns, wie er oft nach den Vorlesungen, nach Veranstaltungen mit einem lesenden Gast oder einem vorgeführten Film, lange Zeit auf seinem Stuhl sitzen geblieben ist und auf das Rednerpult oder die Leinwand gestarrt hat, während um ihn herum schon zusammengeräumt wurde.

Ich glaube, sagt er, das war meine Art von Zustimmung. Ich konnte nie einfach so aufstehen und rausgehen in die Welt und alles anerkennen wie vorher. Es ging aber genauso wenig, aus dem Vortragssaal rauszupoltern und zu versuchen, etwas vom Gehörten in die Tat umzusetzen. Es war ja immer Theorie gewesen, und ich habe auch immer deutlich gespürt, dass der Theorie die Starre am deutlichsten entspricht. Wenn ich dann doch rausgegangen bin aus der Universität, sind mir die Dinge für eine Weile immer sehr schwergefallen. Ich musste mich zum Beispiel immer fragen, was das bedeutet, wenn man mich am Bahnsteig durch die Lautsprecher dazu aufgefordert hat, bitte zurückzubleiben.

Ich glaube, sagt er, ich bin mir in meinem ganzen Leben nie wieder so unpraktisch vorgekommen.

Ich weiß nicht, ob ich ihn da richtig verstanden habe, aber ich nahm diese Geschichte als Hinweis auf, dass er sich jetzt bald wieder seinen Aufträgen zuwenden musste, bat Richard seinen Tee auszutrinken und sagte zu Helbig, wir würden ihn jetzt nicht mehr länger abhalten.

Wir standen alle auf, Helbig sagte nicht, dass wir bleiben sollten, vielleicht hätte er auch nichts dagegen gehabt, es war nicht zu klären. Er lief voran durch die Küche, und ich weiß nicht, ob es vom schnellen Aufstehen gekommen ist, von einer Unsicherheit vielleicht oder doch von einem Schwindel, jedenfalls musste er sich auf dem Weg in die Werkstatt am Türstock festhalten und mir fiel plötzlich auf, dass er sich beim Gehen auf jeden Schritt konzentrierte wie ein Betrunkener oder ein sehr alter Mann. Ich fragte ihn, ob alles in Ordnung sei und wollte fast schon seinen Oberarm greifen, aber er sagte nur: Ja. Das geht eben so. Aber vielleicht kennen Sie das ja: Ich liege immer schon vor mir selbst auf dem Boden, bevor ich richtig stürzen kann.

Dann lachte er kurz auf, weil er sehen konnte, dass auch Richard etwas besorgt aussah, sagte: Das gilt bestimmt auch im übertragenen Sinn, selbst wenn ich mir jetzt nicht so sicher bin, was das heißt.

Jedenfalls, sagte er, als wir auf eine komische, vorsichtig hinter ihm her schleichende Art bis zur Haustür gekommen waren, sollten Sie Ihren Eltern liebe Grüße bestellen. Vielleicht wollen die beiden das nächste Mal ja auch mitkommen.

Richard zupfte an meinem Ärmel, ich sah ihn nicht an, versuchte das Zupfen zu ignorieren und auch den kloßigen Überdruck in meinem Hals und in den Augenwinkeln. Ich sagte zu Helbig: Ja, das mache ich, mal sehen, vielen Dank, auf Wiedersehen, bis bald und Ihnen noch einen schönen Tag.

Eine Weltmeisterschaft im Eisskulpturenschnitzen habe ich aufgenommen, es muss sich um das Finale gehandelt haben. Zwei Männer in Flanelljacken arbeiteten gegen die fortlaufende Zeit mit ihren Motorsägen an großen Blöcken, bis der eine ein startendes Tupolew-Überschallflugzeug im Augenblick des Abhebens von der Erde und der andere ein schnüffelndes Zwergkaninchen in kauernder Haltung fast zeitgleich fertig stellten. Noch vor der Juryentscheidung und der anschließenden Preisverleihung wurde das Signal wieder sehr schwach.

Nachdem Helbig die Tür hinter uns geschlossen hatte, packte ich Richard an der Hand, etwas zu grob vielleicht und zog ihn hinter mir her durch den Garten und vor zur Straße. Er stolperte ein paar Mal, machte sich schwer und fing an zu quengeln, ich ließ ihn aber nicht los, lief auch nicht langsamer, zog ihn bis zur Hauptstraße, rechts auf den Bürgersteig in Richtung Zentrum. Er versuchte, mir hinten in die Beine zu treten, verlor dabei aber das Gleichgewicht.

Ich zog ihn hinter mir her bis zur kleinen Kapelle an der Hauptstraße, durch das Tor, an den Gebäuden vorbei auf den Friedhof, der Abend war schon fast vollständig über den Ort hereingebrochen, das Licht dunkelblau, gerade noch genug, um die Namen auf den Gräbern zu entziffern.

Ich schleifte Richard durch die Reihen, vor jedes einzelne Kreuz und jeden Stein, vor die Namen aller Toten aus dem Ort, vor die Namen Dabelstein, Pullert, Beckmann, Schlesinger, Wehrkamp, Abeling, Mayer-Martinez, Leubhuber, Tietjen, Gleichauf, Ziegelwanger, Schmitz, Fricke, Jäger, Oderwald, Überwasser, Kwittek, Venegas, Gardner, Bingart, Bogutzky, Rasp, Negoi, Jann, Hong, Nestmann, Schürrle, Nolte-Kraul, Akuscheska, Gub, Nöllinger, Schmid, Almosdorfer, Eggerz, Grambow, Ihnali, Schuhricht, Dantinger, Yaziroglu, Nedwenjov, Macke, Friedrich, Kampe-Kornbauer, Weingart, Meyse, Böbling, Stuck, Zech, Ungleich, Höller, Ferdinand, Göbl, Schlenkermann, Jagnicki, Jäh, Camaro, Niederberger, Fleißer, Rüttl, Özcan, Straub, Seeger, Lotz, Ingrimm, Gluck, Heckmann, Phelb, Thewe, Roda, Bäuerlich, Olnyrow,

Fellhauer, Haase, Lamp, Sandler, Johnson, Petar, Nuber, Eck, Franke und ließ seine Hand erst los, als ich sicher war, dass meine Eltern hier nirgendwo begraben lagen. Richard trat nach mir und warf mir einen vereisten Schneebrocken ins Gesicht, ging dann davon und allein zurück nach Hause.

Meine Familiengeschichte, das hat Helbig einmal gesagt, oder vielleicht habe ich es in einem Buch über einen französischen Schriftsteller gelesen, ist eine Geschichte der Ohnmacht gegenüber dem Leben. Oder ein Leben in Ohnmacht. Ich versuche mich zu erinnern, als ich auf dem Friedhof sitze, aber es gelingt mir nicht.

Den ganzen nächsten Tag lang sehe ich Richard kein einziges Mal. Ich gehe nicht raus, sitze herum und warte, koche, räume ein an sich schon ganz ordentliches Wohnzimmer auf, die Küche, den Flur, ich sortiere Vorräte im Keller auf eine übertrieben gründliche Art, reinige das Ascheschaff aus dem Ofen und auch die Öffnung, in die es geschoben wird.

Richard holt sich nichts aus der Küche, nicht mal ein Glas Wasser. Ich weiß ja, dass er lange Zeit ohne Essen auskommt, fange aber trotzdem an, mir Sorgen zu machen, dass er vielleicht gestürzt ist oder gelähmt aufgewacht und wartet, hofft, dass ich hochkomme und ihm helfe.

Ich gehe an den Wänden entlang und schaue mir jedes einzelne Bild an. Ich habe sie alle tausendmal gesehen, die Malereien meiner Mutter, Fotografien von Landschaften, ein immerwährender Regenbogen über einem Wasserfall in Afrika, eine hellblau angestrichene Holzhütte in einer Art Geröllfeld, vielleicht auch an einem ausgetrockneten Flussbett, eine große, rötlich braune Schlucht und davor, an einem metallenen Geländer, bunt gekleidete Menschen mit Fotoapparaten.

Mir fällt an diesem Tag zum ersten Mal auf, dass sich unter all diesen Bildern kein einziges Foto von mir befindet. An keiner Wand im ganzen Haus.

Nur noch so viel, sage ich zu Richard, als ich später am Abend mit ihm am Esstisch sitze. Ich hatte schon ein sehr deutliches Gefühl davon, dass mir die Zeit für diese Erzählung irgendwie davonlief, ausging, als schließe sich eine Tür. Richard piekste mit seiner Gabel in einem missratenen Hühnerfrikassee herum und ich machte eine unsinnig lange Pause, ein kleines Zeichen hätte ich gerne gehabt, das aber nicht kam, und dann erzählte ich ihm, wie am 27. Juli 1960, vormittags um 10.45 Uhr, der Hubschrauberpilot Robert Meyer, auf einem Transferflug der Chicago Helicopter Airways, zwischen den Flughäfen Midway und O'Hare, einen Triebwerksschaden an seiner Maschine feststellte und sofort nach einem geeigneten Ort Ausschau hielt, um notzulanden.

Ein Triebwerksteil fing Feuer, die brennende Maschine begann zu schlingern und zu taumeln und überflog, als sie auf diese Weise beinahe schon am Abstürzen war, gerade den Stadtteil Forest Park in der westlichen Peripherie.

Robert Meyer spähte durch das Cockpitfenster in großem Stress, dann entdeckte er zwischen den Häusern und Straßenzügen eine freie Fläche, den Waldheim Friedhof, und ich frage Richard, ob er sich noch erinnern kann, wie ich ihm erzählt habe, dass dort, gut siebzig Jahre zuvor, Louis Link und die anderen Verurteilten beerdigt worden waren, aber Richard schaut mir nur kurz in die Augen, als hätte er selbst eine Frage gestellt.

Meyer, sage ich, lenkte den kaum mehr unter Kontrolle zu haltenden Hubschrauber in Richtung der Bäume und Rasenflächen, wo er schließlich aufschlug und mitsamt seinen Insassen in hoch aufschießenden Flammen verbrannte.

Es blieb ein Krater zurück, wo vorher noch Gräber gewesen waren, und in den folgenden Tagen sah man häufig die Angestellten der Friedhofsverwaltung, aber auch Angehörige der Toten, deren Gräber sich im Umkreis des Unglücks befunden hatten, wie sie einzelne Steinbrocken vom Boden oder aus dem verkohlten Loch auflasen, ratlos in den Händen hin und her rollten und sich langsam der Tatsache bewusst wurden, dass hier keiner mehr die Reste dessen, was man den Verstorbenen einmal hingestellt hatte zur Erinnerung, auseinander halten konnte.

Ein großer Haufen, erkläre ich Richard, wurde aufgetürmt und später in einem Container abtransportiert. Zum Teil wurden die Grabmale von den Hinterbliebenen ersetzt und ihrer Erinnerung entsprechend ungefähr dort wieder aufgestellt, wo man in den Jahren zuvor andächtig gestanden oder einen Blumenstrauß abgelegt hatte.

Vom Rest, sage ich, lässt sich behaupten, er sei dann endgültig verschwunden.

Richard schiebt seinen Teller von sich weg, wie eine weitere Anmaßung, eine Qual zuviel, die er hier hat absitzen müssen, mit mir in diesem Haus. Er hat noch nichts gesagt, über den Tag davor nicht und über nichts sonst, und mir ist schon klar, dass er weiterschweigen will. Vielleicht, denke ich kurz, grübelt er ja auch schon darüber nach, was gegen mich zu unternehmen wäre.

Herr Letterau ist am nächsten Tag im Geschäft und in der Werkstatt mit sich selbst und den Aufträgen beschäftigt. Hin und wieder helfe ich ihm dabei, ein schweres Gerät zu heben und zu tragen, ansonsten versuche ich mich selbst zu beschäftigen, indem ich die Batterien in der Auslage hinter der Kasse sortiere, die Bildröhren im Verkaufsraum abstaube und die vereiste Schneeschicht vor der Ladentür mit Salz und Split bestreue. Ich verbringe mehr Zeit als gewöhnlich vor dem kleinen Fernseher im ersten Stock und muss den ganzen Tag gegen eine übermenschliche Müdigkeit ankämpfen. Mir fehlt das Gefühl für den Sinn meiner Arbeit im Laden, meiner Handlungen generell.

Ich wechsle eine flackernde Neonröhre im oberen Flur gegen eine scheinbar auch schon längst verbrauchte, die dann ein schwaches, kränklich grünes Licht absondert. Das Meer vor den Fenstern ist ohne jede Dünung. Die Schollen, die dort noch treiben, wo es nicht vollständig festgefroren ist, verursachen ein leises Klackern und Kratzen, wenn sie gegeneinander stoßen. Man hört es nur vom Strand aus. Genau genommen hört man es nur, wenn man vom Strand aus schon ein Stück auf die vereiste See hinausgegangen ist und dann auch nur sehr schwach und undeutlich.

Ich bin diesem Geräusch ein einziges Mal nachgegangen, habe mich dann aber zu sehr gegruselt vor der Vorstellung, dass es sich dabei um eine Art leises Locken handelt, ins weiße, kalte Nichts und bin wieder umgekehrt.

An meinem Arbeitsplatz vor dem Fernsehbildschirm sehe ich zwei ältere Frauen in dunkelblauen Jacketts hinter einem hüfthohen, mit blutrotem Velours überzogenen Verkaufstisch stehen und mit sehr langen, miesmuschelfarbigen Fingernägeln auf ein Diamantcollier zeigen, vor dem eine Telefonnummer, eine langsam heruntertickende Stückzahl und ein durchgestrichener Normalpreis eingeblendet sind.

Ich sehe einen muskulösen Mann in kurzen Hosen mit glattrasierten Beinen, der in einer Steilwand hängt und seine weiße, staubige Hand aus einem Magnesiumbeutel an seinem Klettergürtel herauszieht. Er wischt sich mit dem Handrücken den Schweiß von der Stirn und trägt von da ab, beim weiteren Aufstieg, einen weißen Strich über den Augen.

Ich denke an Richard, als ich einen blonden Moderator sehe, der sich einen Bleistift hinters Ohr geklemmt hat und mit einem Meterstab in ein modriges Badezimmer hineinzeigt. In schnellen Schnitten sieht man, wie das Porzellan und die Fliesen herausgebrochen werden und wie dann im Zeitraffer ein völlig neues Badezimmer gefliest, installiert und schließlich durch feierliches Aufdrehen der Wasserhähne in Betrieb genommen wird. Im Hintergrund ist eine klimpernde Videospielmusik zu hören. Der Moderator mit dem Bleistift hinter dem Ohr überrascht im nächsten Bild einen heimkommenden jungen Menschen hinter der Wohnungstür, wie ein schlechter Spuk, und zeigt ihm das neue Bad.

Ich sehe eine junge Frau, die ein weites Herrenhemd trägt und sich vor dem Panoramafenster einer Hochhauswohnung die Fußnägel lackiert, einen alten Biologen mit Sauerstofftank auf dem Rücken, der in einem Haifischkäfig in blaues Meerwasser hinabgelassen wird und ein vom Störflimmern zerfranstes Tortendiagramm in bunten Farben, das den prozentualen Anteil verschiedener Tendenzen in der Bevölkerung darstellt.

Als ich am Abend die Treppe herunterkomme, durch den Verkaufsraum gehe und über den Tresen hinweg in die Werkstatt hineinschaue, sehe ich von Herrn Letterau nur den gebeugten Rücken im Ausschnitt der Tür. Der Rest ist wahrscheinlich über ein geöffnetes Gerät gebeugt. Ich entscheide mich gegen eine Verabschiedung, nehme meinen Mantel, den Schal und die Mütze vom Haken in der kleinen Kammer am Kellerabgang und verlasse den Laden.

Über mir in den Wolken zeichnet sich der fahle Widerschein der Stadt ab. Die Kälte wächst in dieser Nacht aus dem Boden und durch die Sohlen meiner Stiefel. Irgendwann wird dieses verästelte Kältegewächs das System meiner Adern ersetzt haben, denke ich auf meinem Weg, ein von unten in die Glieder eindringendes Wurzelwerk, vom kalten Planeten in meinen warmen Körper ausgestreckt. Das ist aber sinnlos, finde ich dann, es gibt dafür keinen Grund.

An der Hauptstraße sind alle Ampeln schon außer Betrieb. Ein gelbes Kästchen für blinde Fußgänger summt kaum hörbar einen durchgängigen Ton. Außerdem ist ein leises Knacken vernehmbar, in den Eisflächen auf dem Bürgersteig und im Rinnstein. Ich denke an Wasserfälle in den Gullys und Schächten, die im Fallen erstarrt sind und so in der Kanalisation stehen als Eiswände von großer Schönheit. Ich habe plötzlich das Bedürfnis, in einen der Kanäle hinabzusteigen und mir das anzusehen, aber ich weiß schon, dass ich die festgefrorenen Deckel nicht anheben kann. Mit dem nötigen Werkzeug nicht und schon gar nicht mit meinen Händen.

Ich habe eine Eiskunstläuferin aufgenommen, werde ich Richard erzählen, denke ich, die nach einer sicherlich sehr anstrengenden Kür zum Stehen kommt, mit den Kufen ihrer Schlittschuhe eine scharfe Kurve in die Eisfläche kratzt und die Arme in die Luft streckt, die Hände angewinkelt, ein starres Lächeln und weit aufgerissene Augen im Gesicht und darunter ein Brustkorb, der sich hebt und senkt und in dem ein angestrengtes Herz wild schlägt.

Am Gartentor sehe ich, dass Richard einen Versuch unternommen hat, den Weg zur Haustür zu räumen. Es sind ein paar Spuren zu sehen, an einigen Stellen ist die Schneedecke aufgeschoben zu kleinen Häufchen und überall sind Richards Fußabdrücke zu sehen. Die Schaufel hat er dann im Frust in den Garten geworfen, und ich musste mich auf den hohen Schneewall am Wegrand legen, um sie mit meinem ausgestreckten Arm zu fassen zu kriegen.

Im Haus sehe ich kein Licht. Nicht im Flur und nicht in der Küche und nicht im oberen Stock und als ich meine Schuhe ausgezogen und den Mantel an den Haken gehängt habe, wobei ich mir sehr viel Zeit ließ, vielleicht in der Hoffnung, ich würde etwas hören oder sehen, gehe ich ins Wohnzimmer, wo ich Licht mache.

Der Ofen ist kalt. Den ganzen Tag, das fühle ich, als ich meine Hand auf das Metall lege, hat hier kein Feuer gebrannt.

Die Abfüllanlage einer Großbrauerei ist am nächsten Tag für alle Ortsbewohner auf den Videokassetten zu sehen, ein langes Förderband voll laut gegeneinander schlagender Flaschen und dazwischen zwei Arbeiterinnen mit weißen Overalls und gelben Gummihandschuhen, die Ohrenschützer tragen und die einzelnen Flaschen stichprobenartig auf Schäden untersuchen.

Ich erinnere mich an einen geöffneten Videorekorder in der Werkstatt, den Herr Letterau auf die Funktion seiner Mechanik überprüft hat. Der eingeschobenen Kassette wurde vorn die Klappe hochgedrückt, dann kamen ein paar silberne Stifte angefahren, die das Band aus dem Gehäuse herauszogen und an schnell rotierende Abtastköpfe heranführten.

In der Küche legte ich meine Hände flach auf die Herdplatten. Ich wusste schon, dass sie kalt sein würden. Ich kochte Wasser für eine Kanne Tee, ging in den ersten Stock und klopfte laut und vernehmbar an Richards Tür. Dann ging ich wieder ins Wohnzimmer und machte ein Feuer im Ofen.

Zum ersten Mal seit langer Zeit brauchte ich zwei Anläufe, bis das Feuer schließlich brannte und zwischendurch musste ich die halb angekokelten Holzscheite wieder aus dem Ofen herausnehmen, die abgebrannten Papierreste mit dem Schürhaken zerstoßen und durch den Rost schieben.

Es roch dann im ganzen Wohnzimmer nach Qualm und nach diesem gescheiterten Versuch. Ich setzte mich an den Esstisch mit einem Buch, auf das ich mich nicht konzentrieren konnte, dann rollte ich eine Weile lang einen Apfel zwischen meinen Händen auf der Tischplatte hin und her, bis er davon überall braune Stellen bekam. Ich war nicht hungrig und hatte überhaupt keine Lust, mir etwas zu kochen. Noch viel weniger Lust hatte ich, alleine zu essen.

Ich ging nochmal nach oben und klopfte fest gegen Richards Zimmertür, obwohl ich ja schon wusste, dass er nicht zu Hause war. Unter dem Türspalt war auch kein Licht zu sehen.

Eine Kanusportgruppe, die auf einem begradigten Flusslauf in schnellen Schüben entlangzieht. Das rhythmische Plitschen der Ruder auf der Wasseroberfläche, Megafonrufe vom Ufer aus, wo der Trainer auf einem Tandemrad sitzt, ohne selbst zu treten.

Der Präsident einer afrikanischen Nation, der hinten aus einer schwarzen Limousine heraussteigt und an vielen Fotografen, Fernsehkameras und Mikrofonen an langen Teleskopstangen vorbei auf den Eingang eines Regierungsgebäudes zugeht. Man kann gleich erkennen, dass er auf diesem Gang nichts sagen wird. Er öffnet und schließt eine hochgehobene Hand. Hallo soll das wohl heißen. Oder: Guten Tag. Es sieht aber aus wie eine kleine Explosion.

Bis in den frühen Morgen verbringe ich meine Zeit in einer nervösen Unruhe. Und als Richard dann noch immer nicht nach Hause gekommen ist, beschließe ich, nach ihm zu suchen. Die Sonne ist noch nicht aufgegangen, vielleicht ist über dem östlichen Stadtrand schon wieder der schmale Streifen schwach zu erkennen, aber ich interessiere mich nicht dafür. Ich ziehe meinen Mantel und die Stiefel an und merke beim Schnüren der Schuhe, wie müde ich unter der ganzen nervösen Spannung inzwischen geworden bin. Jede Berührung, das Innenfutter des Mantels auf meinen Schultern oder die Schnürsenkel in meinen Fingern, fühlt sich seltsam an. Es kommt mir vor, als wären alle Nerven gereizt, hochempfindlich und doch von einer Schicht vollkommen tauber Haut überzogen. Alles fühlt sich zur selben Zeit unheimlich stumpf und extrem präsent an.

Ich fühle mich sehr unwohl, kann aber die große Angst auch nicht mehr länger leugnen, die ich um Richard habe und davor, ihn irgendwo und viel zu spät im Schnee zu finden. Mit seiner marineblauen Mütze, denke ich noch und finde gerade diese Vorstellung vor mir selbst ganz lächerlich.

Unsicher gehe ich durch die Straße meiner Eltern, etwas halbherzig durch den Ort und bemerke nach einer Weile, dass ich vielmehr auf die Einfahrten und die Fenster in den Häusern achte, auf die Bewohner und ihre mögliche Reaktion auf meine hier suchend in den Straßen herumlaufende Person als auf ein Zeichen oder eine Spur. Vielleicht hoffe ich auch, jemand könnte mich ansprechen und mir seine Hilfe anbieten. Aber es ist wirklich noch sehr früh und kaum ein Fußgänger unterwegs.

Ich schaue für einige Sekunden mit zusammengekniffenen Augen gegen den sehr kalten Wind über den Strand hinweg und kann überhaupt nichts erkennen.

Ich schaue hinter und in dem Müllcontainer auf dem Supermarktparkplatz, auf dem Friedhof an der Hauptstraße, am Wegkreuz bei dem gelben Fernverkehrsschild. Ich schaue durch einen engmaschigen Drahtzaun über zwei längst verwaiste Tennisplätze hinweg, wo der Schnee eine völlig unberührte weiße Fläche gebildet hat. Ich gehe an den Ortsrand und über die Ortsausgangsbeschilderung hinaus in Richtung der alten Kasernenanlage und der Gokartbahn.

Mir wird unerträglich kalt als ich die Gebäude erreiche, nichts hat sich verändert, das Betonmischgerät ist nicht umgestürzt, es steht aufrecht und ist doch fast vollständig begraben. Ich gehe durch den tiefen Schnee auf der Fahrbahn, der mir bis an die Knie reicht und schaue in ein paar der aufgeschichteten Reifenstapel hinein. In dem kleinen Wächterhäuschen bei der Kasernenschranke zertrete ich große Scherbenstücke auf dem Fußboden zu ganz kleinen Splittern. Dort, wo sich die Fensterfolie an den halbrenovierten Häusern schon etwas abgelöst hat, franst und flattert sie in den scharfen Windstößen, die vom Meer über den Ort und die Bäume hergeweht kommen. Ich versuche eine Tür in eines der großen Gebäude aufzubrechen, aber es gelingt mir nicht.

Ich habe ein klassisches Konzert aufgenommen, obwohl der Ton vollkommen unbrauchbar und verrauscht war. Nicht mal das Bild war besonders gut. Aber die konzentrierten Gesichter der Menschen an ihren Instrumenten haben mir sehr gefallen. Außerdem hat sich manchmal das ganze Bild auf eine magische Weise synchron mit den Streichbewegungen der Geiger oder Cellisten so verzogen, dass es aussah, als schöben sie mit ihren spielenden Armen das komplette Orchester durch den Raum. Oder das Bild über den Schirm.

An einer Hausecke sind im Schnee rechteckige Schlitze zu sehen. Ich gehe näher ran und dann erkenne ich, dass ein paar Dachziegel abgegangen und hier eingetaucht sind. Vielleicht sogar unversehrt.

Als ich in den Wald, in das Sperrgebiet hineingehe, ist schon etwas Helligkeit aufgekommen, es ist ein tiefnebliger Morgen, ich beginne, einen Unterschied zu erkennen zwischen den schwarzen Stämmen der Bäume und der kalten Feuchtigkeit in der Luft. Ich sehe die rotbestrichenen Pfosten, aber keinen Weg, der durch sie markiert ist. Ich konzentriere meinen Blick auf den verschneiten Waldboden, bekomme Kopfschmerzen davon und sehe unzählige Spuren, ohne wirklich an sie glauben zu können. Manchmal beuge ich mich hinunter und fahre mit der Hand über den Abdruck eines Winterstiefels, und dann ist da höchstens eine kalte Wurzel oder ein abgestorbenes Kraut.

Ein Mann war zu sehen, der einen dichten Bart im Gesicht trug und in kurzen Hosen und Pelzmantel vor einem Lagerfeuer saß. Er wurde beim routinierten Ausnehmen und Häuten einer dicken Beutelratte gefilmt, die er anschließend auf einen geschnitzten Holzspieß steckte und über dem Feuer befestigte. Das Herz des Tieres wurde separat gebraten und dann mit einem großen Jagdmesser in zwei Hälften geschnitten.

Der bärtige Mann sagte in die Kamera, dass die Ureinwohner der Gegend immer das Herz der Beute teilten, es handle sich dabei um einen symbolischen Akt.

Außer dem Bärtigen war aber nur noch der Kameramann am Lagerfeuer anwesend, also hielt er die aufgespießte Herzhälfte in Richtung der Linse, bis seitlich in das Bild eine zögerliche Hand gestreckt wurde, die mit spitzen Fingern das halbe Herz von der Messerspitze abzog und damit wieder aus dem Bildrand verschwand.

Meine Hose hatte sich vom Gehen durch den tiefen Schnee mit Feuchtigkeit vollgesogen, die nun an der kalten Luft gefror.

Immer wieder fuhr ein eisiger Wind durch die toten Bäume, ich sah einen silbernen Zylinder mit rostigem Kopf aus dem Boden ragen und erkannte darin sofort eine alte Mörsergranate.

Ich erinnerte mich, dass wir in der Schule eine Art Grundausbildung in Sprengwaffentechnik erhalten hatten, die uns befähigen sollte, gefahrvolle Gegenstände im Umkreis des Ortes zu identifizieren und unverzüglich zu melden. Dann fiel mir auf, dass ich lange schon an keinem roten Pfosten mehr vorbeigekommen war und ich fing schließlich an, laut nach Richard zu rufen.

Wie alle Geräusche im Ort konnte ich meine Stimme wieder ganz unmittelbar hören, als würde ich mir selbst ins eigene Ohr schreien. In der Landschaft aber ging sie augenblicklich in der Dumpfheit des Schnees verloren.

Ich rief ein paar Mal laut seinen Namen, bevor es mir vor dem ruhigen, munitionsverseuchten Wald oder vor mir selbst oder vor einem anderen Menschen, den ich mir aber nur vorstellte, denn es war wirklich niemand mehr hier, unangenehm wurde, vielleicht sogar peinlich, aber vielleicht bringt es ja doch was, meldete eine schwache Stimme irgendwo in meinem Kopf, die ganz leicht zu ignorieren war.

In einer durchsichtigen Plastikröhre steht eine Person in weißer Hose und weitem Pullover auf einem Hochleistungsventilator, der gewöhnlich für Windkanalversuche verwendet wird. In der Röhre befinden sich außer der Person noch sehr viele Geldscheine, die vom Ventilator herumgewirbelt werden. Die Person hat eine Minute Zeit, so viele Geldscheine wie möglich zu greifen und so in ihrer Kleidung zu verstauen, dass sie nicht mehr vom starken Aufwind erfasst werden können. Sie darf nur behalten, was sie auf diese Weise an sich gebracht hat.

Auf lautlosen Schritten und mit sanft schwingenden Schultern tritt eine hochschwangere Frau an ein großes Fenster. Die Schatten der Regentropfen auf diesem Fenster sind auf ihrem Gesicht und ihrem runden Bauch zu sehen. In ihrer Hand führt sie einen Löffel langsam von einem Joghurtbecher zum Mund und zwischen die geöffneten Lippen. Sie schließt genussvoll die Augen und zieht dann den leeren Löffel unendlich langsam aus ihrem Mund hervor.

Als sich die Augenlider wieder öffnen, langsam wie elektrische Garagentore, zeigen die Pupillen bereits auf den Becher in ihrer Hand.

Der Wald öffnet sich auf ein weites Feld. Auf der gegenüberliegenden Seite sind dunkle, eckig am Feldrand verlaufende Schemen zu erkennen. Ich gehe mitten durch den tiefen Schnee auf die niedrigen Häuser am Ortsrand zu, auf dem kürzesten Weg. Ich will nicht wieder am Wald entlang, den ganzen weiten Bogen bis zur Ausfallstraße, obwohl es sehr anstrengend ist und der Wind auf dem offenen Feld unerträglich. In den Falten meiner Kleidung sammelt sich der Schnee aus der Luft, die Haut in meinem Gesicht ist vertrocknet von der Kälte und straff über den Schädel gespannt.

Als ich den Rand der Siedlung erreiche, treffe ich auf einen langen Gartenzaun, der ohne Lücke oder Unterbrechung übergeht in einen nächsten. Die Häuser stehen eng. Die Gärten sind voneinander und vom Rest der Landschaft abgetrennt. Nirgendwo ein Durchgang nach vorn auf die Straße.

In manchen Häusern brennt Licht, ich sehe Menschen, die ihr Frühstück zubereiten, sehe jemanden vor dem Fernseher sitzen, der wahrscheinlich meine Aufnahmen ansieht. In den Gärten selbst herrscht glatte, gleichmäßige Ruhe. Die Oberflächen sind unberührt, zeichnen an manchen Stellen noch weich die Konturen der

Dinge nach, die hier begraben liegen. Es ist ein langer Weg durch den tiefen Schnee und an den Zäunen der Gärten entlang bis zum letzten Haus.

Eine Gruppe in lässiger Haltung auf Talkshowmöbeln sitzender Männer, alle im Anzug mit dick gebundenen Krawattenknoten, hört einer Moderatorin mit einiger Überheblichkeit dabei zu, wie sie eine umständliche Frage formuliert. Die Männer haben einen Arm über die Rückenlehne gelegt oder beide über dem Bauch verschränkt. Am Ende gibt die Moderatorin ihrer Frage einen knistrigen Kommentar bei, der dazu führt, dass alle Männer plötzlich ihre Posen und Körperhaltungen auflösen, sich aufrecht hinsetzen und einander aus den Augenwinkeln ansehen. Auf dem Gesicht der Moderatorin erscheint ein dezentes Lächeln. Die Frage ist in die Zukunft gerichtet. Einer der Befragten sagt nach langem Zögern:

Nun, ich weiß einfach aus Erfahrung, dass man nichts über lange Zeit fest in der Hand halten kann, ohne es umzubringen.

Ich habe einige Mühe, mich dort, wo ich schließlich wieder auf die Straße trete, runter vom Feld und in den Ort, zu orientieren, glaube nicht, jemals auf diesem Weg unterwegs gewesen zu sein. Vor mir wird ein Auto vorsichtig zurückgesetzt, aus der Einfahrt auf die vereisten Spurrillen der Fahrbahn. Die roten und weißen Rückleuchten heben sich noch deutlich ab gegen das helle Blau des Morgens. Die Vorderreifen des Fahrzeugs drehen im Vorwärtsfahren kurz durch, finden dann aber doch noch genügend Halt.

Ich gehe in die Richtung, in der ich das Meer vermute, die Hauptstraße und die Promenade, von wo aus ich mich wieder zurechtfinden könnte. Ich gehe die Straße entlang und sehe eine Person, die mit einem Schraubenzieher an ihrem Briefkasten herumstochert. Offensichtlich ist die Klappe zugefroren. Dann kann da doch auch keine Post drin sein, denke ich. Das will ich aber zu der stochernden Person nicht sagen, einen guten Morgen wollte ich wünschen, aber ich bringe nur ein halbhohes Winken zustande, das von der Person nicht wahrgenommen wird.

Als ich weitergehe, sehe ich Richard, wie aus seiner eigenen Geschichte, neben den Stufen vor einem Haus liegen. Beim Näherkommen ist es dann aber nur ein Rasenmäher oder ein anderes, zwecklos gewordenes Gartengerät unter einer dunklen Plane.

Was zur Hölle ist das denn? Fragt ein junger Mann, als er einen Ast vom Boden aufhebt, der mit einem milchigen Schleim überzogen ist. Ein etwas lieblos animierter Riesenkiefer schließt sich über seinem Oberkörper und zerrt ihn hinab in einen unterirdischen Bau.

Ich höre das Knirschen meiner Stiefel im Schnee und wieder einen Hund kurz und aufgeregt bellen. Der Schnee fällt jetzt dichter vom Himmel, und zum ersten Mal höre ich das Geräusch der Flocken, wenn sie aufkommen auf den Dingen um mich herum. Auf den Autos und Gartenzäunen und Straßenschildern, aber vor allem auf dem Ärmel meines Mantels, den ich mir nah vor die Augen halte. Es ist immer derselbe helle Ton. Wie von der letzten Taste am Ende einer Klaviatur.

Auf einem großen Segelschiff, dem das Störflimmern den Hauptmast immer wieder oberhalb der Mitte abknickt, allerdings ohne den Späher aus seinem Korb zu werfen, rottet sich die Besatzung, den Skorbut und die fehlenden Zähne mit schwarzer Farbe ins Gesicht gemalt, zur Meuterei zusammen. Sie deuten mit ihren Händen auf die Unterkünfte der Offiziere und des Kapitäns und über die Reling auf eine graue See.

Sie befinden sich auf ungewissem Kurs und fürchten, bald am Ende ihrer Kräfte, der Ozeane und der Welt angelangt zu sein.

Links an dieser Straße, oder an einer anderen Straße – in meiner Erinnerung fehlt ein Stück, und es kann gut sein, dass mir beim Gehen kurzzeitig das Bewusstsein abhanden gekommen ist – erscheint hinter einer langgezogenen Kurve, vorn mit seinem Namen beschriftet, wie es sich gehört, das Lagerhaus von Willy Helbig, die Garage und der Garten.

Ich drehe mich einmal um mich selbst und schaue in den Himmel und in die fallenden Flocken und versuche anhand der Helligkeit zu beurteilen, wie spät es geworden ist.

Ich orientiere mich an Letteraus Geschäftszeiten und wie dort der Tag vor den Fenstern aussieht, wenn ich meine Arbeit aufnehme, bin mir aber sicher, dass Helbig noch früher anfängt in seiner Werkstatt, und eigentlich ist mir auch vor diesem Überlegen schon klar gewesen, dass ich nicht mehr bis zum Haus meiner Eltern weitergehen würde, sondern hier durch den Garten, die vielen Spuren im Schnee versuchte ich gar nicht mehr auseinander zu halten, zur Tür am Haupthaus, zur Klingel, es dauert gar nicht lange, bis mir geöffnet wird, kein überraschtes Gesicht, ich muss mich nicht erklären, ich hätte auch gar nicht gewusst, wie.

Helbig lächelt mich an, wobei seine Mundwinkel aber nach unten zeigen. Auch das hat sicherlich etwas zu bedeuten, denke ich.

Ich gehe ihm hinterher, durch den Eingangsbereich in die Werkstatt, steif und durchgefroren, meine Zähne schlagen laut gegeneinander, in den Gliedern ist ein ständiges Zucken, und meine Füße, das bemerke ich, als ich auf dem festen Boden auftrete, sind vollkommen taub.

Helbig nimmt gleich die Arbeit an einem großen Möbelstück wieder auf, das zentral in seiner Werkstatt steht und aussieht, als wäre noch sehr viel daran zu tun. Ich bleibe im Eingang stehen. In meinen Wangen und der Stirn beginnt es langsam zu pochen, die Muskeln in meinem Gesicht sind aber noch viel zu taub, um zu sprechen. Aus der geöffneten Ofentür ist diesmal kein orangefarbenes Leuchten zu sehen. Helbig trägt eine Daunenweste bei der Arbeit, er scheint sich durch die Bewegung ausreichend warm zu halten. Die Werkstatt kommt mir insgesamt etwas dunkler vor als bei unserem letzten Besuch. Immerhin, denke ich, ist es ein Raum, in dem ich stehen kann, in Gesellschaft, für eine Weile. Ich verschränke meine Arme vor der Brust, schließe kurz die Augen und höre Helbig beim arbeiten zu. Ich höre, wie er ein Werkzeug zur Seite legt und sagt: Er ist in der Küche, Sie können ruhig reingehen.

Ich warte so lange es irgendwie geht, bis ich überhaupt auf seine Stimme reagiere. Dann öffne ich meine Augen und nicke in seine Richtung, gehe vorbei am geöffneten Ofen, in dem unter einer dunkelgrauen Ascheschicht rote Glutstreifen wie Adern verlaufen, gehe die Wand entlang bis zur Tür in die Küche, wo ich Richard am Esstisch sitzen sehe mit einer dampfenden Tasse vor sich. Ich rieche heiße Schokolade, Richard lächelt und sieht sehr zufrieden aus, auch etwas belustigt von meinem Anblick im Türrahmen.

Mein Gesicht war wie verbrannt von der Kälte, die Haut sicherlich leuchtend rot, und auf meinen Schultern, auf der Mütze und in den Falten der Kleidung, hatte ich noch einige Reste des endlosen Winters mit ins Haus gebracht.

Und ich höre Richard, wie er sagt: Unter denen, die draußen auf dem Feld sitzen, erkennt man die Toten daran, dass der Schnee auf ihnen liegen bleibt.

Ich schaue über meine Schulter zurück zu Helbig, der wieder so lächelt wie vorhin, mit den heruntergezogenen Mundwinkeln und hoch in die Stirn ragenden Augenbrauen. Ich glaube, er hat auch kurz mit den Schultern gezuckt. Schuldbewusst und gleichzeitig so, als hätte er damit überhaupt nichts zu tun.

Ich schloss die Haustür auf, machte Licht, trat mir den Schnee von den Stiefeln, öffnete die Knöpfe an meinem Wintermantel, zog mir die Mütze vom Kopf und setzte mich auf den Stuhl im Hausflur, um meine Schnürsenkel zu lösen. Meinen Schal und den Mantel hängte ich an den Garderobenhaken auf, dann zog ich mir die Hausschuhe meines Vaters an, es war kalt im Haus, mein Feuer vom Vorabend längst schon erloschen und die Wärme verflogen.

Im schwachen Licht der Flurlampe ging ich die Stufen hoch in den oberen Stock, dort oben tastete ich nicht nach dem Schalter an der Wand, sondern hörte einfach auf meinen Körper, der sich genau erinnerte, zwei Schritte und ein halber dritter, ich streckte meinen Arm aus und legte die Hand auf die Türklinke zu meinem alten Kinderzimmer.

Das Deckenlicht hatte noch nie funktioniert, an seiner Stelle ragen drei auseinandergebogene Drähte aus einem Loch. Auf dem kleinen Nachtschrank steht eine Leselampe und in der Ecke neben der Kommode eine schmale Stehleuchte mit Fußtaster. Ich fand mich zurecht.

Bei ausreichender Beleuchtung begann ich damit, die Pappschachteln einzeln unter dem Bett und aus den Regalen hervorzuziehen. Ich stellte sie nebeneinander in die Mitte des Raumes und nahm dann jeweils die Deckel ab.

Einzelne Werkstücke nahm ich heraus, um sie mir näher anzuschauen. Andere, die mir zu zerbrechlich aussahen, ließ ich liegen und versuchte mir aus der Distanz eine Vorstellung davon zu machen, worum es sich bei ihnen handeln könnte.

Eine tiefe Enttäuschung machte sich in mir breit. Langsam und stetig, wie das Meer, das übers Land kriecht nach der Ebbe.

Alles, was ich in den Händen hielt oder vor mir in den Schachteln liegen sah, war zusammengeschustert, wahllos vernagelt, irgendwo ohne Sinn zerbrochen oder abgesägt. Gebilde ohne erkennbaren

Zweck oder Formwillen, krummgeschlagene Nägel, Holzschrauben, die unten spitz aus dünnen Brettern hervorschauten, ohne etwas zu befestigen, umständliche Knoten in abgewickelter Paketschnur, dicke Heißklebertropfen, Nachlässigkeit. Ich besah mir den Großteil der Arbeiten und erkannte daran nichts als eine einzige Verschwendung von Zeit und Material.

Mir summten die Ohren. Dort, wo ich in den Raum gekommen war, hatten sich die feinen Härchen des Teppichbodens schon wieder aufgerichtet. Sonst wären dort wohl Spuren zu sehen gewesen.

Einen Moment lang überlegte ich, einfach alles so offen stehen zu lassen, sammelte dann aber doch die Deckel vom Fußboden auf und packte die einzelnen Teile ordentlich zurück in die Schachteln.

Beim Aufräumen fiel mein Blick noch auf einige Batterien, die mit Klebeband zu einem Block zusammengefügt waren. Ein Bündel Schaltdraht ging von den Kontakten ab. Ich sah vier schräg abgesägte Eisenrohre, eine Art Rahmen aus Fußbodenleisten, ein Marmeladenglas voll fein zerstoßener Glasscherben und Schwerlastwinkel, die mit Konterschrauben zu einem festen Kasten zusammengefügt waren. Langsam machte ich mir eine Vorstellung davon, wie die einzelnen Teile vielleicht zusammengefügt werden könnten, aber es blieb der Verdacht, dass ich da einen Zusammenhang konstruierte, wo keiner war.

Ich hörte, wie unten die Haustür aufgeschlossen wurde. Es gelang mir noch, die Sachen rechtzeitig in die Schachteln zurück zu legen und an ihre Plätze zu packen. Als ich aber aus dem Zimmer gehen will, steht Richard schon oben im Flur und schaut mich aus der Dunkelheit heraus an. Er fragt mich, was ich da gemacht habe und ich sage: Ich habe überhaupt nichts gemacht, ich war nur kurz in meinem Zimmer.

Richard hat von diesem Tag an viel Zeit darin investiert, Maßnahmen zur Verriegelung der Zimmertür zu treffen. Vor allem, wenn er aus dem Haus ging, war es ihm ein großes Bedürfnis, seinen Raum gegen mein Eindringen abzusichern. An einem Tag hatte er die Kommode von innen gegen die Tür geschoben, war dann aus dem Fenster geklettert und in den tiefen Schnee im Garten gesprungen. Beim Heimkommen fand er sich dann aber selbst ausgesperrt und ich glaube, er hat mindestens drei Stunden lang mit sich gerungen, vor seiner Zimmertür im ersten Stock, bevor er mich mit zusammengebissenen Zähnen darum bat, ihm beim Aufstemmen zu helfen.

Danach befestigte er eine Reihe Reißnägel mit Klebeband unter der Türklinke, klemmte manchmal einen Stuhl von außen unter, was in seiner Sinnlosigkeit vielleicht als Warnung oder Abschreckung gemeint war, verließ aber im Wesentlichen einfach viel seltener das Haus und noch viel seltener das Zimmer.

Er kam nicht mehr runter wenn ich Essen kochte, wartete am Morgen, bis ich aus dem Haus war, und an den Wochenenden kam er grußlos in die Küche, goss sich eine Tasse Kaffee ein und ging damit wieder nach oben ins Zimmer.

Ich kam nicht mehr dazu, Richard etwas zu erzählen. Eine Zeit lang schrieb ich kleine Briefe ohne Anrede oder Datum, die meistens eine kurze Geschichte enthielten oder eine Auflistung von Dingen, die ich beobachtet hatte und von denen ich dachte, sie müssten ihm gefallen und hinterlegte sie im Haus, auf dem Esstisch, vor seiner Zimmertür, an der Flurgarderobe. Ich fand sie aber jedes Mal unberührt wieder und steckte sie dann häufig als Anzündpapier in den Wohnzimmerofen.

Einmal sah ich Richard mit einem Bleistift und einem Block durch das Haus gehen und eine Art Inventurliste anfertigen. Er hatte im Keller die Holzscheite gezählt, das konnte ich an seiner großen Handschrift erkennen, als ich von hinten auf den Zettel schaute, und füllte seine Liste in der Küche mit weiteren Positionen, an den Regalen und vorm Kühlschrank. Als ich ihn fragte, was genau er da machte, bekam ich keine Antwort. Auch nicht, als ich anbot, im Ort einkaufen zu gehen, falls seine Zählung ergeben sollte, dass es uns an irgendetwas fehlte.

Die Spaziergänge durch den Ort, am Wochenende und manchmal am Abend nach der Arbeit, habe ich von da ab alleine unternommen. Ich ging häufig dieselben Wege. Es gab nicht besonders viel Auswahl, weil ich versuchte, das Militärgebiet zu meiden. Der Weg zum Strand war der Weg zur Arbeit, die Hauptstraße ging ich entlang, wenn ich im Supermarkt einkaufen musste, in den Wohngebieten bot sich das immerselbe Bild von vollgeschneiten Gärten, Autos, Garagen, Vordächern, vom gelben Schimmer in den Fenstern, von Fernsehern, Menschen, die im Warmen blieben, die auf ihr stilles Verständnis beim Zusammenleben vertrauen konnten und die auf einstudierte und reflexhafte Weise ihre häusliche Choreografie ausführten.

Hinter dem Rathaus, in dem sicherlich ebenfalls über künstlichem Licht gesessen und gearbeitet wurde, was sich nur nicht niederschlug in sichtbare Entschlüsse, befindet sich ein kleiner Park mit einem zugefrorenen Teich darin, in den ich häufig ging, so lange, bis an einem Nachmittag ein junges Paar auf einer der Bänke vor der weiß verschneiten Fläche des Teiches saß.

Ich war langsam an der Rückseite der Bank vorüber gegangen, auf dem Fußweg durch die Anlage, und ich konnte sehen, wie der Junge seiner neben ihm sitzenden Freundin auf eine sehr unappetitliche Art am Ohrläppchen nagte und schleckte, während seine linke Hand ihr abwechselnd in den Nacken kniff, oder mechanisch, wie abwesend, den Hinterkopf auf und ab fuhr in einer Streichelbewegung, die der Freundin sicherlich in den Haarwurzeln weh getan haben musste.

Das Mädchen zuckte manchmal unter kleinen Schauern zusammen, die wahrscheinlich von einem Ekel herkamen oder einem kurzen harmlosen Schmerz, und der Junge fühlte sich dadurch zu noch mehr kleinen Quälereien der Zärtlichkeit animiert. Als ich genau auf ihrer Höhe war, wurde das Mädchen von dem Jungen zu sich herangezogen und auf den Mund geküsst. Von ihm konnte ich da nur den Hinterkopf sehen, seine Schultern über der Lehne der Parkbank. Von dem Mädchen aber sah ich das halbe Gesicht und die geöffneten Augen, die mir nachschauten, wie aus einem alten Gemälde.

Ich drehte mich weg, wollte etwas anderes sehen, schaute den Fußweg hinunter und dann hoch, zwischen die Zweige der Bäume, in den grauen Himmel. Den schiefergrauen Himmel, dachte ich, den marmorierten, also vielleicht eher marmorgrauen Himmel, den kiesgrauen, den basalt- und granitgrauen Himmel, kalksandsteinfarben vielleicht, nur auf keinen Fall weiß. Der sich ständig überall aufhäufende Schnee, der aus diesem grauen Himmel herausgefallen kam, war annähernd weiß, der Himmel selbst niemals. Und überhaupt, soviel hatte ich ja doch gelernt aus meiner Arbeit mit den Geräten, erscheint das Weiße eh nur dann, wenn alle Farben in voller Intensität abgefeuert werden.

Ich ging raus aus dem Rathauspark, ohne mich nochmal nach dem Paar auf der Bank umzuschauen, spürte aber den ganzen Weg bis zum Haus meiner Eltern den Blick der geöffneten Augen des Mädchens in meinem Rücken, auf eine ähnliche Art, wie ich beim Laufen durch die weite Ebene, auf dem Weg von der Stadt – und wie lange das her gewesen ist, wusste ich schon damals nicht mehr zu sagen – meinen eigenen Blick von oben, vom Waldrand, im Rücken gespürt hatte, als ich durch die Schneeverwehungen gelaufen war im Glauben, ich könnte mich vielleicht auflösen in der weißen Landschaft.

Wenn ich doch zum Meer ging in meiner Freizeit, war es mir selten möglich, den kleinen Hang zwischen der Hauptstraße und der Promenade ohne jede Erwartung hochzusteigen. Oder in Erwartung dessen, was ich wirklich dort finden würde: Den kalten Strand und die starre See, wie sie sich jeden Tag gezeigt hatten, seit ich im Ort angekommen war.

Etwas in mir dachte doch immer: Der Strand, der Hafen, das ist doch der Aufbruchsort ins weit Entfernte. Irgendwo hinter dem grauen Vorhang, hinter dem trüb verwaschenen Horizont, hinter den vielen tausend Kilometern Wasser, befindet sich doch wieder ein Strand, wieder eine Promenade, Häuser, Hauptstraßen und dazwischen ziehen die Schiffe, tauchen die Wale und Rochen und Kraken und Muränen, aber alles im Hafen, die Bewohner, ihre Boote und sogar das Meer selbst, verweigerten sich, still und ohne Teilnahme, gegen meine Vorstellung.

Es war nichts als eine massive Unbeweglichkeit, an der sich der Träumende problemlos den Schädel aufschlagen konnte.

Entgegen der seit langer Zeit in mir vorherrschenden Gleichgültigkeit gegenüber den Eindrücken im Ort, aus einem Impuls heraus, dagegen vielleicht doch noch etwas zu unternehmen, bei der Durchsicht der Aufnahmen später vielleicht doch die kleinen Veränderungen, die Abweichungen und Besonderheiten der einzelnen Tage mit dem angestrengt suchenden Auge oder unter einem Vergrößerungsglas zu erkennen, fing ich in dieser Zeit auch wieder an, meinen Fotoapparat an der Schulter durch den Ort zu tragen. Ich machte Aufnahmen von den Kreuzungen und den Vorgärten, den Häusern und dem Strand, fotografierte den Laden und im Laden die Geräte, wenn Herr Letterau, der damit bestimmt nicht einverstanden gewesen wäre, im Außendienst unterwegs war. Ich sammelte die Rollen in einer Keksdose, die ich auf dem Wohnzimmertisch stehen ließ. Weil es im Ort kein Fachgeschäft oder Fotolabor mehr gab, muss ich damals schon daran geglaubt haben, zu einer späteren Zeit an einen anderen Ort zu kommen, wo ein Fachmann meine belichteten Filmstreifen in den nötigen Flüssigkeiten und Lösungen baden könnte, bis die Bilder darauf sich langsam aus dem grauen Schleier hervorarbeiten würden.

Ich archivierte den Ort, allerdings nicht akribisch, nicht gründlich, ohne Ordnung oder Sorgfalt, eher beiläufig, weil ich fand, dass ihm das am ehesten entspräche.

Ich ging durch die Straßen, ohne mich auf den vor mir auf und ab wippenden Bommel von Richards blauer Mütze konzentrieren zu müssen, auf Gefahren, die vor dieser Mütze für den Kopf und den Körper daran auftreten könnten. Mein Blick glitt durch die Straßen, und sobald er sich verfing, fotografierte ich. Ich versuchte nicht zu verstehen, was ich sah, vertagte das Verstehen auf eine andere Zeit in der Zukunft, wenn das Archiv vor mir liegen würde zur Betrachtung aus der Distanz.

Ich ging die Hauptstraße hinunter und fotografierte in die Gärten hinein, in Wohnzimmerfenster, über die toten Hecken hinweg, die keinen ausreichenden Sichtschutz mehr boten. Die Blende hatte ich dabei immer weit offen und die Belichtungszeit so eingestellt, dass ich den Apparat gerade noch stillhalten konnte.

An einem Nachmittag war die Straße vor der Kapelle und dem Friedhof vollkommen zugeparkt, ohne dass ich jemand zwischen den Gräbern herumgehen sah. Ein Auto stand mit laufendem Motor und leuchtenden Scheinwerfern in der zweiten Reihe, jemand saß hinter dem Steuer und wartete, mit einer ausgebreiteten Zeitung über dem Lenkrad. Ich machte ein Bild von der Person, die in die Seiten starrte ohne umzublättern, dachte mir aber in dem Moment schon, dass später wahrscheinlich nur mein Spiegelbild im Autofenster zu sehen sein würde.

Eine Weile schaute ich mich um und lauschte angestrengt durch den Stoff meiner Mütze, bis ich aus dem Innern der Kapelle ein leises Flöten hören konnte, eine Melodie.

Ich ging die Stufen hoch, öffnete die dicke Holztür und fand das Innere voller Menschen, Orgelmusik breitete sich aus, Kerzenlicht, eng beieinander sitzende Körper in dicken Jacken in den Bänken oder stehend an den Rändern, mit vor dem Schritt verschränkten Händen. Eine große Feierlichkeit war in der Musik, die ich in den letzten Akkorden noch mitbekam, bevor die Liturgie wiederaufgenommen wurde, man war bei der Anamnese angekommen, und vorn beim Altar saßen die Kinder der Ortsbewohner in weißen Kleidern oder schwarzen Anzügen, mit ihren aufrecht gehaltenen Taufkerzen in den Händen und schienen zu frieren und zu hoffen, dass sie bald wieder in ihre Jacken und in ihren Jacken zurück in ihre Häuser durften.

Am Altar stand ein Pfarrer, der sagte: Tut dies zu meinem Gedächtnis, und der danach seine Arme und Hände in die Luft hob und den Kopf senkte und damit scheinbar ein Zeichen gab für zwei Messdiener, die oben in der Kanzel an einem Flaschenzug standen und einen Kronleuchter an die Decke zogen, der mit Hunderten brennender Kerzen bestückt war. Wie eine kleine Sonne ging der leuchtende Kranz über den Ortsbewohnern auf, verbreitete ein warmes Licht, ich sah die Menschen in ihren Gesangs- und Gebetsbüchern blättern, ein Junge popelte am Docht seiner Kerze herum, wieder setzte Musik ein, das Leuchten fiel auf die Mädchen in den weißen Kleidern, und ich machte ein Foto. Das Klacken des aufklappenden Spiegels in meiner Kamera ging in der Musik unter, und trotzdem schauten mich ein paar der Fotografierten plötzlich an, als hätten sie gespürt, was da gerade passiert war.

Den Rest der Zeremonie stellte ich mich an den Rand, gut versteckt hinter den Verwandten, die zu spät gekommen waren für einen Sitzplatz, und als alles vorbei war, ging ich mit den ersten nach draußen, wartete aber so lange vor der Kapelle, bis alle Kinder in ihren Jacken, alle Geschwister und Eltern herausgekommen waren, in ihre Autos gestiegen und davongefahren.

In einem meiner kurzen Briefe an Richard, den er nie gelesen hat und der wohl im Ofen gelandet ist am Ende, habe ich ihm von einem Anwesen auf dem Land, auf einem Hügel in einem Bundesstaat von Amerika erzählt, das von Frank Lloyd Wright, der ein aufmerksamer Schüler von Louis Sullivan gewesen war, als der noch mit Dankmar Adler sein Architekturbüro in Chicago betrieben hatte, im Jahr 1911 für sich, vor allem aber für seine Frau Mamah errichtet wurde, die dort gemeinsam mit ihm und ihren beiden Kindern, ein paar Angestellten und Landschaftsgärtnern, noch einmal etwas Neues beginnen wollte in ihrem Leben.

Aus einem ungeklärten Motiv heraus verschloss der Hausangestellte Julian Carlton, mittags an einem sehr heißen Sommertag im August 1914, die Türen des Speisesaals, in dem Mamah Borthwick, ihre beiden Kinder John und Martha, der Vorarbeiter Thomas Brunker, der Gärtner David Lindblom, der Zimmermeister William Weston, sein Sohn Ernest Weston, der Bauzeichner Herb Fritz und der Gestalter Emil Brodelle am Tisch saßen über ihrem Mittagessen. Er verschüttete Benzin im Haus, legte ein Feuer und wartete, mit einer Axt vor dem Fenster, auf Versuche der Flucht.

Frank Lloyd Wright selbst war an diesem Tag in Chicago zur Einweihung eines von ihm gebauten Kultur- und Unterhaltungszentrums eingeladen und kam erst spät nachts, nachdem die Feuerwehr das heruntergebrannte Haus bereits gelöscht und man Julian Carlton nach langer Suche versteckt im großen Zentralofen des Gebäudes gefunden und der Polizei übergeben hatte, zu Hause an und fand vom Vorhaben des Neubeginns nur noch ein paar Steine, verkohlte Reste und die Abwesenheit der Menschen, für die er das Haus geplant und entworfen hatte.

Warum ich dir das erzähle, erzählte ich Richard in meinem unsinnigen Schreiben, hat einen Grund. Frank Lloyd Wright hat sich nämlich nach dem Brand, dem Sterben und nachdem auch Julian Carlton im Gefängnis aus freien Stücken verhungert war, dazu entschlossen, das Haus auf dem Hügel wiederaufzubauen und zwar genauso, wie es da vorher gestanden hatte. Es gab wieder ein großes Esszimmer mit Fensterläden, von dem aus man den Hügel hinab ins gleichgültige Tal schauen konnte, es gab einen großen Zentralofen, von dem aus das Haus im Winter beheizt werden konnte, es gab Angestellte und Gärtner, und es gab einige Jahre später auch wieder eine Frau, mit der gemeinsam Wright den Entschluss fasste, etwas Neues, ein Anfang, der Beginn einer Veränderung zu sein im Leben des jeweils anderen.

Was ich Richard nicht mehr in diesen Brief geschrieben habe, obwohl ich mir ja schon dachte, dass er ihn nicht lesen würde und ich also auch gar keine Rücksicht hätte nehmen müssen, ist, dass das wiedererrichtete Haus auf dem Hügel nach einem Blitzeinschlag im April 1925 ein zweites Mal fast vollständig niederbrannte.

Es wurde in einer unermüdlichen Anstrengung zum Neuanfang ein drittes Mal wiederaufgebaut und hat in dieser Form auch sämtliche Bewohner überlebt, wurde zum Sitz einer Stiftung, eines Archivs für die Arbeiten Frank Lloyd Wrights und einer nach seinen Ideen und Idealen ausgerichteten Architekturschule.

Vor dem Fernseher in der Werkstatt, bei laufender Aufnahme, drücke ich die immergleiche Taste, Programm ▲, durch die eingespeicherten Plätze, an den Rand des Frequenzrahmens. Am Ende springt das Gerät automatisch auf Programmplatz Eins zurück und startet von vorn. Zwischendurch rauscht es, gibt es kein anständiges Bild, nur Flackern und Schnee, die Bewohner haben davon jetzt einiges auf den Kassetten, und ich denke, es wird nicht mehr lange dauern, bis die ersten Beschwerden eingehen. Ich kümmere mich nicht mehr um schöne Übergänge, versuche nicht mehr eine servierende Bewegung mit einer empfangenden zusammenzuschneiden oder einen Langlauf-Startschuss mit dem reflexhaften Zuhalten der Eintrittswunde in einer Soldatenbrust. Wenn ein Hund bellt, können daraufhin durchaus stehende Ovationen ausbrechen, es kann aber auch einfach ein dicker schwarzer Balken die Zeilen der Bildröhre entlangwandern, von unten nach oben, der übergeht in ein buntes Flickern, Fragmente einer Bahnreise in Bildern, in einen Tanzwettkampf, elektronische Volksmusik auf einer von Rauchschwaden durchwaberten Studiobühne, in dicke Pelzwesen aus Kinderserien, die sich gegenseitig plüschige Finger in die bunten Bäuche ihrer Kostüme bohren, in ein Passagierflugzeug, das beim Start einen Feuerschweif hinter sich her zieht, von dem es eingeholt, erfasst und verzehrt wird, es kann danach durchaus ein riesiger Basketballspieler aus dem Gleichgewicht geraten beim Versuch, einen Ball vor dem Seitenaus zu retten, stolpern und in den Pressetisch stürzen, eine hellglänzende Hochhausfassade kann die Sonne und einen hellblauen Himmel reflektieren und eine schwarze Rauchsäule aus einem Indianerdorf aufsteigen. Dafür trage ich nicht mehr Sorge, und nichts davon ist garantiert.

Ich sehe zwei Männer und eine rauchende Frau an einem blutroten Tischtuch in einer sonst menschenleeren Kellerkneipe. Der eine Mann spricht auf den anderen ein. Der Sprecher hat einen silbernen Totenkopf als Krawattennadel, der aus den Augenhöhlen rot aufleuchtet, außerdem einen schmalen Schnurrbart über der Oberlippe, einen Gehstock und auf dem Kopf einen Hut. Er sagt: Es kommen kalte Zeiten, Kollege. Das Zeitalter der Fische. Da wird die Seele des Menschen unbeweglich.

Ich sehe einen langen trüben Tunnel im Untergrund einer Stadt, eine Kanalisation mit knöcheltiefem Wasser, den Lichtkegel einer Taschenlampe, der an den Wänden entlangwandert und schließlich auf einen ängstlichen Jungen trifft. Der Halter der Taschenlampe befiehlt: Gib mir dein Bein her!

Von der Aufnahme einer Endoskopkamera dachte ich, sie hielte sich im Innern eines Menschen auf, in einem Darm oder einer Röhre, bis ich bemerkte, dass die Wände des Durchtasteten aus Erde bestanden, dass es sich um eine Aufnahme aus einem Bau unter der Oberfläche handelte. Und aus der Schwärze, dem Unbekannten, in das die Kamera immer tiefer hineingeschoben wurde, meinte ich auch gleich, etwas auf mich zukriechen zu sehen.

Es gab auch einige Formen und Vorgänge zu beobachten, wenn man lange genug in das schwarz-weiße Gewimmel, das weiße Rauschen zwischen den Sendeplätzen starrte, aber das versuchte ich mir nach wie vor zu verbieten.

Ich drehte den Ton laut auf, und bei jedem Sprung in ein anderes Programm war ein Japsen zu hören. Wie einer, der ertrinkt, sich immer wieder an der Wasseroberfläche festhalten möchte, wo es Luft gibt für die Lungen, japste das Gerät ins nächste Bild, auf einen zerstreuten Mordkommissar, einen interstellaren Krieg, ein gezeichnetes Mädchen mit übergroßen Augen, dem ein sprechender Hase den Weg durch den Wald weist, ein Schwert, das mit viel Mühe in eine schuppige Brust gestoßen wird, ein isotonisches Sportgetränk, das von einer Männerhand fest umschlossen in Zeitlupe, in einem neongrünen Schwall aus der Flasche in einen geöffneten Mund gegossen wird, zwischen sehr weiße Zahnreihen, auf einen schlanken Schauspieler mit falschem Schnurrbart, der in einer Einkaufsstraße Herzinfarkte simuliert, um Fußgänger zu erschrecken.

Immer wieder gab es Missverständnisse, und ich musste mich fragen, ob die Bewohner beim Anschauen dieser nachlässig zusammengestellten Aufnahmen die gleichen Fehler machen würden wie ich. Ob sie zuerst auch sehen würden, wie eine schmale Schlange in einem Wasserbad ertränkt wurde, bevor sie einen Fahrradmechaniker erkannten, der erklärte, wie man einen Schlauch repariert. Ob sie in der künstlichen Nacht eines alten Westernfilms Dinge aufscheinen sahen und gleich wussten: Das ist die Sonne, man behauptet hier nur Dunkelheit, oder ob sie sich auch noch fragen mussten, was da glimmt in blauer Nacht.

Ich fragte mich, ob sie bei einem Trümmerhaufen gleich sagen konnten, ob es sich um einen Krieg handelte oder um Abriss und Wiederaufbau, ob die Sieger von Wettkämpfen beim ersten Jubel starke Schmerzen hatten oder große Freude und ob sie die Superzeitlupenaufnahme einer menschlichen Puppe, deren Kopf in einen aufgeblähten Airbag hineinsinkt, gleich eindeutig als Aufforderung verstehen konnten, sich zu fürchten und vorsichtig zu sein oder sorglos und ohne Angst.

Ich gehe durch die vollgestellte Werkstatt im oberen Stockwerk, in ihr auf und ab, an den Regalen entlang, die Kassette ist voll bespielt, vor den Fenstern Dunkelheit, meine Spiegelung darin, auf und ab gehend, unscharf aufgrund der schlechten Beleuchtung und der doppelten Verglasung. Ich mache ein paar hampelnde Bewegungen, gehe eine imaginäre Kellertreppe hinab, bis sich nur noch mein Kopf über der Arbeitsplatte im Fensterglas spiegelt. Dann denke ich aber daran, wie jemand, den ich selbst nicht sehen kann, von unten, von der Promenade aus, mich beobachten könnte und nehme gleich ganz verschämt einen Gegenstand auf, ein Werkzeug, von dem ich noch nicht einmal sagen kann, wie es heißt und simuliere damit ein konzentriertes Arbeiten an etwas, das für diesen Betrachter von der Promenade aus unsichtbar vor mir auf dem Tisch liegt. Dann gehe ich aus der Werkstatt in den oberen Flur, durch die Tür auf der linken Seite und setze mich für eine Weile auf den Deckel der Mitarbeitertoilette. Ich höre das Brummeln der Lüftung in dem fensterlosen Raum und manchmal ein leichtes Gurgeln im Spülkasten. Nach einer Weile werden mir diese Geräusche zu laut und ich gehe ins Erdgeschoss zu Herrn Letterau in die Werkstatt, es ist noch Zeit übrig in diesem Arbeitstag, eine Stunde oder zwei, und ich frage ihn, ob es nicht noch etwas für mich zu tun gebe, es könnten auch wieder Fernbedienungen sein oder Kabel, Arbeit, nur kein Fernsehprogramm mehr und nicht die Stille und Dunkelheit, das Scharren der See, die weißen Felder.

Herr Letterau war aber vergnügt versunken in ein sehr kompliziertes Problem. Er hatte einen ausgebreiteten Schaltplan vor sich, auf dessen Linien er immer wieder mit dem Messfühler des Oszilloskops entlangfuhr, zwei Finger der anderen Hand massierten seinen Nasenrücken dort, wo der Steg der Brille den ganzen Tag auflag und über die Jahre zwei rosafarbene, weiche Mulden gebildet hatte.

Er sagte: Jetzt gerade fällt mir gar nichts ein für Sie. Und ich will mir auch nicht irgendwas ausdenken, nur damit Sie hier bis zum Feierabend beschäftigt sind. Wenn Sie die Aufnahmen schon gemacht haben, können Sie jetzt nach Hause gehen. Wir sehen uns dann morgen früh.

Ich nahm mir viel Zeit dabei, meinen Mantel, den Schal und die Mütze anzuziehen, rückte alles zweimal gründlich zurecht. Der Gedanke an die Kälte vor der Ladentür machte mich ganz trübselig. Und der Gedanke an das Haus meiner Eltern, in dem Richard aufgehört hatte, den Wohnzimmerofen tagsüber für mich am Laufen zu halten, machte mich tieftraurig.

Ich ging, vorwärts gegen die kalte Luft gestemmt, die Promenade hinunter, unkonzentriert, abwesend, ohne klaren Gedanken, es gab nichts, worauf ich hätte zugehen können wie auf ein Ziel. Es kam mir vor, als würde ich Runden laufen oder geradeaus auf einer riesigen Scheibe, die sich beständig dreht. Ich dachte wieder an das Rätsel aus Richards verknitterter Zeitschrift, die Frage nach dem Muster meiner Fußspuren, wenn ich wirklich auf diese Art unterwegs war.

Aus der Kneipe am Hafen schummerte erneut ein schwächlich gelbes Licht.

Viel zu weit, dachte ich, bin ich jetzt schon auf der Promenade gegangen, und dann bog ich ab in einen der Wege runter zur Hauptstraße, nach Hause zurück, es gab keine Alternative.

Ich fühlte mich verhöhnt, als ich an der Kreuzung zur Straße meiner Eltern einen ausgedienten Fernseher liegen sah, dem jemand zuerst die Rückwand aufgebrochen und ihn dann einfach an den Gehwegrand geworfen hatte.

Es gab einige Fußspuren im Schnee, ich schaute mich noch um, konnte aber niemanden mehr entdecken. Vielleicht war die Rückwand auch nachträglich eingetreten worden. Das Gerät lag mit dem Gesicht im Schnee. Auf den einzelnen Bauteilen, der Röhre, dem Zeilentransformator, den Kondensatoren, Mikrochips und Widerständen sammelten sich bereits einige weiße Flocken. Das Plastik war schon kalt genug geworden, dass der Schnee darauf nicht mehr schmolz, die Wärme der Hände, die das Gerät getragen hatten, des Wohnzimmers, in dem man es schließlich nicht mehr hatte sehen wollen, war verflogen. Es fiel immer mehr Schnee auf das Innenleben des Fernsehers, und irgendwann wollte ich mir das nicht mehr länger ansehen, wie diese kleinteilige, undurchschaubare Technik eingewattet wurde, bis sie dem Ort und dieser Landschaft einverleibt war und nicht mehr davon zu unterscheiden.

Im unteren Flur brannte Licht, als ich zu Hause ankam. Das Wohnzimmer war dunkel und unbeheizt, wie erwartet. Ich war mir nicht sicher, ob sich daraus jetzt eine Nachricht an mich ablesen ließe, überlegte eine Weile, es fiel mir aber nichts dazu ein. Aus dem oberen Stock war nichts zu hören. Entweder hatte Richard gehört, dass ich gekommen war und verhielt sich extra leise, um die gespenstische Stille im Haus voll gegen mich aufzufahren, oder er war eingeschlafen, weggegangen, das brennende Flurlicht, dachte ich, könnte schon so ein Trick sein von ihm, es mir besonders deutlich vor Augen zu führen, dass ich ohne seine Gesellschaft allein war.

Ich holte Holz und ein Netz Kartoffeln aus dem Keller, machte ein Feuer im Wohnzimmerofen und ein schlichtes Essen mit tiefgekühltem Fisch. Ich aß allein am großen Esstisch, und als ich damit fertig war, hatte ich wohl ungefähr die Zeit aufgebraucht, die ich früher als gewöhnlich von der Arbeit nach Hause gekommen war. Ich saß eine Zeit lang herum, spülte ab, ließ eine Portion für Richard auf dem Herd stehen. Ich ging im Wohnzimmer herum und sah mir die Bilder an, die meine Mutter gemalt hatte vor vielen Jahren. Sie zeigten hauptsächlich die Landschaft um den Ort. Ein paar Seebilder waren darunter, mit weißer, schaumiger Brandung und Menschen in Badekleidung. Überwiegend hatte sie aber versucht, die Landschaft hinter dem Ort, das Militärgebiet, in allen Jahreszeiten zu erfassen. Das Urwaldhafte an der Gegend hat sie, glaube ich, sehr fasziniert. Die Birkenwälder, wilde Flieder- und Tintenbeersträucher, die offenen Flächen, die Betonplatten der Fahrstraßen, die von Gräsern und Flechten überwuchert wurden, das Steppenhafte, Weite, Ruhige und trotzdem, auf jedem Bild, und ich hätte gern gewusst, ob sie das absichtlich da hineingemalt hat und wenn ja, wie, das Unheimliche darunter, die Mörsergranaten und Sprengsätze, das Bedrohliche, nicht sichtbar, aber mitgedacht, von mir beim Anschauen, von ihr beim Aufmalen, vielleicht auch von der Landschaft selbst, die ja nur auf diese Art, durch das lange Anschauen, befragt werden konnte.

Ich stand noch eine Weile zwischen den Möbeln und horchte auf Geräusche aus dem oberen Stock. Ich hörte nichts, beschloss mich schlafen zu legen, und nachdem ich den Luftzug am Ofen auf die geringste Stufe gestellt, meine Sachen ausgezogen, das Licht ausgeschaltet, mich auf die Couch unter die Decken gelegt, lang ausgeatmet und die Augen geschlossen hatte, wurde ich endlich ernsthaft und richtig schwer krank.

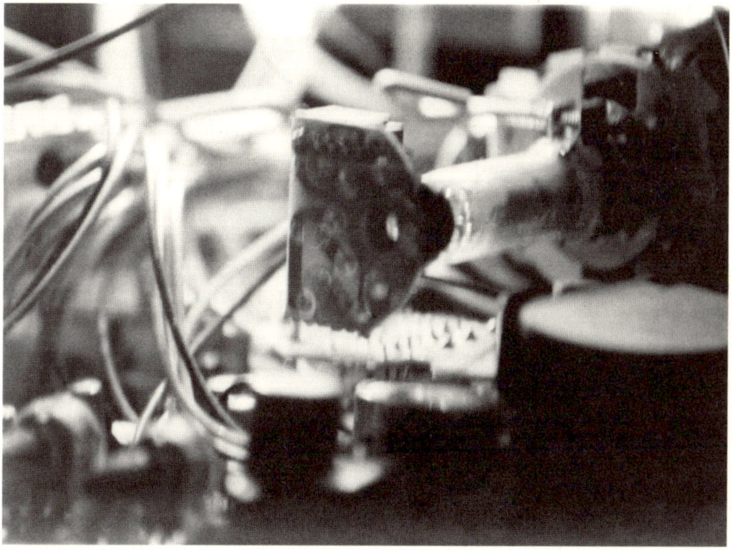

Mir wurde zuerst sehr übel, dann überfiel mich ein Schwindel, ich sank immer tiefer in die Polster der Couch, das Haus begann zu rotieren, durch die Fenster spreizten sich Lichtreflexe in den Raum. Ich hörte meine Zähne laut gegeneinanderschlagen, und obwohl es mir so kalt war, dass ich Hände und Füße nicht mehr spüren konnte, brach auf meinem ganzen Körper der Schweiß aus. Ich wälzte mich auf den schmalen Sofapolstern von einer Seite auf die andere, auf keine Art konnte ich länger als zwei Minuten liegenbleiben. Ich hörte mich selbst aufstöhnen mit einer fremd wirkenden Stimme und brachte die Lider meiner Augen nicht mehr richtig auf und doch auch nicht ganz zu. Ich wurde von einem Fieber befallen, das scheinbar seit Wochen und Monaten auf mich, auf diesen schwächsten Moment gewartet hatte, um durchzuschlagen, wurde unheimlich durstig, konnte mich aber gerade einmal halb aufrichten, bevor ich wieder kraftlos zurücksackte in die Kissen. Ich wollte nach Richard rufen, aber es kam nur ein silbenloses Muhen aus meiner Brust. Wahrscheinlich hätte er eh nicht auf mich reagiert. Ein schwerer, bleierner Schmerz breitete sich in meinem Hals und meinen Schultern aus, ich schlug mit meiner tauben Faust gegen die Rückenlehne der Couch und zappelte mit den Beinen, bis ich völlig entkräftet in eine dunkel dröhnende Höhle abtauchte, die sich hinter meinen geschlossenen Augen aufgetan hatte.

Ich verbrachte wohl einige Tage auf der Couch. Einmal muss Richard doch im Wohnzimmer gewesen sein, denn irgendwann stand eine Karaffe mit Wasser und ein Glas auf dem Wohnzimmertisch. Außerdem brannte das Feuer im Ofen unermüdlich weiter, jemand musste also frische Scheite aufgelegt haben. Ich meine, dass es vor den Fenstern ein paar Mal hell und wieder dunkel geworden ist, aber ich kann mich auf meine Wahrnehmungen aus dieser Zeit nicht verlassen. Bevor ich überhaupt einen vertrauten Gegenstand im Wohnzimmer erkennen konnte als Teil der Außenwelt, die ich bewohnte, als bestimmt vorhandenes Ding außerhalb meines Kopfes, der schwitzigen Haut und den verklebten Haaren, befand ich mich auf einem endlosen Irrgang in verschiedenen unsinnig konstruierten, irgendwie organisch wirkenden Bauten, auf langen Rundtreppen um ein pulsierendes Inneres, das immer wieder rhythmisch und ohrenbetäubend auftoste, wobei sich der Raum neu formierte, neue Treppen und Brücken und Balken wuchsen in dem schwachsinnigen Bau über meinem Kopf und unter meinen Füßen, es war ein eigenwilliges Leben in den Wänden, mit dem keine Verständigung möglich war.

Ich fand mich wieder in dem schmalen, ringsum plakatierten Flur der Hafenkneipe, der nun aber an allen Seiten aus Wänden bestand, ohne Durchgang in den Gastraum und ohne die schwere Holztür auf die Promenade mit dem kleinen Fenster. Es war überhaupt kein Fenster mehr in diesem Raum, keine Öffnung, eine kleine Zelle, aus allen Richtungen schauten die gedruckten Augen in den Raum, sie waren aber noch immer nicht bedrohlich, eher vertraut, auf eine unerklärliche Art, und bevor ich mich versah, befand ich mich auch schon auf einer ausgedehnten Konzertreise mit dem geheimnisvollen Trompeter in allen Ländern der Erde, er spielte Solokonzerte vor ausverkauftem Haus in der Berwaldhalle in Stockholm, dem Auditorium Building in Chicago, dem Megaro Musikis, der Salle Pleyel, der Myūza Kawasaki Symphonic Hall, dem Gewandhaus Leipzig, der Tonhalle Zürich, dem Auditório Ibirapuera, dem Gasteig in München, dem Sportpalast Kiew, und ich war ihm als enger Vertrauter unersetzlich, wartete bei den Konzerten hinter der Bühne, auf den Emporen, in den Kabinen der Tontechniker oder lief durch die leeren Gebäude, die Vorräume und Eingangshallen, die von einer umfassenden Stille erfüllt waren.

Immer wartete ich auf ihn, auf den Moment, wenn sich das Publikum endlich müdegeklatscht hatte und die Saalbeleuchtung aufgedreht wurde, wenn er von der Bühne kam und zu keiner weiteren Zugabe mehr rausmusste, aber jedes Mal belud sich die Luft gleich wieder mit großer Spannung, begann schon das nächste Konzert vor frischen Gästen. Ich wusste, dass für mich ein Geheimnis, ein Schatz oder ein Hinweis gehütet wurde und dass es sich lohnte, auch dieses Konzert noch abzuwarten. Was es schließlich sein sollte, konnte ich nicht sagen. Ob es vielleicht schon in der Musik selbst lag, im Kopf des Trompeters als Wissen verborgen oder versteckt in der dunklen Öffnung des goldenen Aerophons.

Unter einer lappenartigen roten Deckenkonstruktion im Eingangsbereich, im ungenutzten Hohlraum unter einer Treppe in den oberen Rang, in einer Ecke bei den Münzschränken für Wertsachen, hinter den Jackenständern der Garderoben, im Kellerabgang zu einer unterirdischen Parkgarage, im Zwischenraum zwischen Fensterfront und Sitzbank, hinter den Heizkörpern, in den Winkeln des hinteren Bühnenraums, unter den Pressspantischen der Künstlergarderoben, stieß ich auf dunkle Stellen. Wo der Raum und das ganze Konzept des Raumes sich in Schwärze verloren. Ich sah vor mir eine weiße Ebene und einzelne, kreisrunde Flächen Dunkelheit, wie sie Druckmaschinen aufs Papier setzen, um etwas darzustellen. Diese Flächen waren keine Augen, sie schauten nicht hervor, schauten einen nicht an aus dem Nichts, aber sie waren ausgesprochene Einladungen.

Ich hörte Baugeräusche von großer Intensität. Ein einzelnes Hämmern wurde bald stark vervielfacht, wie durch ein Echo, schwirrte und nagelte um das ganze Haus, ein riesiges Gerüst wurde errichtet, vielleicht wurde auch die Außenwand, die Türen und Fenster mit Holzlatten eingeschalt. Ich hörte Sägegeräusche und Zischen, hydraulische Maschinen bei der Arbeit, das hohe Fiepen eines Großtransporters im Rückwärtsgang und stellte mir dazu Richard vor, der einem riesigen Betonmischer Anweisungen gab, wohin auszuschütten sei. Ich hörte, wie unter mir zusätzliche Kellergeschosse ausgehoben wurden mit sandigen Spatenstichen und wie glühendes Metall behauen wurde in die richtige Form. Dieselmotoren pukkerten im Garten, wahrscheinlich, um die Flutlichtanlagen der Baustelle mit Strom zu versorgen. Die ganze Arbeit erzeugte eine unglaubliche Hitze, in deren Zentrum ich unter den Decken auf der Couch lag und hoffte, man würde mich nicht vergessen und fluchtweglos einarbeiten in dieses neue Bauwerk.

Es herrschte eine umfassende Disziplin, ich hörte Rufe ohne Befehlston, kein Fluchen, große Konzentration unter den Arbeitern, ein Bewusstsein, dass sie etwas Monumentales errichteten, etwas Ewiges, weithin Sichtbares vom Land aus und vom Meer.

Und mitten unter dieser schwerlastigen Arbeit, als ihr zentrales Nervensystem, ihren Bauherrn, sah ich Richard sitzen mit den feinsten Schraubenziehern aus Letteraus Werkstatt, die geöffneten Pappschachteln um sich ausgebreitet, mit ungeheurer Präzision an seinen Werkstücken arbeiten, alles zusammenfügen, was ich nicht begreifen konnte mit meinem tauben Verstand. Ich glaubte, es sei das Herz dieser riesenhaften Konstruktion. Und ihre größte Gefahr.

Hin und wieder brachte ich die Augen auf und sah die Möbel meiner Eltern. Dann wieder sah ich Luken im Fußboden, an deren Rändern Menschen knieten, die mit kraftvoll vorgreifenden Bewegungen endlos lange Taue zu sich herauf zogen.

Einmal sah ich neben der Tür zum Hausflur einen Mann stehen, der mit beiden Armen bis über die Ellbogen in einem schließmuskelartigen, schleimig glitschigen Loch in der Wohnzimmerwand versunken war und dort drinnen etwas fest umschlossen hielt, was auf die Welt gebracht werden musste.

Ich schloss meine Augen und ich sah wie ein Staudamm vorsätzlich gesprengt wurde, wie aus einem Tal das Wasser ablief, bis jahrzehntelang verschluckte Dörfer zurückkamen an die Oberfläche, die Dächer mit Schlick und Wasserpflanzen behangen, Algen und Wasserschnecken an den Fenstern, ein von Muscheln überzogener Kirchturm. Die nassen Straßen wurden aufgebrochen und neu asphaltiert, eine Weile standen die Menschen andächtig vor den alten Bauwerken, bis irgendwo jemand in hektischem Übersprung ein Fenster einschlug, dann riss man alles ab und errichtete neue Städte auf dem langsam an der Luft vertrocknenden Boden. Die Landschaft musste umgegraben und eine Weile künstlich bewässert werden, bevor wieder Agrarwirtschaft betrieben werden konnte. Lastwagenkolonnen, mit Käfigen und Volieren beladen, rollten ins Tal, Tiere wurden ausgesetzt, die nachts unruhig wurden, wir spürten alle einen großen Druck auf den Ohren und auf der Brust, es wurde wenig gesprochen, die Luft war voll von der Erinnerung an den tiefen See und die Fische und wenn einer den Mund aufmachte, glaubte er, es schwappe ihm hinein.

Dass ich mich nach dieser endlos scheinenden Zeit langsam wieder auf dem Weg an die Oberfläche befand, bemerkte ich, als ich begann, mir planende Gedanken zu machen, die konkrete Gegenstände betrafen. Ich dachte darüber nach, in den oberen Stock, ins Bett meiner Eltern umzusiedeln, verwarf diesen Umzug aber als unmöglich, weil ich dafür Hilfe gebraucht hätte, eine Stütze. Das Logische und Rationale an diesem Gedanken fiel mir auf und ich freute mich darüber.

Etwas später folgte der erste Gang auf wackligen Beinen von

der Couch bis zur Toilette im Erdgeschoss, der mich sehr viel Kraft kostete und der die Treppe, während ich mich langsam an ihr vorbeitastete, als absolut unüberwindbar erscheinen ließ.

Ich war wieder wach genug um zu bemerken, wenn Richard nach unten kam, um sich etwas aus der Küche zu holen oder aus dem Haus zu gehen. Ich sprach ihn nicht an, genoss es aber sehr, wenn er in der Nähe war. Hin und wieder hat er über die Rückenlehne der Couch gelinst, und ich habe mich schlafend gestellt. Nach einer Weile ließ er dann täglich etwas Essen für mich in der Küche zurück, das ich mir abholen konnte, wenn er wieder nach oben in sein Zimmer verschwunden war. Ich glaube, dass er in dieser Zeit vielleicht doch etwas besorgt gewesen ist, auch wenn er es sich nicht anmerken lassen wollte.

Ich begann, mit meinen Augen die Wohnzimmerdecke abzuwandern und mich zu langweilen. Die Kraft kam zurück in den Körper, auch wenn alle Muskeln noch verspannt und verkatert waren von der verkrampften Haltung und dem langen Liegen. Ich konnte bestimmt erwarten, beim Blick aus dem Fenster unseren Garten zu sehen, und in der Nacht schlief ich nah an der Oberfläche, wurde häufig wach und konnte mich schauend versichern, wo ich war.

Bald machte ich mir wieder selbst mein Essen und ließ für Richard Portionen übrig, er aß manchmal am Wohnzimmertisch, wir sprachen noch immer nicht, aber es war wieder etwas von dem stummen Einverständnis in unseren Alltag zurückgekehrt.

Als ich weit genug zu Kräften gekommen war, um einen kleinen Spaziergang zu machen, bis zum Ende der Straße und wieder zurück, als ich meine Stiefel langsam schnürte und mich dick einpackte in warme Pullover, Mantel, Mütze, kam Richard zu mir in den Hausflur und zog sich ebenfalls die Stiefel an, seine Jacke,

Handschuhe, ging langsam voran zur Haustür und schaute sich immer wieder nach mir um.

Ich trat auf die Straße und in die weiße Helligkeit des Tages, die Luft war klirrend kalt, und sofort zog sich alles in mir zusammen, der Körper erinnerte sich gut an das lange Laufen, das Frieren und die Taubheit.

Ich schaute mich um, in die Gärten, die Nachbarhäuser standen sämtlich an ihrem Platz. Zuerst war ich sehr erleichtert, dass sich nichts verändert hatte in meiner Abwesenheit. Dann sah ich aber gleich schon die langen Eiszapfen, die an den Regenrinnen der Häuser hingen, einen iglufömig eingeschneiten Kleinwagen, die grauen Wolken am Himmel, ich hörte das Scharren der Brandung, ein leichter Schneefall setzte ein und so gewohnheitsmäßig, wie sich mein Körper an das Laufen erinnert hatte, kam in mir die alte Enttäuschung wieder auf, darüber, dass der große Umbau eben doch nicht stattgefunden hatte, sondern nur von mir zurechtgefiebert worden war.

Wir machten am Ende der Straße kehrt und gingen zurück zum Haus, und als ich Richard durch das Gartentor gehen sah, seinen Schlüssel aus der Jackentasche hervorholen und die Haustür aufschließen, fühlte ich plötzlich einen massiven Widerstand dagegen, jemals wieder die Arbeit bei Herrn Letterau aufzunehmen.

Es kam mir vollkommen unmöglich vor, überhaupt den Laden zu betreten, einen Ton oder eine Geste zur Begrüßung an Letterau in die Werkstatt hinein zu richten, meine Sachen an den Haken in der kleinen Kammer zu hängen, den Fernseher einzuschalten, aus dem Fenster zu schauen auf die gräulich weiße Fläche der See.

Ich hatte mich nicht abgemeldet, und ich dachte: Ich melde mich auch nicht mehr zurück. Ich hatte genug.

Richard verschwand im Flurdunkel des Hauses, und ich blieb

eine Weile noch am Gartentor stehen, der Entscheidung nachfühlend, mit einer leisen Angst, sie könnte sich gleich wieder auflösen in ein vernünftiges Argument.

Richard brauchte ich von meinem Entschluss nicht zu erzählen. Er sah es ja selbst, dass ich trotz zurückgekehrter Kraft morgens nicht mehr aus dem Haus ging. Außerdem hat er für diese Dinge ein sehr gutes Gespür. Häufiger als sonst schaute er mich jetzt etwas besorgt an, auch kritisch, es musste ja einiges neu verhandelt werden. Noch war er aber zu stolz, um mich direkt nach meinen Plänen zu fragen. Er wollte sich nicht anmerken lassen, wie sehr es ihn tatsächlich interessierte und dass es ihn wurmte, nicht zu wissen, was ich vorhatte.

Einen konkreten Plan hatte ich anfangs auch noch gar nicht gefasst. Erstmal war es eine große Erlösung für mich, das bemerkte ich sofort, nicht mehr jeden Morgen bei Letterau die Geräte in Betrieb nehmen zu müssen, und ich glaubte, die Gedanken darüber, was zu tun war, würden im gleichen Maß ihre Form finden und annehmen, wie die Fernsehbilder in meinem Kopf langsam verblassten.

Das würde dauern, dachte ich, aber ich stellte es mir gleich ganz plastisch vor, wie ein ausgiebiges Kauen, ein Trennen der Nährstoffe vom Exkrement in einem langen Prozess, der innerlich und voll automatisch ablaufen würde nach genetischem Programm. Ich wurde von dieser Vorstellung ganz euphorisch, horchte einige Tage lang erwartungsvoll in mich hinein und war sicher, dass etwas Sinnvolles entstand, dass wir uns wieder an einem Anfang befanden.

In dieser Zeit glaubte ich nicht, dass eine Veränderung der äußeren Umstände nötig sei. Es war nur wichtig gewesen, im Haus meiner Eltern zu bleiben, wieder wachsam zu sein, den Posten an den Fenstern einzunehmen. Manchmal stieg ich auch aufs Dach, nahm Richard mit, wenn er Lust hatte, und ging dort oben mit ihm von einem Eck ins andere, wir machten reichlich Fußspuren im Schnee, schauten in die Nachbarschaft, stiegen wieder ins Haus hinab und verschlossen die Luke mit dem Riegel.

Ich malte mir aus, dass ich Willy Helbig unterstützen könnte. Einfache Arbeiten für ihn erledigen, die ihm selbst zuwider oder lästig waren, weil sie ihn zuviel Zeit kosteten. Ich fand, dass ich handwerklich nicht völlig unbegabt war und etwas von manchen Dingen verstand. Und Helbig hatte gut zu tun, das war an seiner Werkstatt abzulesen. Ich würde, dachte ich, eine Bezahlung unterhalb des üblichen Tarifs akzeptieren. Ich dachte eh schon viel an Helbigs Haus, an seine Werkstatt und den Garten und fühlte mich mit alldem sehr verbunden und verwandt.

Außerdem hatte ich in dieser Zeit ein Einsehen darin, dass ich vielleicht auch mit Richard etwas Hilfe gebrauchen könnte. Dass es unter Umständen schlecht für seine Entwicklung war, wenn er nur mit mir zu tun hatte.

Wir sprachen kaum mehr als einzelne Wörter zueinander, sagten Vorsicht oder Hallo oder Gutenacht, Bitte, Nein, Tschüß, Danke, Kaffee, und ich machte mir ein wenig Sorgen, dass er vielleicht verkümmern könnte in dieser geistigen Unterforderung. Außerdem hatte ich den Verdacht, dass Richard plante, mich auf lange Frist durch Helbig zu ersetzten, und ich dachte, ich könnte dem vorbeugen, indem ich uns alle etwas näher brachte.

Unsere Spaziergänge führten uns über die Straße meiner Eltern und schließlich auch wieder über das Wohngebiet hinaus, bis an die Promenade, wo ich von jetzt an immer in meinen Mantelkragen eingebuckelt ging, nicht aufschaute, wenn uns Menschen entgegen kamen und versuchte, den Küstenteil, an dem sich Letteraus Elektrofachmarkt befindet, weitestgehend zu meiden. Sobald ich den Strand sehen konnte, drehte ich meinen ganzen Körper sofort nach links ab, in Richtung Hafen und Wachturm, in Richtung der Kneipe, die tagsüber verschlossen war und wirkte, als habe hier seit Jahrzehnten niemand mehr ausgeschenkt. Manchmal stellte ich mir vor, wie Letterau täglich ein paar Mal vor seinem Laden den Fußweg auf und ab schaut und sich vielleicht sogar Sorgen macht um mich, und dann spürte ich auch gleich seinen enttäuschten Blick in meinem abgekehrten Rücken. Ich glaube aber, dass ich mir das eingebildet habe.

Als ich der Meinung bin, dass es jetzt soweit ist, gehen Richard und ich die Promenade hinunter, über die Hauptstraße und anders als beim ersten Mal ist es meine volle Absicht, mein Vorhaben und mein erklärtes Ziel, dass wir auf der anderen Straßenseite ins Gereute einbiegen, in die Straße von Willy Helbig und dass wir schauen werden, ob in der Werkstatt Licht brennt, wovon ich ausgehe.

Ein kurzer Blickkontakt mit Richard müsste dann genügen um herauszufinden, ob er nochmal mit mir hineingehen würde. So weit war auf das Verständnis zwischen uns noch zu vertrauen.

Schon lange bevor das Lagergebäude mit der Aufschrift an der Straßenseite des Grundstücks auftaucht, hat Richard bemerkt, was los ist. Er bleibt kurz stehen und schaut zu mir hoch mit zusammengekniffenen Augen. Dann verfällt er in einen hopsenden Schritt und läuft ein Stück weit voraus. Gelegentlich boxt er mit seiner behandschuhten Faust gegen eine Zaunlatte und schaut dem aufstiebenden Schnee dabei zu, wie er hinunterrieselt in den Garten dahinter.

Ich frage ihn nicht, ob er einverstanden ist. Er würde einfach nach Hause gehen, wenn er wollte. Davon ging ich aus.

Ich hatte wahrscheinlich auf meine Füße geschaut oder auf die Fußspuren von Richard oder einem anderen Bewohner des Ortes, vielleicht hatte ich auch einfach vorsorglich meinen Kopf hängen lassen, falls alles nicht so laufen würde, wie ich mir das vorstellte. Dass ich aber das kleine Ding überhaupt gesehen habe, kommt mir im Nachhinein sehr unwahrscheinlich vor.

Ich blieb augenblicklich stehen, zeigte mit meinem Finger darauf, eine heiße Welle schlug durch mich hindurch, in meinem Kopf gab es erstmal keine Worte, ich dachte nicht in Form von Sprache, sondern in purer, heller Aufregung. Ich sah nur was ich sah, und ich konnte es nicht glauben. Ich hörte mich selbst laut Richards Namen die Straße hinunterrufen, er hatte sich schon ein Stück weit entfernt und kam jetzt zurück mit einem sehr skeptischen Ausdruck im Gesicht, stellte sich neben mich und warf einen kurzen, irgendwie gelangweilten Blick in die Richtung, in die mein ausgestreckter Finger noch immer zeigte.

Ein kleiner, hellgrüner Spross hatte sich am Rand des Fußwegs durch den Schnee und hoch an die Luft gestoßen. Am unteren Ende, wo er in den Boden überging, war der Stängel weißlich gefärbt, ging aber, je näher er den beiden im Auffalten begriffenen Blättern der Knospe am Kopfende kam, in ein kräftiges, gesundes, helles Grün über. Ein wenig schwächlich wirkte die ganze Gestalt noch, so als könnte sie ihren schweren Kopf kaum halten oder als sei sie noch unschlüssig, in welche Richtung sie ihn schließlich ausstrecken wollte.

Ich schaute in den Himmel, wie immer war keine Sonne zu sehen, nur der dicke, undurchdringliche graue Teppich. Woraus das kleine Gewächs die Kraft gezogen haben mochte, so weit zu uns an die Oberfläche zu kommen, war mir unerklärlich. Ich schaute Richard an, der die Hände übellaunig in die Jackentaschen stemmte, sich wegdrehte und einfach weiterging. Seine Schritte knarzten davon, mein zeigender Arm sank, und ich sah ganz deutlich, was eine Hoffnung war, die man alleine hoffte. Auf einen Schlag konnte ich in dem kleinen Trieb nur noch die traurige Wahrscheinlichkeit sehen, dass er es nie zu einer richtigen Pflanze oder einem Baum bringen würde, wo sich all die Information aus seinem reichhaltigen Erbgut sichtbar entfalten könnte.

Ich holte Richard auf Höhe von Helbigs Grundstück wieder ein. Er ließ mir gar keine Gelegenheit, an seinem Blick zu überprüfen, was er dachte, sondern ging direkt in die Einfahrt hinein, ohne sich nach mir umzusehen. Ich trottete ihm hinterher, auf die Abdrücke seiner kleinen Stiefel tretend, bis zur Haustür, wo er sofort auf die Klingel drückte, obwohl ich doch vielleicht gern etwas wie einen Plan oder eine Strategie besprochen hätte.

Ich fühlte mich auf eine generelle Art unvorbereitet, als Helbig die Tür öffnete und uns freundlich begrüßte. Ich versuchte mein Überrumpeltsein zu verbergen, indem ich Richard auf die Schulter fasste mit einem festen Griff, aus dem er sich gleich herauswand und wieder voranging, ins Haus, in die Werkstatt, in der die Glut im Ofen strahlte, der Holzgeruch im Raum stand und wo Helbig offenbar gerade an einem alten Bauernschrank und einer dunkel gebeizten Eckbank gearbeitet hatte. Die Bank stand mit der Rückseite zu uns, helle Schnittkanten waren im Holz zu sehen an den Stellen, die gewöhnlich an die Wand gerückt waren.

Unser Gespräch kam nur schwer in Gang. Zuerst wurde uns von Helbig Tee angeboten, wir wollten beide lieber Kaffee trinken, die Mäntel behielten wir wieder an, obwohl es diesmal angenehm warm war in seinem Haus. Dann wischten Richard und ich den Holzstaub von den Sitzflächen zweier Stühle, wurden aber gebeten, uns da nicht hinzusetzen, weil es sich um Reparaturarbeiten handelte, worauf wir uns Stühle aus der Küche holten, ich wollte nochmal zurückgehen, um auch einen Stuhl für Helbig zu bringen, der sagte aber nein, danke, ich stehe lieber, weshalb dann auch Richard lieber stehenblieb, ich mich aber setzte, was mir nach kurzer Zeit sehr unangenehm wurde, ich also wieder aufstand und überlegte, ob ich jetzt meinen Stuhl zurück in die Küche tragen sollte oder hier in der Werkstatt lassen, und dann stand ich eine Weile einfach mit meinen Armen auf die Rückenlehne aufgestützt und starrte Helbig ohne ersichtlichen Grund auf den Bauch, was er irgendwann bemerkte und an sich herunterschaute, ob da irgendetwas sei, ich sagte neinnein, nichts, ich habe nur so geschaut, Helbig und Richard sahen mich an wie einen Gestörten, und ich wünschte mir kurz, ich wäre allein irgendwo an einem wohlsortierten Ort.

Aus Verlegenheit sprach ich wieder davon, wie gut mir Helbigs Haus gefiel, das Grundstück, die Werkstatt, der Stil und der Zustand, und ich muss wohl gehofft haben, dass ich so bis an den Punkt kommen könnte, wo ich Helbig meine Unterstützung und Arbeitskraft anbieten würde.

Richard war von meinem Reden gelangweilt und Helbig nahm alles ruhig und geduldig auf, mit einer großen Bescheidenheit, als habe das mit ihm gar nichts zu tun, wie es hier aussah, als wäre ihm das alles zugefallen und unterlaufen.

Ich redete vom Garten und von der Küche, von dem Stuhl, den ich in meiner Hand hielt, und alles was ich sagte war offensichtlich, vollkommen uninteressant und wurde Helbig schließlich doch auch etwas unangenehm, weshalb er anfing, mit tief gefurchter Stirn zu nicken und einzelne Wörter der Bestätigung an meine Satzenden anzuhängen. Richard hatte einen dicken Quast gefunden, der größer war als sein Kopf und mit dem er sich jetzt immer wieder von links nach rechts übers Gesicht strich.

Beim Reden kam mir irgendwann der Gedanke, dass Helbig immer noch glaubte, Richard und ich wohnten gemeinsam mit meinen Eltern in ihrem Haus, und davon wurde ich mit einem Mal so niedergeschlagen, dass ich mitten im Satz abbrach und mich zum Ofen hin wegdrehte, wo ab und an kleine gelbe Flämmchen aus der frischen Glut hochleckten und dann wieder im orangefarbenen Leuchten verschwanden.

Helbig verhielt sich wie ein erwachsener Mensch, übernahm die Verantwortung und erzählte uns, er habe schon auch einige Ideen und Projekte gehabt, die man im Ort noch hätte realisieren können. Ich konnte mir zum Beispiel immer sehr gut vorstellen, sagte er, eines der Häuser an der Promenade wieder richtig herzurichten. Ein Restaurant vielleicht, das wollte ich immer schon mal machen. Oder man könnte sich endlich einmal diesen alten Turm am Hafen schnappen und ihn öffnen für die Bewohner, ihn innen ordentlich ausbauen, vielleicht mit ein paar Münzfernrohren oder so.

Ich schaute rüber zu Richard, und Richard schaute zu mir zurück, und beide konnten wir im Gesicht des anderen die Begeisterung über diese Vorschläge deutlich erkennen. Allein davon war ich schon wieder ganz hingerissen und sah uns gleich auch auf dem Heimweg darüber sprechen, wie wir uns das alles vorstellen würden, das Restaurant und den Aussichtspunkt und was wir dafür tun würden, wie wir Helbig zur Hand gehen könnten.

Ich denke, dass wir beide in dem kurzen Moment geglaubt hatten, es handle sich bei diesen flüchtigen Äußerungen um einen Plan, den wir alle gemeinsam verfolgten. Helbig atmete lang aus, um Raum zu schaffen für noch mehr Visionäres, wir waren bereit, uns anstecken zu lassen, im Ofen puffte sich Luft aus einem Einschluss im Holz frei, ich spürte, wie eine große Umarmung im Begriff war, sich um unser kleines Grüppchen zu schließen. Man könnte noch viel hier machen, sagte Helbig, vielleicht nehmen Sie das ja irgendwann mal in die Hand.

Und bevor alles richtig einstürzen konnte, sah ich es schon vor uns auf dem Boden liegen.

Es ist lustig, sagte Helbig, dass Sie heute hierher kommen. Erst gestern habe ich mich fest entschlossen. Ich muss wahrscheinlich noch einiges herrichten. Es gibt wohl nicht besonders viele Leute, die denken wie Sie, also die gerne so leben würden wie ich. Ich habe aber vor einer Weile schon mal mit einem unabhängigen Sachverständigen gesprochen und der hat mir gesagt, im unmittelbaren Vergleich könnten wir für all das hier einen sehr guten Preis erzielen.

Ich bemerkte die dunklen Stellen in den Ecken der Werkstatt und ich glaube, Richard bemerkte sie auch. Er legte den Quast zur Seite und ging wortlos in die Küche. Wir konnten hören, wie dort etwas zerbrochen wurde.

Das Licht vor den Fenstern hatte stark abgenommen, im Glas war schon mehr reflektierter Innenraum als Garten, Helbig schaute verlegen auf den Fußboden und ich fragte ihn, ob er sich das denn gründlich überlegt hätte. Er lächelte mich an und sagte nein, es war eher so enemenemiste.

Vielleicht, fragte er mich in einer Bemühung um Lockerheit, kennen Sie ja einen Interessenten? Aus der Küche hörten wir das Geräusch von festen Tritten gegen einen Geschirrschrank, und ich sagte nein, so jemand ist mir nicht bekannt.

Wahrscheinlich hatte Helbig eine Ahnung davon, dass es jetzt angebracht wäre, unseretwegen ein schlechtes Gewissen zu haben. Er quälte sich ein wenig herum, dann sagte er: Ich habe eben einfach noch keine Wohnung und kein Haus so sehr geliebt wie die Bewegung.

Aber, sagte ich, Sie haben doch ganz lange hier gelebt. Immer schon.

Naja, vielleicht in diesem kleinen Fenster der Zeit, das Sie kennen. Aber mein Leben geht doch schon viel länger als Ihres.

Helbig drehte sich ein Stück von mir ab und schaute in Richtung des Meeres gegen die Wand. Die schwarzgewordenen, staubigen Reste der Spinnweben an der Zimmerdecke wehten sanft im Luftzug der aufsteigenden Wärme.

Richard erschien im Durchgang zur Küche und wir schauten beide auf Helbig wie sein Publikum. Vielleicht auch wie seine Ankläger, oder seine Richter. Etwas in ihm wehrte sich dagegen, ich glaube, er fühlte sich ungerecht behandelt. Er wollte sich nicht verteidigen müssen, aber wir ließen ihm wohl keine Wahl.

Er erzählte uns, er habe vor einer ganzen Weile einmal eine

Tierdokumentation im Fernsehen gesehen – und dabei schaute Richard kurz in meine Richtung, als könnte ich verantwortlich gemacht werden für alles, was jetzt kommt – von zwei Meeresbiologen, die den Grund der See abgesucht hatten mit großen Scheinwerfern und Kameras. Ich erinnere mich sehr gut, sagte er, an diese seltsame Pflanze, um die es die meiste Zeit in dem Beitrag ging. Sie sah ein wenig aus wie ein Pilz, mit einer lamellenartigen Kappe und dünnen Tentakeln, die vom Stiel aus in Wellenbewegungen durch das Wasser tasteten. Und immer, wenn sich ein Fressfeind der Pflanze nähert, oder wie in diesem Fall zwei Taucher mit Scheinwerfern, das erzählte eine Stimme aus dem Off, während man die Bilder sah, dann gräbt sich diese Pflanze selbst aus dem Boden aus, ungefähr so, Helbig überkreuzte seine Arme vor der Brust, fasste sich mit den Händen an die Schulterblätter und machte kreisende, windende, schüttelnde Bewegungen mit seinem ganzen Körper. Er sah aus wie ein Befreiungskünstler in einer Zwangsjacke oder, das dachte ich im selben Moment, wie die gefesselten Verurteilten am Galgen im Cook County Gefängnis von Chicago.

Und dann schwimmt sie einfach weg, sagte er, sucht sich einen neuen Platz anderswo und gräbt da ihre Wurzeln wieder in den Sand. Seit ich das gesehen habe, denke ich mir: So müsste man leben.

Richard und ich haben auf dem Weg nach Hause nicht gesprochen. Wir sind nebeneinander her gelaufen, obwohl auf den dürftig geräumten Bürgersteigen im Ort kaum Platz dafür ist und haben vor uns auf den Boden geschaut. Jeder für sich auf den bekannten Weg. Das Haus war kalt geworden in unserer Abwesenheit. Wir gingen grußlos auseinander und in unsere Betten, ich machte das Licht aus, legte mich unter die Decken auf die Couch und war mir ganz sicher, dass Richard oben in seinem Zimmer mit offenen Augen im Bett lag.

Ich konnte ganz deutlich spüren, dass ein anderes atmendes waches Wesen im Haus war, das auch nicht herausfand aus seinem Bewusstsein.

Louis Link steht am 21. Juni 1886 mit geradem Rücken im Gerichtssaal. Er hatte das Angebot angenommen, abschließende Worte zu seiner Verteidigung vorzubringen. In einer ihm selbst auffälligen Abwesenheit hatte er einiges in den Raum hineingesprochen, der reichlich angefüllt war mit den Beteiligten am Prozess, den Angestellten des Gerichts, Zuschauern, der Presse und den Verwandten der Angeklagten. Es war ihm möglich gewesen, während des Sprechens über andere Dinge als das Gesagte nachzudenken. Er kam sich dabei selbst wie ein Flusswächter vor, der nah am Ufer das stete Vorüberziehen vor seinem Haus überwacht.

Er sagt, nach einer Pause, in der es still gewesen ist, in der aus Neugier, Andacht, Respekt und Überheblichkeit geschwiegen wurde: Das Unheimliche ist ja nicht das Grauenhafte, das wir doch, wenn wir uns anstrengen, zu sehn vermögen. Sondern unsere Unfähigkeit, das Banale, das kompakt Unverrückbare zu erkennen.

Er schaut aus dem Fenster auf eine vorüberziehende Wolke und sagt: Mit der Leidenschaft wird die Vernunft außer Kraft gesetzt.

Im Schoß eines Gerichtsdieners sieht er zwei aus Bequemlichkeit wie zum Gebet gefaltete Hände und er sagt: Es ist ja mein Herz, das hier spricht. Da mag ich wohl ein paar Dinge gesagt haben, die ich sonst vielleicht heruntergeschluckt hätte. Es handelt sich um eine kalte und sehr düstere Zeit. Sie müssen selbst entscheiden, ob das, was Sie jeden Tag in Ihre Lungen atmen, noch saubere Luft ist, oder ob Sie besser schon ein Tuch vor die Nase halten gegen den Gestank.

Er hört wie jemand hinter ihm aufsteht und den Raum verlässt.

Vielleicht, sagt er, kennen Sie ja diese Geschichte: An einem Fluss steht ein Lamm und etwas weiter oberhalb steht der Wolf.

Das Wasser fließt zuerst am Wolf vorbei und dann am Lamm, aber der Wolf sagt: Mach mir das Wasser nicht trübe! Und das

Lamm erwidert: Wie kann ich dir denn das Wasser trüben, ich stehe doch hier unten.

Louis sieht, wie sich der Stenograf gelangweilt die Nasenwurzel massiert. Einerlei, sagt er, sagt der Wolf. Fleisch ist Fleisch. Und er geht hin und frisst das Lamm.

Gleich nach seiner Rede lässt Louis Link den Kopf hängen und hört gar nicht mehr auf die Reaktion des Richters. Er greift sich ins Gesicht und fühlt da für einen kurzen Moment ganz deutlich den Schädel unter der Haut.

Richard zeigt mit dem Finger auf die höchsten Funken, das helle Knistern weit über den Dächern. Der Widerschein des Feuers ist am Himmel zu sehen, ein Flackern über dem Ort, gelb und rot und dazwischen die dunklen Konturen der tiefhängenden Wolken.

Wir stehen in der Einfahrt, das Lagergebäude und die Garage sind vom Brand verschont geblieben.

Einige Ortsbewohner haben sich bis an den Garten herangewagt, wo auch Helbig steht und vom Schimmer des brennenden Hauses angeflackert wird. Er zuckt mit den Schultern und deutet mit seinen großen Händen auf das Haus, in den Garten und in den Himmel. Es fällt Schnee. Die Flocken schmelzen über dem Brand in der Luft oder werden von der Hitze auseinander getrieben in kleine, wirbelartige Verwehungen. Die Scherben der Fenster, einzelne Trümmerteile und Möbelstücke liegen, umgeben von Höfen aus geschmolzenem Schnee, im Garten und kühlen langsam aus.

Aus dem Dachstuhl schlugen noch die Flammen, als ein Einsatzwagen der Feuerwehr ohne Sirene am Grundstück eintraf und rhythmisch aufscheinende Blaulichtflächen auf die umstehenden Fassaden warf. Der Brand war lange nicht im Griff, aber es war schon wieder sehr ruhig geworden um das Haus. Die Feuerwehrleute rückten aus auf eine Art, als hätten sie genau diesen Einsatz schon hundertmal geübt. Oder als sei der Einsatz selbst die Übung zu einem richtigen Brand. Ohne Aufregung wurden Schläuche ausgerollt und angeschlossen, ein paar Männer stellten sich im Garten auf, andere warteten beim Fahrzeug an der Straße. Die Ortsbewohner verschränkten die Arme vor der Brust oder gingen in ihre Häuser zurück, um sich wärmere Kleidung zu holen. Hin und wieder gab es einen dumpfen Feuerschlag aus dem Innern des Hauses. Wie die Funken verloren sich aber auch die Geräusche des Brandes, noch bevor sie irgendwo auftreffen konnten.

Richard wollte meine Hand nehmen. Ich schaute in die Flammen und tat so, als würde ich es nicht bemerken.

Auf den Bildschirmen sind Programme zur Tabellenkalkulation geöffnet, Internetseiten, Fenster zur Netzwerkkonfiguration, vor dem leeren Platz einer Person, die weggegangen ist, um sich Kaffee zu holen, taumelt ein bunter Würfel über den schwarzen Bildschirm. An den Kanten schlägt er an und wechselt dann die Richtung. Das Klappern der Computertastaturen erfüllt den Raum, jemand hält einen Telefonhörer zwischen Ohr und Schulter geklemmt, zwei Angestellte einer anderen Abteilung hängen ein großformatiges Kalenderplakat an die Wand.

Ich sehe, wie jemand am Fenster steht und mit seinem Handy telefoniert. Er steht aber mit dem Rücken zum Glas und schaut in den Raum. Neben mir wird der kleine Hebel zur Höheneinstellung eines Bürostuhls betätigt, mit einem leisen Puffgeräusch sinkt die Person auf der Sitzfläche in die gewünschte Position.

Als ich in den Fahrstuhl steige, ist dort außer mir kein Mensch. Eine lange Reihe leuchtender Stockwerksziffern, ein Notrufschalter mit einem Glockensymbol darauf und ein Lautsprecher zur Kommunikation mit der Wartungszentrale, an einem Ruck in meinem Körper spüre ich, dass sich der Fahrstuhl bewegt.

Die Stockwerke rumpeln sanft an der stählernen Kabine vorüber, in der Plastikverkleidung der Deckenleuchte sind die schwarzen Schemen verendeter Insekten zu erkennen.

Im Eingangsbereich sitzt ein uniformierter Pförtner vor flimmernden Bildschirmen, auf denen die Parkplätze der Tiefgarage zu sehen sind, Kellerräume und ein langer Flur, der wirkt, als sei er in einem ganz anderen Gebäude oder zumindest zu einer ganz anderen Zeit aufgenommen worden.

Die Fenster und die große Eingangstür sind trüb wie Milchglas. Ich bin mir eigentlich sicher, dass man für gewöhnlich hier durchschauen kann, bis auf die Straße und rüber zu den Gebäuden auf der anderen Seite. Ich glaube nicht, dass das untere Stockwerk während meiner kurzen Fahrstuhlfahrt nach unten schon vollständig eingeschneit wurde. Wahrscheinlich ist es draußen nur überaus hell von der vielen Sonne und meine Augen haben sich daran noch immer nicht gewöhnt.

Unter Verwendung von Zitaten aus

Peter Weiss – *Die Ästhetik des Widerstands,* Bernward Vesper – *Die Reise,* Geoff Ryman – *Was,* Richard Theile und Theobald Weyres – *Grundlagen der Kathodenstrahlröhren,* Ödön von Horváth – *Jugend ohne Gott.*

Ich möchte mich bei der Kulturstiftung des Freistaates Sachsen für die finanzielle Unterstützung, zuvorderst aber bei meiner Familie, bei Barbara Bausch, Zach Johnston, Aylin Karadeniz, Andrew Sandler, Frank Howard, Patricia Howard, Georg Reißig, Susanna Seufert und Olaf Walter, Johanna Maxl, Stephanie Gleißner, Simon Urban, Franziska Wulf, Hannes Becker, Wolfram Lotz, Chris Edmunds und seiner Familie, bei Jaime McCool, Mike Voss, Travis Baumgartner und Marko Heine für ihre Hilfe herzlich bedanken.

Bildrechte

S. 23, Crop Circles in Kansas, mit freundlicher Genehmigung der NASA, © NASA – S. 26, Mount Tambora schematisch, Boer/Sanders, Magnus Verlag, 2004 – S. 39, Arbeiter auf einem Floß, Flößer- und Schiffer-Museum, Kamp-Bornhofen – S. 50, Horrible Suicide of Lingg, the Anarchist: © Chicago History Museum. Cover Page of the Pictorial West, November 20, 1887; Chicago (Ill.); 1887; Artist: Unknown. – S. 65, The house at Vailima before additions, aus: Fanny and Robert Louis Stevenson, Our Samoan Adventure, London 1956 – S. 76, Photographic equipment, aus: Fanny and Robert Louis Stevenson, Our Samoan Adventure, London 1956 – S. 82, Six War Vessels Sunk, © New York Times 30th of March 1889 – S. 111, Louis Sullivan, University of Michigan Museum of Art – S. 111, Louis Sullivan Sketch, aus: Theodore John Keane, Friendly Libels, 1924 – S. 137, Hängung, aus: Horst Karasek (Hg.), Haymarket! Die deutschen Anarchisten von Chikago. Reden und Lebensläufe – S. 156, John Baird, aus: Manfred v. Ardenne: Entstehen des Fernsehens, Verlag Historischer Technikliteratur Freundlieb, 1996 – S. 199, Soldat, aus Alexander Kluges Film Vermischte Nachrichten – S. 213, Taliesin House by Frank Lloyd Wright, at Spring Green, Wisconsin, 1911 and 1925 © Photo by Library of Congress, available from Artifice Images/www.GreatBuildings.com – S. 244, Gericht, aus: Captain Michael J. Schaack, Anarchy and Anarchists, F. J. Schulte & Company, Chicago 1889

Trotz Bemühen von Seiten des Verlags konnten nicht alle Rechteinhaber ausfindig gemacht werden. Wir bitten die nicht angefragten Rechteinhaber, sich gegebenenfalls mit dem DuMont Buchverlag in Verbindung zu setzen.